中國語言文字研究輯刊

十 二 編

許 錟 輝 主編

第 **5** 冊

支謙譯經動作語義場及其演變研究

杜 翔 著

花木蘭文化出版社

國家圖書館出版品預行編目資料

支謙譯經動作語義場及其演變研究／杜翔 著 ── 初版 ── 新
北市：花木蘭文化出版社，2017〔民 106〕
目 2+228 面；21×29.7 公分
（中國語言文字研究輯刊 十二編；第 5 冊）
ISBN 978-986-404-979-0（精裝）
1. 漢語文字學 2. 語義學
802.08   106001502

ISBN-978-986-404-979-0

9 789864 049790

中國語言文字研究輯刊
十二編　　第 五 冊　　　　　　ISBN：978-986-404-979-0

支謙譯經動作語義場及其演變研究

作　　　者	杜　翔
主　　　編	許錟輝
總 編 輯	杜潔祥
副總編輯	楊嘉樂
編　　　輯	許郁翎
出　　　版	花木蘭文化出版社
社　　　長	高小娟
聯絡地址	235 新北市中和區中安街七二號十三樓
	電話：02-2923-1455／傳真：02-2923-1452
網　　　址	http://www.huamulan.tw 信箱 hml810518@gmail.com
印　　　刷	普羅文化出版廣告事業
初　　　版	2017 年 3 月
全書字數	161391 字
定　　　價	十二編 12 冊（精裝）台幣 30,000 元

版權所有・請勿翻印

支謙譯經動作語義場及其演變研究

杜翔 著

作者簡介

杜翔，男，1971 年出生，浙江省浦江縣人。2002 年畢業於北京大學，獲文學（漢語言文字學）博士學位，研究方向爲漢語詞彙史，畢業後進中國社會科學院語言研究所詞典編輯室工作至今。主要從事規範型辭書《新華字典》《現代漢語詞典》的修訂工作，擔任中國辭書學會語文辭書專業委員會秘書長。曾主持完成中國社會科學院青年資助項目「漢語動作語義場研究」，參加國家標準《漢語拼音正詞法基本規則》2012 版（GB/T 16159-2012）的修訂，研究領域爲詞彙學、辭書學和語言文字應用。

提　要

　　支謙是三國時代最重要的佛經翻譯家，他祖籍西域而生於中土，從小兼通胡漢語言和文字，譯經比較多地保留了當時口語的面貌。本書以一個斷代的材料（支謙譯經）爲座標，以語義場爲研究單元，與前代文獻（主要是《史記》）、同時代的文獻（三國中土文獻和康僧會的譯經材料）和後代文獻（一直考察到現代漢語）做縱、橫兩方面的比較，重點考察與口、目、手、足等有關的 4 個以聯想關係組成的動作語義場，構成了本書四章正文內容；各章內部包含若干以同義聚合關係組成的子語義場，共計 15 個。從共時層面上考察它們內部各義位的義值、義域和義位內各義素的組成，從歷時層面上分析義位的組合、演變乃至語義場演變的情況，在漢語歷史詞彙學領域引進了語義場和義值、義域、義叢等語義學的概念，借鑒了其研究方法，把零散的詞義及演變研究納入了系統化的軌道。本書以漢譯佛典作爲主要研究材料，在與同時代、前後代不同性質的文獻比較中，證實了譯經材料的語料價值和口語性質，也表明了佛教詞語與漢語基本詞彙的互動關係。

目次

第一章 緒 論

第一節 支謙的生平

一、三國時代佛教傳播情況 〔註1〕

漢代佛教依附於黃老方術而得以流傳，並逐漸在中土紮下了根。漢末魏晉時期，社會動盪不安，百姓的苦難與被拯救的渴望，爲佛教的傳播提供了良好的土壤，一批中國本土的佛教學者脫穎而出，他們在理解消化佛教思想、融會中外文化方面做出了巨大貢獻。

東漢末年，由於崇佛的楚王劉英放逐江南以及笮融在廣陵、彭城推行佛事等，佛教的傳播範圍開始向江南擴展。由於中原一帶連年戰亂，人們大批南遷逃避戰亂，佛教僧侶也隨之來到吳國 〔註2〕。同時，當時南海交通發達，佛教從海路也傳到了廣州、交州一帶 〔註3〕。南北兩路佛教傳播路線彙集於吳地，吳都建業成爲與魏國洛陽並駕齊驅的佛教中心。

〔註1〕 本段內容參考了許理和（1972）、鎌田茂雄（1980）的有關論述。

〔註2〕 本文所研究的著名佛經翻譯家支謙就是隨避難的人群來到吳國的。

〔註3〕 三國時代另一位著名僧人康僧會就是在交趾出家爲僧後北上吳都建業的。

二、支謙的身世

三國時代的佛事活動與東漢一樣，仍以譯經爲主，支謙和康僧會是這一時期主要的翻譯家。他們都是祖籍西域而生於中土，深受中土文化的影響。兩人相比，支謙的譯經數量遠比康僧會可觀，荷蘭漢學家許理和（1959，第68頁）稱支謙爲「公元 4 世紀末中國南方唯一重要的翻譯者」。現存最早的佛教經錄——梁代僧祐《出三藏記集》中收有支謙的傳記，全文不長，但是內容十分全面，涉及支謙的生平、譯經情況以及當時的社會文化背景，後代有關支謙的介紹都不出這段文字記載的內容，現全文抄錄於此：

> 支謙，字恭明，一名越，大月氏人也。祖父法度，以漢靈帝世，率國人數百歸化，拜率善中郎將。越年七歲，騎竹馬戲於鄰家，爲狗所齧，脛骨傷碎。鄰人欲殺狗取肝傅瘡，越曰：「天生此物，爲人守吠，若不往君舍，狗終不見齧。此則失在於我，不關於狗。若殺之得差，尚不可爲；況於我無益，而空招大罪。且畜生無知，豈可理責？」由是村人數十家感其言，悉不復殺生。
>
> 十歲學書，同時學者皆服其聰敏。十三學胡書，備通六國語。初桓、靈世，支讖譯出法典，有支亮紀明資學於讖，謙又受業於亮。博覽經籍，莫不究練，世間藝術，多所綜習。其爲人細長黑瘦，眼多白而睛黃，時人爲之語曰：「支郎眼中黃，形體雖瘦是智囊。」其本奉大法，精練經旨。獻帝之末，漢室大亂，與鄉人數十共奔於吳。初發日，唯有一被，有一客隨之，大寒無被，越呼客共眠。夜將半，客奪其被而去。明旦，同侶問被所在，越曰：「昨夜爲客所奪。」同侶咸曰：「何不相告？」答曰：「我若告發，卿等必以劫罪罪之。豈宜以一被而殺一人乎？」遠近聞者莫不歎服。
>
> 後吳王孫權聞其博學有才慧，即召見之，因問經中深隱之義。越應機釋難，無疑不析。權大悅，拜爲博士，使輔導東宮，甚加寵秩。越以大教雖行，而經多胡文，莫有解者，既善華戎之語，乃收集眾本，譯爲漢言。從黃武元年至建興中，所出《維摩詰》、《大般泥洹》、《法句》、《瑞應本起》等二十七經，曲得聖義，辭旨文雅。又依《無量壽》、《中本起經》，製《贊菩薩連句梵唄》三契，注《了

本生死經》，皆行於世。

　　後太子登位，遂隱於穹隆山，不交世務，從竺法蘭道人更練五戒。凡所遊從，皆沙門而已。後卒於山中，春秋六十。吳主孫亮與眾僧書曰：「支恭明不救所疾，其業履沖素，始終可高，為之惻愴，不能已已！」其為時所惜如此。

　　　　　　　　　——梁·僧祐《出三藏記集卷十三·支謙傳第六》

　　從上述記載我們知道，支謙是一名居士，他是漢靈帝（168～188 年）時定居洛陽的月支人之孫，獻帝（189～220）末年避戰亂來到吳國。文中記載了支謙的四段經歷：幼年時為狗所齧而不怪罪於狗，避亂途中呼客共眠、客反奪其被而不告發此客，支謙奔吳而得吳主孫權禮遇，支謙卒後吳主孫亮惻愴惋惜而與眾僧書。前兩段經歷反映的是他的慧根與「諸惡莫作，眾善奉行」的人生道德實踐，後兩段則證明了支謙與王室的交往以及佛教與王室之間的聯繫。

　　此外，上述文字還記載了支謙在譯經注釋和佛教唱讚（梵唄）上所做的貢獻。根據呂澂先生（1979，第 292～293 頁）的研究，支謙曾將所譯有關大乘佛教陀羅尼門實踐的要籍《無量門微密持經》和兩種舊譯（《阿難陀目佉尼呵離陀鄰尼經》、《無端底總持經》對勘，區別本（母）末（子），分章斷句，上下排列，首創了「會譯」的體裁，後來支愍度的合《維摩》、合《首楞嚴》，道安的合《放光·光讚》，都取法於此。支謙偶而也給自譯的經加以自注（如《大明度無極經》首卷），自注的辦法能濟翻譯之窮，使原本的意義顯豁明白。支謙又深諳音律，留意經文中讚頌的歌唱。他創作的《讚菩薩連句梵唄》三契，在梁代以前就失傳了，但他這一創作對於讚唄藝術的發展是有相當影響的。被稱為始製梵唄的曹植，可能是受了支謙作品的啟發而有了《瑞應本起》四十二契的巨構，成為學者之所宗。荷蘭漢學家許理和（1972，第 69、76 頁）認為梵唄的首創者是支謙，而認為由曹植始製梵唄的說法是偽說。

　　支謙 10 歲學書，13 歲學習胡書並掌握了 6 門外語，在洛陽他受業於支讖的弟子支亮，被時人稱為「智囊」。他感到佛教雖然在中土流行，但當時佛經多用胡文記載，沒人能解讀，支謙便利用自己會華戎多種語言的優勢，收集眾本，開始了佛典翻譯事業。

第二節　支謙譯經及其語言價值

一、支謙譯經概況

支謙家族於何代入華，諸說紛歧。從支謙本人，到其父，乃至祖父，皆各有所本。據鄧攀（2008）研究推斷，由支謙師承來看，支讖於「漢桓、靈之世，來在中國」，支謙為其再傳弟子，自然不可能學成後「來遊漢境」，支謙應該在漢地出生。對於一個在漢地出生、成長直至老死的外族人來說，其漢語能力和水平不會比普通漢人差。受其祖輩的影響，他又能通大月支語，「越以大教雖行，而經多胡文，莫有解者，既善華戎之語，乃收集眾本，譯為漢言。」所以支謙譯經中的非漢語成分要比其它譯經少得多。支謙、康僧會的譯經裏大量使用了口語詞。譯者選擇豐富多彩的口語詞把故事情節描繪得風趣生動、栩栩如生。讀者在欣賞作品文學之美的同時，也不禁歎服譯者駕馭漢語的不凡能力。漢語史的研究者更能從中探索各種語言現象，如新詞新義、同義詞的比較、構詞的規律、佛教詞對口語詞的影響等等。

支謙的譯經與前代譯家重質樸的風格有所不同，他出於更好地暢達經意使人易解的緣故，他的譯經「曲得聖義，辭旨文雅」，「所有文獻都顯示了他的語言精熟和風格優雅」（許理和，1972，第 68 頁），推動了佛教在中土的普及和流行。支愍度在《合首楞嚴經記》中說：「越，才學深徹，內外備通，以季世尚文，時好簡略，故其出經，頗從文麗，然其屬詞析理，文而不越，約而義顯，真可謂深入者也。」但是支謙的翻譯中採用的一些方法（如：過於文飾，包括專有名詞在內逐字直譯成漢語，刪節原文中冗長的敘述和無休止的重複等）受到了一些人的批評。道安認為支謙的譯經雕琢得很精巧，但這樣也有可能影響到經典原義的準確表達，他說支謙譯經「巧則巧矣，懼窶成而混沌終矣。」其實，正像呂澂（1979，第 294 頁）所說的「要是從佛典翻譯發展的全過程來說，由質趨文，乃是必然的趨勢。支謙得風氣之先，是不能否認的。」

《出三藏記集》記載支謙翻譯的佛經有 27 部，呂澂在《新編漢文大正藏目錄》一書中把支謙與來自印度的譯師竺將炎合譯的 2 部譯經也歸入支謙名下，把支謙譯經擴大為 29 部（詳細篇目見文末引用文獻）〔註4〕。本文採用

〔註4〕季琴（2004）按照許理和的做法，暫不把《出三藏記集》記載的支謙翻譯的 27 部

呂澂先生的說法，把這 29 部譯經作為本文的研究材料，總字數為 36 萬。

二、支謙譯經的語言價值

　　把東漢─隋這一階段作為漢語發展史上一個相對獨立的時期並稱之為「中古漢語」已經得到學術界的認可。由於語言自身的發展和語言外部的多種因素的影響，這一時期的漢語詞彙發生了急劇而重大的變化，許多先秦使用的詞語產生了新的意義，同時唐宋以後近代漢語中的不少新詞新義又可以在這個時期找到源頭。從書面語與口語的關係來看，中古時期是言文分離的過渡階段。呂叔湘先生（1985）認為：「秦以前的書面語和口語的距離估計不至於太大，但漢魏以後逐漸形成一種相對固定的書面語，即後來所說的『文言』。」中古時期是漢語發展史上的一個重要時期，太田辰夫（1991，第 10 頁）認為：「中古，即魏晉南北朝……這個時期是中古漢語的質變期。」

　　反映東漢三國時代口語面貌的文獻並不多見。學者們的研究成果表明，漢譯佛經、民歌、史書中的一些對話、私人書信等反映口語程度較高；詩歌、某些文人著述、對前代典籍的注疏材料也能在一定程度上反映口語情況；至於典雅文言作品如正規詔書、文人賦頌作品等就很少反映口語面貌了。就中土文獻而言，東漢時期重要文獻是《論衡》，三國時代已經結集的有逯欽立的《先秦漢魏晉南北朝詩》中的《魏詩》、清代嚴可均的《全三國文》。《論衡》出自同一作者，年代明確，用語淺易，是漢語史研究的重要文獻；《魏詩》和《全三國文》作者不一、文體各異，反映的口語程度參差不齊，無法作為一個斷代的純粹語料來使用。

　　相對於中土文獻而言，佛經早在晉代就有目錄，它的譯者、年代明確；同時，佛教的宣傳對象是普通大眾，譯者通曉的是漢語口語，又沒有現成的文言譯經範式可供模仿，決定了佛經具有很強的口語性質。自東漢開始有佛經漢譯到三國時代，支謙是譯經最多的人。東漢譯家安世高翻譯的多為小品經，支婁迦讖翻譯的佛經雖不乏篇幅較大者，但數量上也不能與支謙比肩，三國時代與支謙同時的主要譯家康僧會，他翻譯並現存的佛經是《六度集經》（字數約 8

　　佛經中的《菩薩本緣經》、《佛醫經》、《撰集百緣經》這 3 部譯經視作支謙譯經。季琴所列的支謙譯經只有剩下的 24 部佛經。

萬），數量上也遠不及支謙譯經。支謙與他的前輩相比，支謙在中國出生，並從小兼通胡漢語言和文字，在文化修養上比他們具有明顯的優勢，譯風流暢，他的譯經比較多地保留了當時口語的面貌。東晉支愍度說：「越才學深澈，內外各通，以季世尚文，時好簡略，故其出經，頗從文麗。然其屬辭析理，文而不越，約而義顯，眞可謂深入者也。」（《出三藏記集序卷第七》）支謙集譯、注佛經於一身，所譯經典的最大特色是在「深入」原著的基礎上，力求文麗、簡約，並且爲了適合漢人的口味，多用意譯代替音譯，改變了東漢澤經尚質的傾向，開創了佛教翻譯史上的「文麗」派。

程湘清先生（1992，代序）曾提出判斷專書選擇是否恰當的三個條件：第一要看口述或撰寫某部專書的作者是否屬於該斷代；第二，要看專書的語言是否接近或反映該斷代的口語；第三，要看專書的篇幅大小是否具有相當的語言容量。比照程先生的三個條件來衡量，支謙譯經是作爲專書乃至於作爲三國時代斷代詞彙研究的難得材料。

利用東漢時期的重要文獻《論衡》和佛經材料，已有人做過比較系統的研究。據筆者所知，北京大學胡敕瑞（1999）、浙江大學史光輝（2001）的博士學位論文選題分別是《〈論衡〉與東漢佛典詞語比較研究》、《東漢佛經詞彙研究》。但到筆者做學位論文爲止，尚未見有人主要利用支謙譯經的材料對三國時代的漢語詞彙做專書斷代的研究。在筆者之後，利用支謙譯經做詞彙研究的博士學位論文有兩篇。一篇是季琴的《三國支謙譯經詞彙研究》（浙江大學 2004 年，方一新教授指導），該文以支謙譯經爲研究對象，通過調查先秦漢魏晉南北朝時期有代表性的文獻，運用描寫和比較的方法，對譯經中的詞彙做了系統性的研究，旨在進一步發掘支謙譯經的研究價值與意義。另一篇是楊同軍的《支謙譯經複音詞研究》（四川大學 2006 年，項楚教授指導），該文論證了支謙譯經在漢譯佛經史上和漢語詞彙史上都具有承前啓後的作用和重要的研究價值，以最能體現支謙譯經詞彙特點的複音詞爲研究對象，首先在共時系統內分出普通詞語、佛教詞語、專名詞語以展現它的詞彙構成；然後分先秦時代、西漢時代、東漢時代、三國時代四個時期對這些複音詞進行了歷史來源的考察。

本文選取支謙譯經來研究支謙譯經乃至三國時代的面貌，屬於專書斷代研究的範疇，專書研究是斷代研究的基礎，斷代研究又是整個漢語史研究的基礎，

這是漢語史研究的一項基礎工作。本文的研究將在這一方面做點實際的努力。

　　佛經的翻譯主要在東漢至唐代，漢譯佛典大多保存在大藏經中。北宋太祖開寶五年（971 年）刻成的《開寶藏》是我國歷史上第一部刻本大藏經，此後的刻本皆以其爲準據。1251 年刻成的《高麗藏》再雕本以《開寶藏》本、《高麗藏》初雕本與契丹本互校，在古代刻本各藏中推爲精本。1934 年印成的日本大正《大藏經》以《高麗藏》再雕本爲底本，以宋、元、明三藏和宮本、敦煌寫本等不出校勘，是繼《高麗藏》後又一精本。本文研究中採用的佛典材料採用日本《大正藏》，如與別的版本有異文，隨文注出。

第三節　語義場研究與選題緣由

一、漢語詞彙史研究的回顧與現狀

　　從學術界目前的研究現狀來看，常用詞和語義場的演變研究已經引起了學者重視，也取得了豐碩的成果。王力先生在詞彙史以及常用詞研究上有首倡之功，在上個世紀 40 年代王先生就發表了《古語的死亡殘留和轉生》（1941）、《新訓詁學》（1947）等重要論文，論述了古語死亡的四種原因，提出了「新訓詁學」（其實就是詞彙史），後來又在《漢語史稿》（1958）又描寫了若干組常用詞演變的脈絡。但是王先生在詞彙史上的這一倡導沒有得到應有的回應。

　　語義場的研究始於 20 世紀二三十年代的德國和瑞士的一些結構主義語言學家，很多語言學家對詞項的研究從個別詞項的無系統研究轉入對詞彙結構的系統研究。語義場理論突破了過去原子主義的研究方法，主張用聯繫的觀點研究語言系統的同一性，開創了語義研究史上的新階段。運用語義場理論能夠詳細描寫同義、反義、部份－整體義等關係，逐漸被漢語學界吸收借鑒。

　　80 年代以來，蔣紹愚先生引入了現代語義學理論，應用義位、義素、語義場等理論分析詞義、詞彙現象，多次論及常用詞演變、詞彙系統研究等問題，研究成果主要見諸《古漢語詞彙綱要》（1989）、《蔣紹愚自選集》（1994）、《漢語詞彙語法史論文集》（2000）、《漢語歷史詞彙學概要》（2015），在從理論和實踐上推動了漢語詞彙史的發展。張永言、汪維輝《關於漢語詞彙史研究的一點思考》（1995）強調在詞彙史研究上應該把常用詞的研究放在中心的位置，對改變當時詞彙史研究中畸輕畸重的局面起到了作用。此後幾年，李宗江《漢語常

用詞演變研究》（1999）和汪維輝《東漢—隋常用詞演變研究》（2000）相繼出版，集中代表了當前常用詞演變研究方面的水平。汪著集中考察了中古時期 41 組常用詞，是迄今為止專門研究常用詞交替性演變所涉及的詞數最多、面最廣的一家（李宗江，1999，第 70 頁）。但是誠如王雲路、方一新先生（2002）給該書所做的書評中所說的「進行的是常用詞的更替研究」，考察時著眼點在於新詞對舊詞的更替過程，描寫的重點放在新義位的各種用例上，而對舊義位用例的考察、新舊義位之間的比較和它們在語義場中位置的變化等方面尚顯欠缺。

二、以語義場為單位研究漢語詞彙的必要性

我們知道，語言是一個非常嚴密的特殊符號體系，從結構上看，是由語音、語法、語義三部份組成的，每個部份又自成一個系統。語義相對於語音、語法，有很多不同之處：它與極為複雜的客觀世界聯繫密切，單位之間關係最複雜；它是精神方面的東西，不能直接觀察到、接觸到；它是一個開放系統，既有相對穩定的方面，又常常變化。語義是語言中最複雜、最難研究的一部份。（賈彥德，1992，第 17～22 頁）

上個世紀 80 年代以來，不少學者引進結構主義語言學理論對漢語的語義（詞彙）進行研究，如運用義素分析法來分析詞義的結構，運用語義場理論來研究義位與義位之間的關係，取得了可喜的成績。根據結構主義語言學理論，一個詞（或義位）保存或出現在詞彙系統中，取決於它的存在價值（value）。這種價值主要是由它與別的相關詞（或義位）之間的區別特徵或對立特徵顯示的。索緒爾（1916，第 160 頁，第 161～162 頁）說：「語言既是一個系統，它的各項要素都有連帶關係，而且其中每項要素的價值都只是因為有其它各項要素同時存在的結果。」「在同一種語言內部，所有表達相鄰近的概念的詞都是互相限制著的。」張志毅、張慶雲（2001，第 77 頁）指出：「語義場的概念有廣狹之分。多用廣義的：以共性義位或義素為核心形成的相互制約的具有相對封閉域的詞或義位的集合，主要是聚合關係，如人類義場、人體義場、面部義場、多義義場、構詞義場、偶而指組合關係，即組合義場。」由此可見，研究漢語詞彙史，只對單個詞（或義位）做孤立的研究是不夠的，還必須研究詞（義位）之間的關係。一種語言是由千百個不同層次的語義場組成的語義整體網絡系統，進行漢語詞義系統的研究是漢語詞彙研究中的一個重大課題。

　　蔣紹愚先生（1994b，第287頁）說：「在我們還無法描寫一個時期的詞彙系統的時候，只能從局部做起，即除了對單個的詞語進行考釋之外，還要把某一階段的某些相關的詞語（包括不常用的和常用的）放在一起，做綜合的或比較的研究。」蔣先生說的這一意見實際上就體現了以一個斷代的材料爲座標、以語義場爲單位來進行漢語詞彙史研究的思想。後來，蔣先生又提出以概念場爲背景研究漢語詞彙系統及其歷史變化。如在新著《漢語歷史詞彙學概要》（2015，第390頁）中詳細介紹這種研究方法，引述如下：「爲什麼要以概念場爲背景呢？因爲，漢語發展的不同時期詞彙系統的面貌是不同的，成員不同，分佈不同，從而結構也有所不同。怎樣把兩個或幾個不同歷史時期的詞彙系統加以比較呢？打一個比方，兩塊花樣不同的地毯，怎樣比較？最好的辦法是把它們鋪在同一塊有地板磚的地面上，以地板磚的格子爲座標，就能很清楚地顯示兩塊地毯的不同。要比較不同時期的漢語詞彙詞義系統，最好把它們覆蓋在同一概念場上。」一種語言是由千百個不同層次的概念場組成的概念整體網絡系統，以概念場爲單位研究漢語詞彙與常用詞興替是詞彙研究中的重要任務。但是語義和概念不能截然分開，萊昂斯（1978，第225～226頁）根據詞彙場、語義場理論，曾論及「概念場」和「詞彙場」的區別與聯繫，指出，一個詞指示一個概念區（Conceptual Area），一種語言所有某方面的詞彙組成一個詞彙場，這些詞所指示的概念區合起來成爲一個概念場（Conceptual Field），詞彙場覆蓋（Cover）概念場。蔣紹愚先生（2015，第401頁）指出：「如果把各個歷史時期的詞彙放到概念場上，一些詞覆蓋了一些概念，那麼，這些詞就是這些概念的語言表達形式。」本文側重研究在動作概念場上的詞彙興替與語義變化情況，仍沿用「語義場」的概念。

　　上個世紀90年代以來，一批從語義場角度來考察漢語詞彙面貌的題目作爲學位論文的選題獲得通過，如北京大學呂東蘭（1995）的《漢語「觀看」語義場的歷史演變》、崔宰榮（1998）的《漢語「吃喝」語義場的歷史演變》，華中師範大學劉敏芝（2000）的《「二拍」商業詞彙研究》等，這些論文從不同時代對不同的語義場做了考察，豐富了漢語詞彙系統研究和常用詞研究方面的學術成果。孫淑娟（2012）曾綜述近年來古漢語概念場研究情況，可參考。

　　當前，漢語詞義演變研究已經從原子觀推進到整體觀，從個體、孤立、分

散的研究推進到系統研究，以語義場為單位來研究詞彙，能夠從宏觀角度整體、系統地觀察詞義演變，是順應這一總的趨勢的。正如李宗江（1999，第 74 頁）所說的「以語義場為單位的研究在常用詞演變研究中應佔據中心位置，無論就漢語科學的詞彙史的建立，還是有利於詞彙教學以及漢語詞彙理論體系的建立都有十分重要的意義。」

三、認知科學對語義研究的推進 [註5]

傳統語義學理論（包括上文談到的結構主義語言學理論）在詞彙層面上主要研究詞如何與客觀現實相對應而獲得意義，同時也研究詞與詞之間的關係，重視在系統中考察詞的價值和詞義的範圍，但是這種語言理論沒有對語言和人的心理之間的關係給予足夠的重視。上個世紀 80 年代以來在美國和歐洲興起了認知語言學，這種理論在語義研究上認為語言的意義在於人類如何對世界進行範疇化和概念化。世界上所有事物和現象都有它的特性，人們根據這些特性來認識事物，但經過認知加工後的世界是主客觀相結合的產物，是認知世界，因此不可能是完全客觀的。這種主客觀相互作用對事物進行分類的過程即範疇化的過程（categorization），其結果即認知範疇（cognitive category）。範疇化是人類對世界萬物進行分類的一種高級認知活動，在此基礎上人類才具有了形成概念的能力，才有了語言符號的意義。

傳統範疇理論認為共有特徵決定範疇的成員地位，根據某些特徵的存在與否即可決定其範疇。認知心理學的最新研究表明，範疇化的過程是複雜的、模糊的認知過程，而不是簡單的、明確的。從認知的角度看，所有範疇都是模糊範疇（fuzzy categories），含義有二：一是同一範疇的成員不是由共同特性決定的，而是由家族相似性所決定的，即範疇成員之間總是享有某些共同特性；二是可以根據成員享有共同特性的多少來決定成員的身份，其中享有更多共同特性的成員為該範疇典型的和中心的成員，即原型，其它成員為非典型成員或邊緣成員，因此，範疇的邊界是不明確的，在邊緣上範疇之間互有交叉。

認知科學發現，大腦對事物進行分類和組織時是從基本範疇層面開始的。基本範疇是心理相關等級（psychologically relevant level），在此等級上，大腦的

[註5] 本文有關認知語言學的理論主要參考了張敏（1998）、趙豔芳（2001）的論述。

經驗範疇與自然界的範疇最接近、最匹配，最容易被感知和記憶。範疇形成的同時產生了詞彙範疇，基本範疇對應於基本範疇詞。基本範疇詞多是詞形簡單、音節較少的不可分析的本族詞，屬中性詞，使用頻率最高，構詞能力最強。它的數量有限，大體固定，但在它們的基礎上用合成法和派生法組合的非基本等級詞可以說是無限的。

認知語言學的上述觀點給漢語語義研究帶來了極大啓示。具體到語義場研究中，結構主義語言學認爲語義場中的義位之間互相決定其價值，它們之間具有馬賽克式的明確的界限，而語義場之間也是可以界定的。而根據認知語言學的觀點，一方面，語義場作爲一個範疇與別的相關範疇之間沒有明確的界限或界限很難界定，語義場下每一個義位之間的界限也是模糊的；另一方面，基本範疇詞在語義場中處於凸顯地位。基於這些認識，本文在對語義場、義位的具體考察分析中，將充分考慮語言使用者認知上的因素。

按照結構主義語言學原理界定的語義場中，有一類是由一組具有上下位關係的同義義位聚合，在這類語義場中處於上位地位的那個義位往往就是基本範疇詞，這些義位組合能力強，使用頻率高，歷史上一直保持穩定，是構成基本詞彙的基礎。在本文將要考察的語義場中，如〔觀看〕語義場中的「觀」、「看」，〔取拿〕語義場中的「取」，〔擊打〕語義場中的「擊」、「打」等都屬於基本範疇詞。

四、考察範圍限於動作語義場的原因

本文考察範圍限於支謙譯經中與「口」、「目」、「手」、「足」等有關的 4 個以聯想關係組成的動作語義場，爲什麼本文把考察範圍限於動作語義場呢？這齣於三方面的考慮：

第一，各義位所表示的事物古今一貫。概念的一致是考察「概念如何改變名稱」的前提條件，與人體器官有關的動作就存在於人們的日常生活中，從來沒有隨著時間的推移而增加或消失。同時，由於這些義位所對應的詞屬於漢語基本詞彙的範疇，研究這些義位有助於漢語詞彙基本面貌的描寫。同時，佛教文獻的口語性和內容取材於生活的特點決定了它與人體器官有關動作詞彙的豐富性。

第二，各義位所對應的詞的單音節性。張永言先生（1982，第 99 頁）指出，

漢語口語詞彙的基本成員是單音節詞。從古至今，漢語中表達與人體器官有關的動作義的義位所對應的詞一般都爲單音節形式。單音節詞是構成雙音節詞的材料，考察單音節詞如何組合成爲雙音節詞的過程，其實也就是考察漢語詞彙雙音化的過程。

第三，易於運用語義場理論和義素分析法。動詞性義位包含工具、方式、方向、目的、原因、結果等方面內容，在使用中與別的表事物的義位構成施事、受事的關係，在義值的確定、義域的考察和義素分析上有很多可做的地方。

第四節　本文的研究方法與任務

一、本文採用的研究方法

程湘清先生（1992，代序）認爲漢語史斷代專書研究方法論應做好四個方面工作：一是選好專書，做窮盡性解剖；二是分門別類，進行系統的靜態描寫；三是探源溯流，做縱向歷史比較；四是採用數學方法，把定性分析同定量分析結合起來。

就詞彙史研究而言，截取一個歷史斷面對語言材料的詞彙面貌進行描寫，進而考察歷時演變，較易於觀察詞彙系統演變的事實，探討它的演變規律。語義場理論從宏觀方面來認識詞和義位，義素分析法則是在微觀方面對詞和詞義的認識的深入。因此，本文將以一個斷代的材料（支謙譯經）爲座標，以語義場爲研究單元，與前代文獻（主要是《史記》）、同時代的文獻（三國中土文獻和康僧會《六度集經》）和後代文獻（一直考察到現代漢語）做縱、橫兩方面的比較，重點考察與口、目、手、足等有關的 4 個以聯想關係組成的動作語義場（各語義場內部包含 15 個以同義聚合關係組成的子語義場），研究各語義場內部各義位的義值、義域，考察義位內各義素的組成，分析義位的組合與演變，試圖探索詞義演變、詞彙雙音節化乃至語義場演變的一些規律。在具體研究中注意典型例句和統計數據的結合，在語義分析中注意語義分析和句法分析的結合。〔註6〕

〔註6〕 跟拙文研究框架近似的是譚代龍的論文《義淨譯經身體運動概念場詞彙研究》（北京大學 2005 年博士學位論文，張聯榮教授指導）。該文以唐代高僧義淨（635～713）

二、關於使用「義叢」概念的說明

　　爲了使語義體現思想，義位在實際語言交際中必須組合起來，語義學中把義位與義位的組合稱爲「義叢」。本文在考察義位的實際使用時，援引了「義叢」這一概念，這是因爲，使用「義叢」這一概念，可免去辨別「詞」、「語」的糾纏。漢語大規模的雙音化進程開始於漢代，三國時期這一趨勢更加明顯，但是這一時期大量的雙音節詞和短語的界限不很明確。馮勝利（2001）從韻律結構來確定「詞—語大界」，認爲雙音節形式是韻律上的音步，是韻律系統中的韻律詞，提出漢語複合詞如下的發展模式：短語韻律詞→固化韻律詞→詞化韻律詞。這一複合詞的發展模式與歷史事實是相符的，三國時代大量的雙音節形式正處於短語固化爲詞、「詞—語」兩兼的中間狀態。

　　就漢語複合詞的內部構詞方式來說，始終以偏正式和並列式爲主。據沈懷興（1998）統計，先秦文獻中偏正式、并列式構詞占複合詞總數的比例分別爲：65.47%、29.77%，兩者佔了複合詞中的絕大多數。董秀芳（2001）從謂語動詞位於焦點結構中的核心、認知突顯度（salience）大的角度論證了由動詞參與構成的短語不容易實現從短語到雙音詞的轉變，動賓、述補、主謂式雙音詞相對於並列和偏正式雙音詞是不能產的格式。因此，本文考察由義位組成的義叢時，十分重視對偏正式、并列式義叢的用例描寫，因爲抓住了這兩種關係的義叢，就抓住了複合詞的主流。

三、本文的研究任務

　　3.1 本文的研究任務主要有三個：

　　（1）從共時角度描寫支謙譯經中若干動詞語義場的面貌；

　　（2）從歷時角度描寫各動詞語義場各主要義位的興替情況；

　　（3）總結語義場演變的有關問題和一般規律。

　　譯經爲研究語料，以其中指稱身體運動概念的相關詞彙爲研究對象，目的在於獲得初唐時代該類詞彙的面貌和系統屬性，並對反映出來的規律性現象加以理論概括。文章首先描寫這類詞在義淨譯經中的分佈情況，進而探求各個成員及其系統屬性的歷史來源和演變歷程。在研究中，嘗試結合認知語言學的有關思想，對該類詞彙系統的構成和演變情況做出深層探索。2008 年，題目改爲「義淨譯經身體運動概念場詞彙系統及其演變研究」，由語文出版社出版。

3.2 具體研究時四個需要說明的問題：

（1）重在描寫新的義位得到普遍使用後與原有義位在義值、義域上的不同，而不在始見用例的考索上花費過多精力。原因有二：一是文獻資料所存在的缺陷，就此問題張聯榮先生（2000，第 246 頁）有很好的總結，他說：傳世文獻只是曾講過的話語中極微小的部份，而且很少有活生生的口語，在文獻中很難找到那個新義位出現的「首次」。二是新義位剛剛使用時由於用例數太少，無法進行比較全面可靠的分析。

（2）在描寫各時期語義場的面貌時重點描寫主要義位，而對那些偶見的義位從略。

（3）對於那些在歷時上一對一替換、演變脈絡明晰的義位，我們不作為語義場單位進行分析；對於那些從先秦一直沿用至今的義位在分析時從略。

（4）選取的材料限於反映漢語各時代的通語面貌的文獻。方言材料是語言研究的一個寶藏，做詞彙史研究也是如此。但是要運用方言材料必須以精通那種方言為基礎，單靠查閱別人研究的成果運用第二手材料是很危險的，原因是我國方言情況很複雜，「方言詞彙」一類的書中多為介紹性的，只是選取幾個代表點、幾個代表的語言現象，語言的系統性體現得很不夠。比如筆者家鄉話裏表〔取水〕義的義位之間存在著細微差別，這只有熟練掌握這種方言的人才能體味出來。因此，本文選取的材料限於反映漢語各時代的通語面貌的文獻，而對方言材料謹慎使用。

第五節　本文使用的術語

語義場表現的系統性，是外部世界的系統性在語義中的反映。人們對客觀世界的事物、動作、性狀進行概括，反映到語言中，形成一個個義位，這些義位在語義場中佔據著一定的範圍（即義域）。義位必須通過詞來顯現，因此，對語義場內各義位的研究，只能透過義位賴以依託的形式——詞來進行。

本文用語義場的理論來考察漢語詞彙系統的變化，使用術語參考了蔣紹愚先生（1989）、賈彥德先生（1992）、張聯榮先生（2000）、張志毅、張慶雲先生（2001）的有關論述，盡可能採用學術界比較通用的表述。為了明確起見，現表述如下：

一、義位、義位變體

義位是自由的、語義系統中的最小單位，也是語義研究中的基本單位，它大致相當於詞典中的義項。義位是由義值和義域構成的。義位在不同的上下文中（換句話說是在不同的組合中）會顯示不同的意義，我們稱之為義位變體。義位內部的結構稱為微觀結構，指在一個義位內部各義素的構成情況；義位之間的結構稱為宏觀結構，指在一個語義場內部各義位之間的相互關係。

二、中心義位、主要義位、邊緣義位；上位義位、下位義位

本文考察的語義場按照它的內部各義位之間的關係來區分，可分為兩類，一類由一組屬於同一層面的同義義位組成，一類由一組具有上下位關係的義位組成。屬於同一層面的同義義位根據使用頻率來劃分出不同義位：使用頻率比較高的義位稱為主要義位，反之稱為邊緣義位，一個語義場中主要義位可以有幾個，使用頻率最高的義位稱為中心義位。有時根據描寫的需要，一個詞位內部以引申關係組成的各義位按照使用頻率的高低也分為主要義位、邊緣義位。

具有上下位關係的義位則根據義位本身的地位分別稱為上位義位、下位義位。上位義位的特點是在若干同義義位中使用頻率最高，組合能力較強，下位義位可以由中心義位前加修飾成分表示，上位義位必然是一個語義場的中心義位。

三、義素、義素分析法

義素是結構主義語義學用來描寫語義的最小的意義單位。義素是分解義位得到的像音位的區別特徵那樣的義位組成成分，是由處於同一語義場中的義位相比較而得出的，也叫區別性語義特徵。把義位分析為義素的方法叫義素分析法。

四、義值、中心義素、隱含義素

義值是義位所表示的內容。用義素分析法分析後，義值表現出來的就是義素。用來表示義位所屬語義場的義素是中心義素。隱含義素是指義位所反映的事物（包括動作、性狀）等的非本質特徵，包括事物的非自然的，而是社會心理所賦予的特徵，隱含義素一般不出現。

五、義　域

　　義域是義位在語義場中所佔的區域。由於本文所說的語義場限於以聚合關係構成的語義場，一個義位的義域主要通過它與別的義位的組合能力體現出來。

六、義叢、固定義叢

　　義位的組合叫義叢（義位內部的語素的組合本文就徑稱之爲組合）。本文所說的義叢一般限於能作爲複合詞看待的那些義位組合。如果這種義位的組合形式古已有之，我們稱之爲固定義叢。

七、語義場、詞位

　　以共性義素爲核心的相互制約的具有相對封閉域的義位的集合是語義場。若干義位既可以在聚合關係上構成語義場，又可以在組合關係上構成語義場。本文所說的語義場限於前者。多義詞內部存在一組以引申關係構成的義位，參照語義場的定義，我們把這樣以引申關係構成的一組義位的集合稱爲詞位。

八、縮略語和其它說明

　　8.1 本文在運用義素分析法分析義位時使用了一些縮略語，說明如下：

　　〔動〕：表示該義位屬於表動作、行爲、運動的義位；〔施〕：施事者；〔受〕：受事者；〔工〕：工具；〔方〕：方式；〔果〕：結果。其它區別性義素都用文字說明。

　　8.2　本文在表達語義時，給語義標上「〔　〕」的符號，如：義位「觀」是〔仔細看〕的意思；〔觀看〕語義場等。

　　8.3　本文用例總數統計不包括只表音不表義的音譯用字、專名用字的用例數。

　　8.4 本文引用《大正藏》用例時交代經號、《大正藏》卷數、頁碼、欄數，如 No.200, T04, p0207a 表示經號爲 200 號（指《撰集百緣經》），《大正藏》第 4 卷，0207 頁上欄（用 a、b、c 表示上、中、下欄）。

第二章　與「口」有關的語義場

　　「口」是「人或動物進飲食的器官，有的也是發聲器官的一部份。通稱嘴。」（《現代漢語詞典》「口」詞條第 1 個義項）這一釋義說明了「口」的兩大功能：進食和發聲。本章討論的與「口」有關的語義場包括屬於「口」的進食功能的〔飲食〕子語義場和屬於發聲功能的〔言說〕、〔歌誦〕、〔叫喚〕子語義場。

第一節　〔飲食〕語義場

　　〔飲食〕語義場各義位的共同義素是〔進食〕，在支謙譯經中本語義場包括「飲」、「食」、「飯」、「啖」、「餐」、「吃」、「服」、「乳」、「嘗」、「吞」、「咽」、「唵」、「嚼」12 個義位。

一、支謙譯經用例情況

1.1 飲

　　1.1.1《說文・歙部》：「歙，歠也。」《玉篇・欠部》：「歙，古文飲。」「飲」是〔進食（液體食物）〕的意思。支謙譯經中「飲」的用例凡 157 例，除了用於義叢「飲食」外，「飲」一般單用，受事者可以是液體形態的水、酒、血、乳、洋銅〔註1〕等。如：

〔註1〕「洋銅」的「洋」即「烊」的假借字，「烊銅」就是融化了的銅。佛經中「洋銅」

受清信戒：身不殺，不妄取，不淫妷，不欺僞，不飲酒，不噉肉，不敢有犯。（No.6, T01, p0184a）

所行惠施無有斷絕，如春夏樹花果相續，亦如曠野清冷之水，渴人過遇自恣飲之。（No.153, T03, p0056a）

饑吞鐵丸渴飲洋銅。（No.153, T03, p0062b）

時彼城中，有一婆羅門，其婦懷妊足滿十月，產一男兒，容貌弊惡，身體臭穢，飲母乳時，能使乳壞。（No.200, T04, p0251c）

夫人瞋恚，惡口罵詈：「我寧刺汝王子咽殺，取血而飲，今終不飲王所送酒。」（No.200, T04, p0222a）

「飲」經常用於義叢「飲食」中（101 例），其中用做動詞的有 25 例（其餘用做名詞性的〔食物〕義），用來泛指〔進食〕義，不管進食的對象是液體還是固體狀態的。如：

佛及菩薩皆坐前，悉有自然七寶，鉢中有百味飲食，飲食者亦不類世間，亦非天上。（No.362, T12, p0307a）（按：前一個「飲食」爲名詞性的〔食物〕義，後一個爲〔進食（液體食物）〕義。）

諸菩薩阿羅漢，皆心淨潔，所飲食但用作氣力爾，皆自然消散摩盡化去。（No.362, T12, p0307a）

1.1.2「飲」又可用做使動義，讀做去聲，表〔給（人、畜）進食（液體食物）〕義。唐・慧琳《一切經音義》卷二十三：「飲，飮水也。」支謙譯經中見 2 例：

牧牛齋者，如牧牛人求善水草飲飼其牛，暮歸思念何野有豐饒，須天明當復往。（No.87, T01, p0911a）

非如來所說止人學者，自壞復壞人自飲毒復飲人。（No.225, T08, p0488a）

或「烊銅」的用例相當多。如：《法苑珠林》卷一百零八引《破戒篇・引證部》：「以鐵鉗開口，灌以烊銅。」

1.2 食

1.2.1「食」是〔進食（固體食物）〕義，它是〔飲食〕語義場中使用頻率最高的義位。支謙譯經中「食」的用例凡 561 例。「食」可與本語義場別的義位組成義叢「飲食」、「食啖」、「啖食」、「服食」、「唼食」〔註2〕等，動作對象一般爲米、飯、果、肉、餅等固體食物：

　　天令左右，自生麻米，日食一麻一米，以續精氣。（No.185, T03, p0476c）

　　公便前言賴吒和羅：「汝不當來歸於家好坐食美飯耶？而反於是間止食臭豆羹滓爲？」（No.68, T01, p0870a）

　　爾時多有無量小蟲，聞其血香悉來集聚，唼食其肉。（No.153, T03, p0070a）

　　菩薩摩訶薩行尸波羅蜜時，乃至剝皮食肉都不生怨。（No.153, T03, p0070a）

「食」也可泛指〔進食〕義，在這種情況下，「食」的動作對象一般沒有明確所指，與「飲食」的義域相同。如：

　　毗仇大仙食須彌山如食乳糜。（No.153, T03, p0064a）

　　諸婆羅門言：「汝等饑渴，可共飲食。」受齋者言：「我受佛齋，過時不食。」（No.200, T04, p0233a）（按：「飲食」與「食」對舉，兩者語義相同。）

　　量腹而食，無所藏積，心空無想，度眾行地。（No.210, T04, p0564b）（按：「食」的對象泛指一切食物。）

　　善男子！汝欲增長一切善法，而反熾然一切惡法，猶如有人欲食甘露而食毒藥，欲求安樂而反入賊。（No.153, T03, p0062a）（按：動作對象爲甘露和毒藥，使用同一個動作「食」。）

　　羅剎得已，即於王前，歐裂太子，狼籍在地，飲血啖肉，食之

〔註2〕「唼」指〔水鳥、魚類等爭食〕義，由於本文討論的義位的施事者限於人，不列入討論範圍。

既盡，故言不足。（No.200, T04, p0219a）

春三月有寒，不得食麥豆，宜食粳米醍醐諸熱物。（No.793, T17, p0737b）

1.2.2「食」也可用做使動用法〔給（人、畜）進食（食物）〕義，又可寫做「飼」。《玉篇・食部》：「飼」，同「飤」。「飤，食也。」段玉裁注：「飤，以食食人、物，其字本作食，俗作飤，或作飼。」支謙譯經中「食」用做這一語義的有 4 例，均用於義叢「飯食」（3 例）、「飲飼」（1 例，例見上文「飲」1.1.2）。如：

若分檀布施，遶塔燒香，散花然燈，懸雜繒綵，飯食沙門，起塔作寺。（No.362, T12, p0301b）

1.2.3「食」用做名詞性的〔食物〕義，可用於並列式義叢「飯食」、「飲食」、「衣食」和偏正式義叢「妙食」、「美食」、「微食」、「薄食」等。如：

王每出遊，布施興福，恣人所欲，求漿與漿，求食與食。（No.6, T01, p0185c）

天尊哀我明日晨旦，願與聖眾顧下薄食。（No.76, T01, p0886a）

1.3 飯

《說文・食部》：「飯，食也。」段玉裁注：「食之者，謂食之也。此飯之本義也。」「飯」爲〔進食（飯食）〕義。支謙譯經中「飯」的用例凡 151 例，用做動詞性〔吃飯〕義的有 56 例（其餘均爲名詞性〔飯食〕義）。如：

佛言：「卿適去我即南行極此地界，取呵梨勒果，亦香且美，便取食之。」佛飯已去。（No.185, T03, p0481c）

爾時尊者大目揵連，食時欲至，著衣持缽，入城乞食，還歸所止。飯食已訖，攝衣缽已，在一樹下，結跏趺坐，入於三昧。（No.200, T04, p0223c）

「飯」又可用做使動用法，表〔使進食（飯食）〕義，以上 56 例中有 12 例，如：

迦葉後日又念：「間者我有節會餘食甚多，得大沙門來，飯之快

耶？」（No.185, T03, p0482b）

　　當持經戒無得虧失，益作分檀布施，常信受佛經語，深當作至誠中信，飯食諸沙門，作佛寺起塔，……（No.361, T12, p0292a）

　　今淳飯佛，當得長壽，得無欲，得大富，得極貴，得官屬，終生天上，獲此五福。（No.6, T01, p0184b）

1.4　啖（噉）

《說文·口部》：「啖，嘰啖也。從口炎聲。一曰噉。」《廣雅·釋詁二》：「啖，食也。」「啖（噉）」為〔吃〕義，動作對象一般為固體食物，如肉、果蓏、毒藥等。支謙譯經中「啖」的用例凡 35 例（寫做「噉」34 例，寫做「啖」1 例），其中用於義叢「食噉」（9 例）、「噉食」（3 例）、「吞噉」（1 例）。如：

　　從今日始，身自歸佛，自歸道法，自歸聖眾，受清信戒，身不殺，不妄取，不淫妷，不欺偽，不飲酒，不噉肉，不敢有犯。（No.6, T01, p0184a）

　　爾時世尊，秋果熟時，將諸比丘，遊行聚落，噉食果蓏，皆不消化，多有瘰疾，種種病生，不能坐禪讀誦行道。（No.200, T04, p0208b）

　　飲食已訖，有一殘果及洗器水，臭而不噉。（No.200, T04, p0214b）

　　我今以身施與羅剎，隨意食噉。（No.200, T04, p0219a）

　　復取毒藥，而吞噉之。（No.200, T04, p0254b）

1.5　餐（湌）

《說文·食部》：「餐，吞也。湌，餐或從水。」段玉裁注：「餐訓吞，引申之為人食之，有引申之為人所食。」「湌」又寫做「飡」，《廣雅·釋詁二》：「湌，食也。」根據黃金貴先生（1995，第 795～796 頁）的解釋，「餐」當以「湌」為正字，意謂摻水之米食，主要用做人們外出時攜帶的簡易熟食，後引申為在家定時的熟食，「餐（湌）」又用做表〔進食〕義的動詞性義位，動作對象為用做定時熟食的食物。支謙譯經中「餐」（寫做「湌」）2 例，都用於義叢「湌沙飲水」中。

於第七日，竟不得食，極生慚愧，於四眾前，飡沙飲水，即入涅槃。（No.200, T04, p0252a）

1.6 吃（喫）

現代漢語簡體字中用做〔進食〕義的「吃」﹝註3﹞繁體字寫做「喫」，《玉篇》：「喫，啖也。」《說文新附》：「喫，食也。」我們在支謙譯經《佛說阿彌陀三耶三佛薩樓佛檀過度人道經》中意外地發現 1 個「喫」的用例（查閱《大正藏》諸版本此例未見異文），但是，「喫」在三國時代別的文獻中未見用例，從文獻檢索來看，到了唐代「喫」的用例才普遍使用，支謙譯經中的這一孤例只能存疑。

飲食無極喫酒嗜美。（T12, No.362, p0314c）

1.7 服

「服」為〔飲用或食用（藥物）〕義。「服」這個詞跟其它「吃喝」類詞有所不同，即它本來表示別的意義，後來其引申義之一表示「吃喝」動作。支謙譯經中「服」的用例凡 164 例，其中用做〔飲食〕義的 18 例，受事者一般為藥物（或用做治療的事物）。如：

默然還入齋室持刀割髀取肉及血，持送與比丘，比丘得服之，瘡即除愈身得安隱。（No.169, T03, p0411c）

有辟支佛，甚患渴病，良醫處藥，服甘蔗汁，病乃可差。（No.200, T04, p0222c）

但此國內，一切民眾，多諸病苦，死亡者眾，須得赤魚血肉服者，病乃可差。（No.200, T04, p0217b）

「服」可於本語義場別的義位組合，構成義叢「服食」、「服啖」，在這種情況下，「服」的語義已經泛化，它的受事者可以是除藥物以外的一般食物。如：

若弟子行者，服食此飯不得道終不消，其食此飯而中止者則不消也。（No.474, T14, p0533b）

﹝註3﹞ 「吃」為〔口吃〕義，《說文·口部》：「吃，言蹇難也。」漢字簡化後「吃」、「喫」二字統一為「吃」。

心行正法者，應著草衣，服噉水果，遠處深山。（No.153, T03, p0058b）

1.8 乳

從甲骨文字形來看，「乳」字象母展開臂抱子哺乳之形。「乳」爲〔餵奶〕義，在語義上與用做使動用法的「飲」、「食」、「飯」屬於一類。支謙譯經中「乳」的用例凡 19 例，用做這一義位的僅見 1 例（其它用做名詞性〔乳汁〕義），用於義叢「乳哺」中：

爾時父母，聞女說偈，喜不自勝，尋前抱取，**乳哺**養育，因爲立字，名曰善愛。（No.200, T04, p0239a）

1.9 嘗、嚐〔註4〕

《說文・旨部》：「嘗，口味之也。」「嘗」又可寫做「嚐」。「嘗」爲〔辨別滋味〕義，支謙譯經中「嘗」的用例凡 24 例（其中寫做「嚐」5 例），大部份用做副詞性〔曾經〕義，用做〔品嘗〕義的僅見以下 2 例：

開達近智，如舌**嘗**味，雖須臾習，即解道要。（No.210, T04, p0563c）

鼻不嗅香，口不**嘗**味，是則爲好。（No.556, T14, p0908a）

《廣雅・釋詁二》：「嘗，食也。」「嘗」也可以表達〔進食〕義。支謙譯經見 1 例，用於義叢「嘗啖」：

飲食**嘗啖**臥得善消，是爲火種。（No.708, T16, p0815c）

1.10 吞、咽、嚈

1.10.1《說文・口部》：「吞，咽也。」「吞」爲〔吞食〕義。「吞」和「咽」的動作特點有些不同：「吞」指不加咀嚼而咽下食物，有獨特的「整個、整塊兒」的方式；「咽」不考慮有無咀嚼，強調的只是咽的動作，而不包括進食的整個過程。支謙譯經中「吞」的用例凡 8 例。「吞」常與本語義場別的義位連用，構成義叢「吞啖」、「吞飲」、「啄吞」。如：

〔註4〕　「嘗」指辨別滋味，並不把食物吞進腹內。不同於本語義場討論的〔進食〕義，但由於辨別滋味與〔進食〕義有關，有時也能用做〔進食〕義，在此一併討論。

復取毒藥，而吞噉之，毒氣不行，無由致死。（No.200, T04, p0254b）

於是太子，攀樹枝見耕者，墾壤出蟲，烏隨啄吞。（No.185, T03, p0475c）（按：鳥類沒有牙齒，沒有咀嚼功能，它們取食方式是吞食。）

寧噉燒石，吞飲洋銅，不以無戒，食人信施。（No.212, T04, p0668b）

1.10.2 《集韻·霰韻》：「咽，《博雅》：吞也。」「咽」爲〔吞食〕義，支謙譯經中「咽」凡 11 例，用做表〔吞食〕義的義位的 3 例（其它有 7 例用做表〔咽喉〕義的義位，1 例用於連綿詞「哽咽」中）。如：

既入其舍復值無人，即盜粳米滿口而唵，未咽之頃家人即至，是人慚愧，復不得咽，惜不吐棄。（No.153, T03, p0061c）（按：此例中的「唵」參看下文 1.10.3 的分析。）

王聞是語，譬若人噎，既不能咽，亦不得吐，不用恐悔，用之恐亂。（No.790, T17, p0730c）

1.10.3 《廣韻·感韻》：「唵，手進食也。」「二典」（指《漢語大字典》和《漢語大詞典》，下同）均引《百喻經·唵米決口喻》的用例。《百喻經》是一本佛經故事的彙編書，《百喻經》這一故事的情節與 1.10.2 所舉支謙譯經中的《菩薩本緣經》記載相同，後者的記載當爲《百喻經》所本。

1.11 嚼

《說文·口部》：「噍，齧也。從口，焦聲。嚼，噍或從爵。」《玉篇》：「嚼，噬嚼也。」「嚼」爲〔咀嚼〕義。支謙譯經中「嚼」見 1 例：

以缽受飯，飯不污缽，搏飯入口，嚼飯之時三轉即止，飯粒皆碎，無在齒間者。（No.76, T01, p0884a）

1.12 小　結

支謙譯經中本語義場的主要義位是「飲」、「食」，前者用於液體狀態的食物，後者用於固體狀態的食物，當泛指進食一切食物時，常常「飲」、「食」連文構成義叢「飲食」來表達，也可用單用「食」。「噉」、「餐」進食對象一般也爲固體食物，「飯」、「服」、「乳」的進食對象分別是飯食、藥物、乳汁，

「吞」是指進食的一種方式,「咽」、「嚼」是指進食過程中的一種動作。由於本語義場各義位的不同主要在於受事者或者動作方式不同,義位結構式比較簡單,茲從略。

二、歷時用例情況考察

　　崔宰榮(1998)曾把「漢語〔吃喝〕語義場的歷史演變」作為碩士學位論文的選題,對語義場內各義位的歷史演變情況做了比較詳細的考察,文章把這些義位分三類進行分析和描寫:第一類是醋、釃、嚌、啐、嗒、譏(饑)、啜、歠、饌、啖、飯、茹、乳、呷、噇 15 個義位(按:崔文稱詞,下同),它們是語義場內的舊義位,在後代逐漸被淘汰;第二類是食、飲、餐、吃、啄、哺、喂、飼、吸、吮、咂、嘗、服、吞、咽、咀、嚼 17 個義位,它們除了「吃(喫)」、「咂」是中古新產生的以外,其它 15 個詞都是上古開始就使用的舊義位,它們一直沿用至今;第三類是就、喝、奶、抿 4 個近代新產生的一些義位。

　　崔文列舉了每個時期代表文獻中各義位的用例情況,但是在對語義場進行分析時,行文格式是以義位為單位來展開的,各個時代的用例情況只做舉例性說明,這種行文格式有利於分析各義位本身的情況,而在對每個時代語義場面貌的平面描寫上顯得有些不足,尤其是對各個時期語義場主要義位興替情況的描寫分析分量明顯不夠。因此,我們在歷時情況考察中把重點放在主要義位的興替情況的考察上。

2.1 先秦至《史記》用例

　　2.1.1《史記》中「飲」、「食」的用例情況與先秦和支謙譯經中的用例情況沒有區別。

　　2.1.2 從先秦主要典籍考察情況來看,「啖」始見於《國語》,見 1 例〔註5〕;《韓非子》中凡 4 例,寫做「啗」〔註6〕,其中用做使動用法的 3 例。如:

〔註5〕　「中飲,優施起舞,謂里克妻曰:『主孟啖我,我教茲暇豫事君。』」(《國語》卷八‧晉語二)

〔註6〕　「啗」、「啖」在語法功能上有差別。「啖」一般表示自己吃,「啗」有使動用法,表示給別人吃。朱駿聲《說文通訓定聲》:「(啗)與啖微別,自食為啖,食人為啗。」

異日，與君遊于果園，食桃而甘，不盡，以其半啗君。（《韓非子·說難》）（按：此例中「啗」為使動用法。）

仲尼先飯黍而後啗桃，左右皆掩口而笑。（《韓非子·外儲說左下》）（按：此例中「啗」為一般〔進食〕義。）

《史記》中「啖」凡 8 例，其中寫做「啖」1 例（使動用法，引申為〔引誘〕義，例見下。不包含用做「淡」通假字的 1 例，見於「攻苦食啖」），「啗」7 例（其中使動用法 6 例，多引申為〔以財物賄賂〕義），。如：

樊噲覆其盾於地，加彘肩上，拔劍切而啗之。（《史記》卷 7，第 313 頁）（按：一般進食義。）

聞豨將皆故賈人也，上曰：「吾知所以與之。」乃多以金啗豨將，豨將多降者。（《史記》卷 8，第 389 頁）（按：使動用法，引申為〔以財物賄賂〕、〔引誘〕義。）

秦割齊以啖晉、楚，晉、楚案之以兵，秦反受敵。（《史記》卷 72，第 2329 頁）（按：使動用法，引申為〔引誘〕義。）

2.1.3「餐」較早的用例用做動詞性〔進食（飯食）〕義，大概到戰國末年出現了名詞性的〔飯食〕義，後代「餐」用做後者的用例逐漸增多。「餐」在《詩經》中見 2 例，均用做〔進食（飯食）〕義，《左傳》中未見，《韓非子》凡 9 例，除了用做名詞性的〔飯食〕義 4 例外，其餘 5 例見於同一段文字中，均用做使動用法〔使進食〕。如：

今以由之秩粟而餐民，不可何也？（《韓非子·外儲說右上》）

子路以其私秩粟為漿飯，要作溝者於五父之衢而餐之。（《韓非子·外儲說右上》）

《史記》中「餐」的用例凡 4 例（其中 1 例係轉引司馬相如《大人賦》，例見下），名詞性義位和動詞性義位各 2 例，動詞性義位中 1 例用做〔進食（飯

其實，古代對它們並不做嚴格分別（參《經籍纂詁》卷八十七），以《韓非子》而論，4 個用例中，1 例為〔自食〕義，3 例為〔食人〕義，都寫做「啗」。因此本文不加區別。

食）〕義，另 1 例已泛化為一般的〔進食〕義：

> 太后聞之，立起坐餐，氣平復。（《史記》卷 58，第 2092 頁）

> 呼吸沆瀣〔兮〕餐朝霞（兮），噍咀芝英兮嘰瓊華。（司馬相如
> 《大人賦》，見《史記》卷 117，第 3062 頁）（按：此例中「嘰」《史記
> 集解》引徐廣曰：「嘰音祈，小食也。」，「嘰」是〔飲食〕語義場中的義位，但
> 歷代文獻罕用，從略。）

2.2 六朝 [註7] 至隋用例

2.2.1 六朝至隋時期本語義場的一個變化是「喫」的加入。支謙譯經中見 1
例，因為是孤例，現存疑。此後六朝至隋「喫」的用例仍很少，在列入本文考
察範圍的文獻中，僅見 9 例（其中 7 例見於隋代《佛本行集經》），受事者都是
固體物。如：

> 友聞白羊肉美，一生未曾得喫，故冒求前耳。（《世說新語・任
> 誕》）

> 七月刈禾傷早，九月喫餻正好，十月洗蕩飯甕，十一月出卻趙
> 老。（《樂府詩集》卷八十九・北齊後主武平中童謠二首）

> 譬如有人，已得美食，食訖已後，吐變此食，棄之於地，復欲
> 還喫，可得以不？（No.190, T03, p0750a）

2.2.2 這一時期本語義場的主要義位仍是「飲」、「食」。「啖」的使用也較
常見，「飯」、「餐」則主要用做名詞性的〔飯食〕義。以《世說新語》為例，
「啖」用例 18 例，均用做〔進食〕義，受事者十分豐富，可以是飯粒、鐵杵、
酪、熱湯餅、甘蔗、豝豆、李、薤、牛心、棗等。而且「啖」可與「飲」連
文，構成義叢「飲啖」，「啖」專指吃肉：

> 文王曰：「嗣宗毀頓如此，君不能共憂之，何謂？且有疾而飲酒
> 食肉，固喪禮也！」籍飲啖不輟，神色自若。（《世說新語・任誕》）
> （按：「飲酒食肉」與「飲啖」對舉，「啖」指「食肉」。）

〔註7〕　本文中所說的六朝時期指魏晉南北朝時期；當與三國時期並舉時，則泛指南北朝
　　　　時期。

這一時期「飯」、「餐」已主要用做名詞性的〔飯食〕義，如《世說新語》中「飯」13 例，僅 1 例用做動詞性〔進食〕義，「餐」3 例，均用做〔飯食〕義。

2.3 唐五代用例

唐五代時期「喫」已上升爲本語義場的主要義位，使用頻率極高，進食對象除了固體狀態食物（如飯、草等）以外，還包括了液體狀態食物（如茶、酒、水等）和流質食物（如羹、粥等），即囊括了原先「食」和「飲」的義域。

初唐時期的《王梵志詩》中「喫」、「飲」、「食」在語義場中的位置已經調整。「喫」的用例 36 例，均作〔進食〕義，進食對象爲肉、菜粥、齋、酒、酒食等。「飲」見 19 例，除了用於義叢「飲食」外，其它用例進食對象均指酒，義域已經縮小。「食」見 59 例，主要用做名詞性的〔食物〕義，用做動詞性的〔進食〕義的只見 16 例，常見於義叢「啖食」、「飽食」等。

到了五代時期的《祖堂集》，「飲」、「食」的使用頻率繼續下降，「飲」只見 7 例，進食對象爲水的 6 例，酒 1 例。「食」用例凡 68 例，其中用做動詞性義位的 25 例，且常出現於一些義叢或存古的句式中。這說明「食」已逐漸退出口語交際的場合。如：

> 又至象頭山，同諸外道日食麻麥，經於六年。（《祖堂集卷一·第七釋迦牟尼佛》）

> 六時禮佛，少欲知足；長坐不臥，一食而已。（《祖堂集卷二·第二十祖闍夜多尊者》）（按：上述兩句「日食」、「一食」中的「日」、「一」是名詞、數詞用做狀語，這是上古漢語的語法現象。）

> 師言訖，便往新州國恩寺。飯食訖，敷坐被衣，俄然異香滿室，白虹屬地，奄而遷化，八月三日矣。（《祖堂集卷二·第三十三祖惠能和尚》）

「喫」在本語義場中佔了絕對優勢，凡 133 例，進食對象爲液體狀態或流體狀態食物的有茶、水、湯、酒、羹、粥〔註8〕等，進食對象爲固體狀態食

〔註8〕原先進食對象爲羹、粥時進食動作的義位爲「食」、「飲」。如：《戰國策·中山策》：「樂羊爲魏將，攻中山，其子時在中山，中山君烹之，作羹致於樂羊。樂羊食之。」

物的有飯、菜、肉、草、鹽、橄欖子、餬餅等。如：

> 大師便安排了，處分侍者，教伊煮粥。喫粥後，教侍者看堂裏
> 第二粥未行報。(《祖堂集卷十·長慶和尚》)

> 僧云：「作摩生？」慶云：「遇茶喫茶，遇飯喫飯。」(《祖堂集
> 卷十一·惟勁禪師》)

> 洞山答云：「持齋喫肉羹。」曹山云：「喫酒喫肉。」(《祖堂集
> 卷十二·禾山和尚》)

> 師有一日夜深睡次，忽然便覺，欲得喫湯。(《祖堂集卷十四·
> 百丈和尚》)

> 曹山云：「只是逢水喫水，逢草喫草。」(《祖堂集卷十六·南泉
> 和尚》)

「喫」的用法除了用於進食食物外，還可用於「喫東西風」「喫拳喫踢」、
「喫一頓棒」等組合中，這是「飲」、「食」所沒有的用法，在這些用例中「喫」
的意義已經抽象化，這說明了「喫」用法的活躍。

2.4 明清用例

2.4.1〔進食（液體食物）〕義用義位「喝」表示是明清時代本語義場的一
個重大變化。關於「喝」的前身有兩說，一說是王力先生（1990）認爲是「呷」，
另一說認爲是「欲」。蔣紹愚先生贊成後一種說法，蔣先生從慧琳《一切經音
義》記載的「欲煙」、「欲粥」，而「欲」和「飲」或「啜」同義，「欲」、「喝」
同音，後來就用「喝」代替了「欲」。筆者也贊成後一種說法，理由有二：一
是從語義上說，「呷」、「欲」兩字均見於《說文》，但是「呷」用做象聲詞，
當時並無〔進食〕義〔註9〕，而「欲」在《說文》時代就已是〔進食〕義〔註10〕。

《史記·扁鵲倉公列傳》：「臣意即以火齊粥且飲，六日氣下；即令更服丸藥，出
入六日，病已。」

〔註9〕　《說文·口部》：「呷，吸呷也。」「吸呷」也作「翕呷」、「喤呷」，擬眾聲雜沓聲。
「呷」用做〔進食〕義大概始見於唐代，收於字書則遲至《正字通》。《正字通·
口部》：「呷，《(說文)長箋》：「吸而飲曰呷。」

〔註10〕　《說文·欠部》：「欲，歠也。」

二是從字形上說，一個字形被另一個字形替代後，原字形一般就此消亡，而「呷」卻一直沿用至今，作為表示〔進食〕義的義位，在義值上也與「喝」有所不同，「呷」除了「喝」所包含的義素外，還有〔吸〕這一義素，「呷」是「喝」的下位義位。

檢索《大正藏》1～32冊電子文本，我們在唐代高僧義淨譯的《根本說一切有部毘奈耶雜事》發現1例「欲粥」的用例，在同一段文字中與表〔進食〕義的別的義位對舉，對認識當時〔飲食〕語義場中各義位的分佈情況很有價值：

> 時有苾芻欲粥作呼呼聲，嚼乾餅者作百百聲，喫餺飥者作獵獵
>
> 聲，屋上雨下作索索聲，瓶中飲水作骨骨聲，此等諸聲殊響合。
>
> （No.1451, T24, p0375b）

表〔進食〕義的「喝」的使用大概始於元代〔註11〕，但總的來說，元明時代「喝」的用例還比較少見，表〔進食（液體食物）〕義一般還用「喫」，如：

> 將椰酒滿斟一石碗奉上，大聖喝了一口。（《西遊記》第五回）

這種局面到了《紅樓夢》時代有了改變。劉均傑先生（1986）統計了《紅樓夢》前80回和後40回中用做〔進食（液體食物）〕義的「喫」和「喝」的比例，結果是前80回中以「喫」為主，後40回中以「喝」為主，表明了《紅樓夢》前80回和後40回不是同一作者，兩位作者不同的寫作時期正反映了在表〔進食（液體食物）〕義上「喫」、「喝」更替的過程，時間在18世紀末。為了看清這一更替過程，現分別舉一些例子。

「喝」可用於義叢「喫喝」，進食對象可以是水、湯、酒、茶、粥等。如：

> 你皆因年小的時候，託著你那老家之福，喫喝慣了，如今所以
>
> 把持不住。（《紅樓夢》第六回）

> 自己挨著餓，卻偷了東西來給主子喫，兩日沒得水，得了半碗
>
> 水給主子喝，他自己喝馬溺。（《紅樓夢》第七回）

> 我喫了一點子螃蟹，覺得心口微微的疼，須得熱熱的喝口燒酒。

〔註11〕《漢語大詞典》所舉例句為：「你敢也走將來喝點湯。」（元無名氏《凍蘇秦》第三折）

（《紅樓夢》第三十八回）

　　這裡黛玉喝了兩口稀粥，仍歪在床上。（《紅樓夢》第四十五回）

「吃」的用例如：

　　哦，交杯盞還沒喫，倒上頭了。（《紅樓夢》第二十回）

　　賈母點頭笑道：「難為他想著。若是還有生的，再炸上兩塊，鹹浸浸的，喫粥有味兒。那湯雖好，就只不對稀飯。」（《紅樓夢》第四十三回）

　　跟「飲」、「食」分用的時代「食」的用法一樣，當進食對象不被關注，而只關注進食動作本身時，即使進食對象是液體狀態食物，一般還是用「喫」，這種用法即使到了「喫」〔註12〕、「喝」嚴格分用的現代漢語普通話中仍是如此。如：

　　說著，催寶玉喝了兩口湯。寶玉故意說：「不好喫，不喫了。」

（《紅樓夢》第三十五回）（按：「喝」、「喫」對舉。）

　　2.4.2《兒女英雄傳》中「喫」有了新的用法，即用做〔吸（煙）〕，這裡的「喫」與一般的〔進食〕義有所不同，進食的不是「煙」，而是點燃煙以後煙冒出的煙霧，除了口的動作外，還得有鼻子的參與。表達這種動作的義位在現代漢語普通話中一般用「抽」、「吸」。《兒女英雄傳》中這 3 個義位用例情況為：「喫」（42 例）、「抽」（17 例）、「吸」（2 例），用得最多的是「喫」，如：

　　公子說：「我不喫水煙。」（《兒女英雄傳》第四回）〔註13〕

2.5 小　結

　　〔飲食〕語義場的主要義位經歷了一個由分到合又到分的過程，即「食」、「飲」→「喫」→「喫」、「喝」，「飯」、「餐」是在六朝時期被替換的，「食」是唐代以後被替換，被替換後它們都僅用來表達名詞性的〔食物〕義，「飲」的〔進食（液體食物）〕義被「喫」替換後，則仍保留使動用法。主要義位的

〔註12〕在現代漢語普通話中「喫」仍然能帶液體性質的賓語，但只保留在固定的結構中，如「喫奶」，但「喫奶」這個詞的使用範圍很窄，即它只能用於嬰幼兒，不能用於成年人。

〔註13〕《紅樓夢》中只在一段文字中出現「鼻煙」，用的是動作「嗅」：「寶玉便命麝月：『取鼻煙來，給他嗅些，痛打幾個噴嚏，就通了關竅。』」（《紅樓夢》第五十二回））

演變脈絡相當清晰。

王國珍（2010）指出：「喫」對「食」的歷時替換開始較早，發展也較快，並最終完成了對「食」的歷時替換；而「喫」對「飲」的歷時替換開始較晚，雖然從唐宋到金元，再到明清時期，「喫」一直在不斷發展，並從數量上戰勝了「飲」，但發展卻比較緩慢，最終也沒有完成對「飲」的歷時替換，最終被新興的「喝」取代，兩個替換過程表現出明顯的不平衡性。賈燕子（2013）分析了《入唐求法巡禮行記》、《祖堂集》等典型語料補正了這一觀點，認為：晚唐五代時「喫」對「食」、「飲」的替換在口語中已經完成，歷時替換的不平衡性僅存在於從魏晉到晚唐五代這段時間內。歷時替換不平衡的原因是：一、「喫／食」和「喝／飲」語義上的差別；二、「喫／食」表〔食用固體食物〕是其原型用法，表〔食用液體食物〕是其非原型用法。本文的考察情況跟賈燕子的結論是吻合的。

語　　義	先秦兩漢	六　　朝	唐至清代中　　期	清代中期以　　後
〔進食（固體食物）〕	食、啖、飯、餐	食、啖、喫	喫	喫
〔進食（液體食物）〕	飲	飲		喝

第二節　〔言說〕語義場 [註14]

漢語史上有關說話的動詞性義位紛繁複雜，就支謙譯經而言，可粗略地分為以下幾類：表〔敘說〕 [註15] 義的義位有「言」、「云」、「道」、「語」、「謂」、「說」；表〔說道〕義、引出敘述語的義位有「言」、「曰」、「云」、「說」、「道」；

〔註14〕 參看蔣紹愚《白居易詩中與「口」有關的動詞》，《蔣紹愚自選集》第134～149頁；黃金貴《古代文化詞義集類辨考》「98.語・言・曰・云・說・謂・白」條，第524～527頁；汪維輝《東漢—隋常用詞演變研究》「言、曰、云/說、道」條，第157～172頁。

〔註15〕 汪維輝先生在考察「說、道」對「言、云、曰」的替換過程時把這些有關說話的動詞分為兩類，一類是〔敘說〕義，後帶賓語，是所敘說的內容，也可單用，不帶賓語，上古漢語中常用「言」、「道」；另一類是〔說道〕義，後面通常是所說的原話，上古漢語中一般用「言」、「云」、「曰」。這種分類方法有助於理清各義位的演變脈絡，因此，我們在本語義場的考察中採用汪先生的提法。

表〔告訴〕義的有「告」、「報」〔註16〕、「語」、「謂」；表〔詢問〕義的義位有「問」、「訊」、「詰」、「咨」；表〔答覆〕義的義位有「答」、「對」、「報」；表〔談論〕義的義位有「談」、「論」、「議」、「難」；表〔下級對上級報告〕義的義位有「白」、「啓白」、「咨啓」、「咨稟」；表〔上級對下級命令〕義的義位有「命」、「令」、「敕」、「曉喻」；表〔規勸〕義的義位有「勸」、「諫」等等。其中表〔敘說〕義和表〔說道〕義的義位在歷時上的演變較爲複雜，而且這兩類義位的劃分是基於句法位置上的考慮，在語義上沒有區別，因此，本節把它們歸併爲一個語義場，予以重點討論。

一、支謙譯經用例情況

1.1 言

1.1.1《說文・言部》：「言，直言曰言，論難曰語。」王力先生（1982，第138頁）把「語」、「言」（疑母魚元通轉）列爲一組同源字。支謙譯經中「言」的用例凡2686例，「言」後面如果帶賓語，則緊接說話的內容。它既能用做〔敘說〕義，又能用做〔說道〕義。用做〔敘說〕義的如：

此處清淨安樂快不可言。（No.153, T03, p0055c）

悶絕躄地，悲不能言。（No.200, T04, p0221c）

心常念惡，口常言惡，身常行惡，日不成就。（No.360, T12, p0277a）

佛報阿難：「今汝言之，豈不過耶？」（No.6, T01, p0181a）

1.1.2 用做〔說道〕義的「言」有2000餘例，是引出敘述語的主要義位。如：

迦葉曰：「有何勅使？」佛言：「欲報一事，儻不瞋恚，煩借火室一宿之間。」曰：「不愛也，中有毒龍，恐相害耳。」佛言：「無

〔註16〕「報」既有〔告訴〕義，又有〔答覆〕義，它們都是先秦時代就使用的義位。《說文廣義校訂》：「凡下覆上、上答下、及彼此答書皆曰報。」值得注意的是，「報」的說話對象與說話者之間並不像現代漢語中的「報告」那樣存在高下之分，如佛作爲說話者告訴或答覆他的信眾，都可以用「報」，支謙譯經中「佛報」的用例凡11例。

苦，龍不害我。」重借至三。迦葉言：「然大道人德高，能居中者大善。」（No.185, T03, p0480c）

「言」除了單用、引出敘述語外，更多的情況是與本語義場別的義位搭配使用、引出敘述語，如「語」、「謂」、「說」、「問」、「答」、「對」、「喚」、「唱」、「呼」、「告」、「報」、「罵」、「白」、「陳」、「贊」、「念」等：

文殊師利答舍利弗羅言：「仁者智慧而具足，何以不各各自三昧共推索無央數佛剎，知佛身何如行？」（No.632, T15, p0461b）

時王即語毘羅摩言：「汝不知耶？……」（No.153, T03, p0053a）

（男兒）年漸長大，凡見人時，由故唱言「生死極苦」，然於父母師僧耆舊有德，慈心孝順，言常含笑，終不出於麁惡言語。

（No.200, T04, p0252b）〔註17〕

1.1.4「言」的主語只限於人，而不能是典籍。作爲佛教文獻，支謙譯經中「言」的主語爲佛的出現頻率很高，義叢「佛言」凡384例，「言」可以說是在佛教文獻中表達佛〔說道〕義、引出敘述語的唯一義位，不管是佛主動地說還是回答信眾的提問，都可以用「言」，而義叢「佛曰」、「佛云」罕見用例〔註18〕。如：

佛言：「諦聽！」對曰：「受教。」（No.6, T01, p0176a）

賢者阿難白佛言：「佛滅度後，當作何葬？」佛言：「汝默，梵志居士自樂爲之。」又問：「梵志居士爲葬法當云何？」佛言：「當如轉輪王法。用新劫波錦纏身體已，以五百張㲲次如纏之，……是爲轉輪王之葬法也。」（No.6, T01, p0186c）

值得注意的是，《六度集經》中除了「佛言」用例外，還有與「佛言」同義的「釋曰」用例（凡4例）〔註19〕，這體現了該經古雅的語言風格。

〔註17〕「言」可以與表〔叫喚〕義的義位「喚」、「唱」搭配使用，支謙譯經中「喚言」1例，「唱言」21例，只見於《菩薩本緣經》、《撰集百緣經》。

〔註18〕我們檢索了《賢愚經》、《佛本行集經》，未見「佛曰」、「佛云」用例，檢索《大正藏》1～32卷電子文本，只見數例。

〔註19〕檢索《大正藏》1～32卷電子文本，發現「釋曰」、「釋云」的用例只集中於個別經卷中，且數量很少。

1.1.5「言」可以引申爲名詞性的〔話語〕或〔語言〕義，各舉 1 例：

> 言一出口，寧自違乎？（No.6, T01, p0181a）

> 於是維耶離國，有長者子名羅鄰那竭，漢言曰寶事。（No.474,
> T14, p0519b）

1.2 語

1.2.1《說文・言部》：「語，論也。」支謙譯經中「語」的用例凡 571 例。「語」
與「言」不同，一般只用做〔敘說〕義，它的賓語不是敘述語，而是說話的對
象，讀做去聲；有時敘述語可以在說話的對象後面加「言」引出。如：

> 佛語阿難：「有三因緣，一爲地倚水上，水倚於風，……」（No.6,
> T01, p0182a）

> 佛語王言：「卻後七日，當作變化。」（No.198, T04, p0181a）

「語」也可以不帶賓語，「語」、「言」連文可組成義叢「語言」，表示人們
說話的這一能力。如：

> 諸有盲者即皆得視，諸有聾者即皆得聽，諸有瘖者即皆能語。
> （No.362, T12, p0316c）

> 佛告諸尼揵：「若曹寧能正坐七日七夜，不飲食不語言，如是爲
> 樂耶？王有宮關伎樂爲樂耶？」（No.54, T01, p0849a）

1.2.2「語」對後接的說話對象一般沒有特殊要求，可用於上對下，也可以
用於下對上，請看下面一段文字中「語」的用例：

> 婢陰識賴吒和羅手足語聲，即念是我大夫子也。即走入語其母：
> 「大夫子已來在外。」母大喜語婢：「審如汝言者，今日即免汝爲良
> 民，便以我所著身上衣被珠環悉賜與汝母。」便走至夫所，夫時適
> 在中庭梳頭，語夫言：「婢見我子賴吒和羅來在是門，我語婢言：『汝
> 審見賴吒和羅者，我悉脫身上衣被珠環，乞匃與汝免汝爲良民。』」
> 母語夫言：……（No.68, T01, p0870a）〔註20〕

〔註20〕「乞匃與汝」中的「匃」當作「匃」（即「丐」），《大藏經》各本均未出校，今正。

但是在支謙譯經中未見「語佛」的用例〔註21〕，如果要與佛說話，一般用表示下對上的「白」，構成義叢「白佛」，可見佛經用語中還是講究尊卑高下的。

1.2.3「語」後面接的說話對象有時也能以介詞短語的形式引出，位於「語」的前面做狀語，這樣「語」後面就直接帶敘述語，用做〔說道〕義，但這種用例不很多見。如：

> 佛遙見之前與尼揵語：「若何因緣，作是曹放發行？何因緣於地坐臥，亦無衣被自毒如是？」諸尼揵對佛言：「我曹先世行惡所致，令我今世困苦如是，行惡未盡故耳。」（No.54, T01, p0849a）（按：此例中「與尼揵語」和「對佛言」句法結構相同，「語」、「言」都用做〔說道〕義。）

1.2.4「語」與「言」一樣，可以用做名詞〔話語〕，「言」、「語」連文可組成義叢「言語」。如：

> 時舍利弗聞是語已，而告之言：「我於今者，自當共汝入城受請，可得飽滿，汝勿憂也。」（No.200, T04, p0252a）

> （男兒）言常含笑，終不出於麁惡言語。（No.200, T04, p0252b）

1.3 曰

1.3.1《說文・曰部》：「曰，詞也。」段玉裁注：「詞者，意內而言外也。有是意而有是言。亦謂之曰，亦謂之云，云曰雙聲也。」王力先生（1982，第456～457頁）把「謂」、「云」（匣母物文對轉），「曰」、「云」（匣母月文旁對轉）列為一組同源字。支謙譯經中「曰」的用例凡1061例，主要用做引出敘述語。「曰」與「言」一樣，它既能單用、引出敘述語，又能與本語義場別的義位搭配使用，但是仔細考察，兩者還有些不同。請看下面一段文字中「言」、「曰」的用例：

> 阿難言：「今佛已為捨性命耶？佛言：「已捨。」阿難曰：「昔聞佛說，若有弟子，知四神足，多修習行，專念不忘，在意所欲，可止不死一劫有餘，而佛道德，過殊於此，亦不可久止乎？」佛報阿難：「今汝言之，豈不過耶？吾與汝言四神足者，乃至再三，而若徑

〔註21〕佛教文獻中有「語佛言」的用例，但是不多見。檢索《大正藏》1～32卷電子文本，只見10餘例。

默，沒在暗昧，不發明想，爲魔所蔽，而復何云？具佛所説，言一出口，寧自違乎？」對曰：「不也。」（No.6, T01, p0181a）

妻復言曰：「我今耳中實聞安隱，但未見之，猶懷憂戚。」（No.153, T03, p0060b）

兩相比較，「曰」、「云」都能用做引出敘述語這一用法，如既能說「阿難言」，又能說「阿難曰」。不同的是，「言」除了用做〔說道〕義引出敘述語這一用法外，還用做〔敘說〕義。正因爲這樣，上述文字中有「言」、「曰」連文的用例。「言」、「曰」連文構成「言曰」，但不能倒過來構成「曰言」；同樣，「今汝言之」、「吾與汝言」中的「言」也不能替換爲「曰」。另外，「言」的表〔話語〕義的名詞性義位也是「曰」所沒有的，「言一出口」中的「言」也不能換成「曰」。

還應該補充的是，「曰」不能像「言」一樣能與表〔叫喚〕義的義位搭配使用，表達佛的〔敘說〕義也不能用「佛曰」。

1.3.2「曰」由〔說道〕義虛化引申爲〔稱爲〕義，如：

過去有王名曰善吉。（No.153, T03, p0061c）

佛告淳：「沙門有四，當識別之：一曰行道殊勝，二曰達道能言，三曰依道生活，四曰爲道作穢。」（No.6, T01, p0183b）

1.4 云

1.4.1《廣韻・文韻》：「云，言也。」清王引之《經傳釋詞》卷三：「云，言也，曰也。」「云」的用例凡64例（不包括用於「云何」的187例）。「云」能用做〔敘說〕義，如：

羅刹得已，如前噉食。食之既盡，猶云饑渴。（No.200, T04, p0219a）

偷臣白言：「我昔曾入僧坊之中，聞諸比丘講四句偈云道：『諸天眼瞬極遲，世人速疾。』尋自憶念，是故知非生在天上，以是不首。」（No.200, T04, p0244a）

天曰：「如何者舊大智而默？」曰：「眞解者無所言取，故吾於是不知所云。」（No.474, T14, p0528c）

摩渝喜曰：「吾以遇哉！**觀**佛而死厭榮難**云**，愚夫雖有天地之壽，何異乎土石之類哉！」（No.76, T01, p0884c）

1.4.2「云」也能用做〔說道〕義，引出敘述語，有時「云」與本語義場別的義位搭配使用。如：

（梵志）流淚而**云**：「眾生瞢瞢爲六冥所蔽，**觀**佛不奉見經不讀，見沙門無虔愛之心，不稟神化，斯爲長衰乎？」（No.207, T04, p0528c）

（普慈闓士）作是念已，則入城街裏自**衒云**：「誰欲買我者？」（No.225, T08, p0504c）

佛**告**賢者羅**云**：「汝行詣維摩詰問疾。」（No.474, T14, p0521c）

1.4.3 值得注意的是，「云」引出敘述語時，通常用於轉述話語，這是本語義場別的義位所沒有的。如：

喚諸良醫以瞻療治，**云**須牛頭栴檀，用塗瘡上，可得除愈。（No.200, T04, p0213c）

爾時如來即便然可，**告**阿難曰：「汝可往語波斯匿王，**云**吾今日，從王乞索此一罪人，用爲出家。」（No.200, T04, p0212a）

我有一臣摩尼跋陀，近日見語，**云**波羅奈國有一輔相，從其求子，結立重誓，我願既遂，倍加供養，所願若違，當破我廟，而加毀辱，彼人豪凶，必能如是，幸望天王，令其有子。（No.200, T04, p0254b）

1.5 說

1.5.1《說文‧言部》：「說，說釋也。」黃金貴先生認爲：「說」從言兌聲，兌兼義，兌有解脫、宣散義，故其本義不是說話，而是解釋、解說。支謙譯經中「說」凡 1515 例，絕大多數用做〔解說〕義，解說佛經內容使信眾明白。「說」可用於並列式義叢「演說」、「言說」、「陳說」、「稱說」和偏正式義叢「具說」、「盡說」、「廣說」、「略說」等；「說」的施事者大多是佛、師等能釋疑解惑的人，後面接的賓語爲解說的內容，如：經、法、道跡、經法、正法、

正道、經道、經戒、法要等。如：

> 賴吒和羅爲父母說經竟，便飛從天窗中出去。（No.68, T01, p0870c）

> 佛實時說是義足經言：「我本見邪三女，尚不欲著邪淫，今奈何抱屎尿，以足觸尚不可。」（No.198, T04, p0180b）

> 佛說是名稱緣時，有得須陀洹者，斯陀含者，阿那含者，阿羅漢者，有發辟支佛心者，有發無上菩提心者。爾時諸比丘聞佛所說，歡喜奉行。（No.200, T04, p0204a）

1.5.2 支謙譯經中用做〔敘說〕義的「說」用例尚不多見，僅見 14 例。如：

> 如是童子，年雖幼稚乃說先宿耆舊之言。（No.153, T03, p0053a）

> 偷臣白王：「由我曾聞沙門所說一四句偈，脫得不死，……」（No.200, T04, p0244a）

> 夫人垂泣曰：「王會不用我言耳。」王曰：「便說，不違汝也。」（No.790, T17, p0730b）

1.5.3 支謙譯經中「說」後要帶敘述語通常要用「言」、「云」、「曰」來引出，如：

> 佛使阿難巷至說曰：「妄語讒人，天令口臭：詐誣清白，死入地獄；癡虐自怨，長夜受苦。」國人聞是語，皆相謂曰：「沙門必清淨，故佛說此語耳。」（No.790, T17, p0729b）

> 瓶沙王第一夫人拔陀斯利，便從坐起，前到佛所爲佛作禮，以雜綵珠衣及五百七寶華蓋供養於佛，便自說言：「我於後來世當解是三昧，當持是三昧，其有持是法者比丘比丘尼優婆塞優婆夷，我當擁護之。」（No.632, T15, p0464c）

> 於時化人聞是語已，還入水中，取好美果，著金盤上，持與園子，因復告言：「汝持此果，奉上獻王，並說吾意云：「我及王，昔佛在世，本是親友……」（No.200, T04, p0233b）

「說」後直接帶敘述語的用例只見 2 例：

王喜曰：「意欲相屈，明日已去，日日於宮食。」李曰：「善。」
王還向夫人說：「李非恒人，汝明日當見之。」夫人心喜。（No.790,
T17, p0730a）

李姊子道人，後適他郡，見國荒亂，聚落毀壞，人民單索，還
為王說：「大臣不政，放縱劫盜，掠殺無辜，殘虐無道，人怨神怒，
天屢降災，遠近皆知，而王不覺，今不早圖，且無復民。」（No.790,
T17, p0734b）

1.6 道

佛經中「道」的用例絕大多數用做名詞性的〔道行〕義，用做〔言說〕義
的很少。支謙譯經中用做〔言說〕義的「道」近 30 例，其中用於義叢「道說」
8 例，未見「說道」。如：

時彼偷人，醫膺故醉，正欲道實，恐畏不是；正欲不道，復為
諸女，逼切使語。（No.200, T04, p0243c-0244a）

時此化王，得彼書已，蹋著腳底，告使者言：「吾為大王，臨統
四域，汝今至彼，道吾教勑，信至之日，馳奔來覲，……」（No.200,
T04, p0248a）

賴吒和羅言：「若復有人從方來西方來北方來者，道說有國如東
方者，王寧欲取之不？」（No.68, T01, p0871c）

「道」引出敘述語、用做〔說道〕義的用例有 2 例：

偷臣白言：「我昔曾入僧坊之中，聞諸比丘講四句偈云道：『諸
天眼瞬極遲，世人速疾。』……」（No.200, T04, p0244a）

王還即遣使者，入山請李言，若李不還者，當向叩頭道：「我自
知怨負萬民，憂不能食，須待李到。」（No.790, T17, p0735a）

1.7 謂

1.7.1《說文‧言部》：「謂，報也。」段玉裁注：「凡論人論事得其實謂之報。
謂者，論人論事得其實也。」支謙譯經中「謂」的用例凡 454 例，用做〔敘說〕
義的有 45 例。「謂」的用法與「語」相同，後面帶說話的對象，如果要帶敘述

語，一般需由「言」來引出。如：

　　　　二弟各顧，謂諸弟子：「汝等欲何趣？」（No.185, T03, p0483a）

　　　　爾時虛空多有眾鳥，見王軍馬各相謂言：「是王必爲金色鹿來。」
（No.153, T03, p0067c）

　　　　守門者白王言：「外有梵志姓駒夷欲見王。」王言：「大善！」
便請前坐，相勞問畢，卻謂王言：「我屬從海邊來，見一大國豐樂，
人民熾盛，多有珍寶，可往攻之，王審足復欲得是國？」王言：「我
大欲得。」（No.198, T04, p0175a）

　　1.7.2「謂」能引申爲〔稱爲〕義，這一用法占「謂」總用例的大多數。
如：

　　　　生滅則老死憂悲苦悶心惱大患皆盡，是謂得道。（No.184, T03,
p0470c）

　　　　梵志曰：「何謂逝心？何謂通達？何謂爲淨？何謂寂然？何謂爲
佛？」（No.76, T01, p0885c）

　　　　一心之道，謂之羅漢。（No.184, T03, p0467b）

1.8 小　結

　　本語義場用做〔敘說〕義的「云」、「言」、「謂」、「語」、「說」、「道」6個義
位中，「謂」、「語」後接說話的對象，「云」、「言」、「說」、「道」後接說話的內容
（往往是話題或主旨），當說話內容爲說話者陳述的原話時，這4個義位就用做
〔說道〕義，引出敘述語。用做〔說道〕義的還有一個義位「曰」，它只用來引
出敘述語。在支謙譯經中，「言」、「語」是表達〔敘說〕義的主要義位，「言」、
「曰」是表達〔說道〕義的主要義位，「說」、「道」用做〔敘說〕義趨於常見，
用做〔說道〕義則處於萌芽狀態。由於本語義場的各義位的區別主要在於句法位
置上，而不在語義上，不便於用義位結構式表示，本語義場的義位結構式從略。

二、歷時用例情況考察

　　漢語史上表〔敘說〕義的義位相對來說比較穩定，「云」、「言」、「謂」、「語」、
「說」、「道」自先秦時代就開始使用，只是它們內部存在著此消彼長的關係，

而且汪維輝（2000，第157～172頁）對東漢─隋時期這組義位的替換情況做了詳盡考察；而表〔說道〕義、用來引出敘述語的義位變動比較大，因此，在歷史情況考察時我們把重點放在表〔說道〕義的義位上。歷代表〔說道〕義的義位主要有5個〔註22〕：「曰」、「云」、「言」、「說」、「道」。

　　從上文對支謙譯經用例情況來看，按照是否與別的義位（主要是表〔言說〕義的義位）搭配使用，表〔說道〕義的義位可以分為兩類，如果搭配使用，則表〔說道〕義的義位純粹起引出敘述語的作用；如果不搭配使用，即單用，則表〔說道〕義的義位一身兼二職，除了引出敘述語外，仍然肩負表〔敘說〕義的任務。為了表述的方便，我們把前者稱為「〔說道〕$_2$」、後者稱為「〔說道〕$_1$」。

　　我們調查了從先秦到清代的16部文獻，它們的歷代用例情況如下表，具體考察情況見下文：

	曰	云	言	說	道
左傳	3415	30	/	/	/
韓非子	772	2	/	/	/
史記	5500	163	25	/	/
論衡	1146	19	58	4	/
支謙譯經	1000	10	2000	2	2
六度集經	939	40	67	/	/
賢愚經	340	3	900	/	/
三國志	6530	192	150	9	/
世說新語	1198	289	12	1	5
入唐求法巡禮行記	14	227	3	11	10
祖堂集	2556	4793	67	15	92
朱子語類	14589	3378	486	485＋23	51
元典章・刑部	14	9	7	8＋3	31
金瓶梅前42回	17	16	12	244＋467	3160
紅樓夢	21	64	/	1412＋993	8961
兒女英雄傳	8	13	/	1112＋689	3201

　　說明：「說」一欄中最後五部作品「＋」號後面的數字是「說道」的用例。

〔註22〕　「語」、「謂」有時也可引出敘述語，由於用例很少，茲從略。另外，「講」也常用於表〔說道〕義，但主要限於在一些方言中使用，本文也不做討論。

2.1 先秦用例

2.1.1 先秦時代表〔說道〕義引出敘述語的義位是「曰」、「云」。從《左傳》、《韓非子》的用例來看，「云」的用例全部用於引用典籍或引述他人話語（如義叢「《詩》云」的用例《左傳》22 例、《韓非子》2 例）；「曰」除了用於引用古書或引述他人話語外（如義叢「《詩》曰」的用例《左傳》98 例、《韓非子》3 例），更多地引出說話者自己的話語。也就是說，就用做〔說道〕義而言，「曰」的義域包括了「云」〔註23〕的義域，「曰」的用例也遠遠多於「云」的用例。

「曰」既能用做〔說道〕₁，又能用做〔說道〕₂。其中用做〔說道〕₂時相搭配的義位有：「對」、「告」、「言」、「問」、「諫」、「誓」、「盟」、「謀」、「書」（按：〔書寫〕義）等。如：

> 周桓公言於王曰：「我周之東遷，晉、鄭焉依。善鄭以勸來者，猶懼不蔇，況不禮焉？鄭不來矣。」（《左傳·隱公六年》）

> 公使羽父請於薛侯曰：「君爲滕君辱在寡人，……」（《左傳·隱公十一年》）

> 少師謂隨侯曰：「必速戰。不然，將失楚師。」（《左傳·桓公八年》）

> 趙鞅呼司馬寅曰：「日旰矣，大事未成，二臣之罪也。建鼓整列，二臣死之，長幼必可知也。」（《左傳·哀公十三》）

> 大尹謀曰：「我不在盟，無乃逐我？復盟之乎！」（《左傳·哀公二十六年》）

此外，《左傳》中「曰」就已有用做〔稱爲〕的用例，如：

> 初，晉穆侯之夫人姜氏以條之役生太子，命之曰仇。（《左傳·桓公二年》）

2.1.2「言」的賓語是所說的內容，而不能直接帶說話對象。如：

〔註23〕「云」可以做特殊代詞，即用於句末、以「云」徑代表約說或省說的內容，這是「曰」所沒有的用法。如：「介葛盧聞牛鳴，曰：『是生三犧，皆用之矣。其音云。』」（《左傳·僖公二十九年》）

　　張侯曰：「自始合，而矢貫余手及肘，余折以御。左輪朱殷，豈
敢言病？吾子忍之！」（《左傳・成公二年》）

如果要說明說話的對象，只能以介詞結構做狀語或補語的形式出現，各舉
1 例：

　　楚子使與師言曰：「君處北海，寡人處南海，唯是風馬牛不相及
也，不虞君之涉吾地也，何故？」（《左傳・僖公四年》）

　　孟獻子言於公曰：「臣聞小國之免於大國也，……」公說。（《左
傳・宣公十四年》）

值得注意的是，先秦時代「言」只用做〔敘說〕義，不能直接帶敘述語，
如果要帶敘述語，必須後接「曰」引出，如上面所舉的兩個用例。

2.2 《史記》用例

　　《史記》中本語義場的一個重要變化是「言」、「云」侵入到原先「曰」的
義域中，三者的義域開始趨同。

　　2.2.1「言」由原先的〔敘說〕義開始用做〔說道〕義、引出敘述語。如：

　　群臣皆頓首言：「皇太后爲天下齊民計所以安宗廟社稷甚深，群
臣頓首奉詔。」（《史記》卷 9，第 403 頁）

　　公孫弘言：「齊王以憂死毋後，國入漢，非誅偃無以塞天下之望。」
遂誅偃。（《史記》卷 52，第 2008 頁）

「言」用做〔說道〕義當是「言」、「曰」經常連用、詞義沾染使然。因爲
「言」、「曰」連文引出敘述語的用例在先秦就已經出現，《史記》中大量使用。
《史記》中由「言曰」引出敘述語的用例（這一義叢中「言」仍用做〔敘說〕
義）有 70 餘例，是「言」單用引出敘述語的用例的 3 倍。《史記》正處於由「言
曰」向「言」的演變過程中。值得注意的是，我們還發現 1 例表〔言說〕義的
義位「對」後接「言」的用例，這是用做〔說道〕義的義位「曰」常見的句法
位置，這種位置語義重心在前一個義位「對」上，「言」只是用做引出敘述語的
功能。例：

　　召入，至於殿下，有詔問之曰：「何於治北海，令盜賊不起？」

叩頭對言:「非臣之力,盡陛下神靈威武之所變化也。」(《史記》卷
126,第 3210 頁)

2.2.2《史記》中「云」引出敍述語的只有 3 例,其中 2 個用例「鼎銘云」、
「書云」用於引用典籍,這是「云」的原有用法;另一例用在表〔言說〕義的
義位「白」後面,語義重心在「白」上,「云」用做〔說道〕₂,只是起引出敍
述語的作用。例:

諸府掾功曹白云:「王先生嗜酒,多言少實,恐不可與俱。」太守
曰:「先生意欲行,不可逆。」遂與俱。(《史記》卷 126,第 3210 頁)

2.2.3「說」用做〔敍說〕義,「二典」引用的始見例都是《易・咸・象傳》:
「咸其輔頰舌,滕口說也。」但這在先秦時代十分罕見。《史記》中「說」後
面接表人的名詞,念去聲,用做〔勸說〕義,未見用做〔敍說〕義的用例。
如:

漢遣陸賈說項王,請太公,項王弗聽。(《史記》卷 7,第 330
頁)

《論衡》中「說」用做〔敍說〕義的用例開始常見起來。如:

世常以桀、紂與堯、舜相反,稱美則說堯、舜,言惡則舉紂、
桀。(《論衡・齊世》)

論聖人不能神而先知,先知之間,不能獨見;非徒空說虛言,
直以才智準況之工也。(《論衡・辨祟》)

而且「說」也能引出敍述語,用做〔說道〕₁,《論衡》中有 4 例。如:

吳君高說:「會稽本山名,夏禹巡守,會計於此山,因以名郡,
故曰會稽。」(《論衡・書虛》)

書說:「孔子不能容於世,周流遊說七十餘國,未嘗得安。」夫
言周流不遇,可也;言干七十國,增之也。(《論衡・儒增》)

2.3 六朝用例

2.3.1 這一時期我們選用了 3 部佛教文獻和 2 部中土文獻進行考察,我們
發現,佛教文獻支謙譯經、《賢愚經》中「言」佔有明顯優勢,與中土文獻中

「曰」占絕對優勢的情況很不一樣。考察歷代用例情況，反映的情況也是如此。至於佛教文獻《六度集經》中「曰」遠多於「言」的原因在於它語言風格古雅，反映出來的情況與中土文獻相一致。

六朝時期「言」、「云」、「曰」3 個義位除了在主語的要求上略有區別外（「言」的主語只限於人，「云」、「曰」還可以是典籍等），在引出敘述語這一功能上已經趨同。此後長時間內它們開始了同義義位之間此消彼長的競爭。

汪維輝（2000，第 163、170 頁）通過對「說」、「道」的賓語、狀語等成分的考察，認為雖然受文體和用詞習慣的影響，就總數而言，「言」仍遠遠多於「說」，但是「說」的用例帶有明顯的口語色彩，據此推測，在《三國志》作者陳壽時代的口語裏，表〔敘說〕義的「說」已取代了「言」。與此同時，「道」的用例也很常見，「說」、「道」正處於並用競爭的局面，而文言詞「言」則已退居次要地位。但是就表〔說道〕義、引出敘述語而言，「說」、「道」與「曰」、「言」、「云」相比，用例懸殊很大，應該說「說」、「道」的這一用法還只是處於逐步發展中。

2.3.2 《世說新語》中出現了用做動詞〔談論〕義的「話」，「二典」中的始見例都為唐孟浩然《過故人莊》詩，可提前。

《世說新語》中「話」8 例，除了名詞義外，用做〔敘說〕義 6 例，其中用於義叢「話言」2 例（另有 2 例「話言」用做名詞）、「言話」2 例、「談話」1 例。如：

> 既至，天錫見其風神清令，**言話**如流，陳說古今，無不貫悉。
> 又譖人物氏族，中來皆有證據。天錫訝服。（《世說新語·賞譽》）

> 張甚欲**話言**，劉了無停意。（《世說新語·任誕》）

2.4 唐宋用例

這一時期「說」、「道」的用例雖然有所增加，但是仍然比不上其它老資格的義位「曰」、「云」（「言」的用例相對較少）。就「說」、「道」兩個同義義位之間和「曰」、「云」兩個同義義位之間的用例情況來看，不同文獻反映的情況互有參差，看不出有沒有明顯的規律，義位的選用當是取決於個人的用詞習慣。

「話」是唐代表示「說話」義的一個常用詞，這種「話」字到唐代就發展成了及物動詞，大多單用，已成為一個獨立的詞。如：

話離情未已，煙水萬重山。(《全唐詩》第 3 卷·李隆基《送胡真師還西山》)

且言臨海郡，兼話武陵溪。(《全唐詩》第 49 卷·張九齡《城南隅山池》)

具陳留住之由，兼話辛苦之事。(《入唐求法巡禮行記》卷一)

不過這個「話」在通語中流行的時間看來並不長。大約宋代以後，「話」一般只用做名詞了。

《祖堂集》中「說」、「道」的用例中有不少通過介賓短語來引出說話對象，而這在此前的文獻中罕見，如「向弟說」、「與汝道」等，同樣的格式也運用於「曰」、「云」，原先引出說話對象需用「『謂』或『語』＋說話對象＋『曰』」的格式開始打破。如：

師拈起金花疊子向帝曰：「喚作什摩？」(《祖堂集卷三·慧忠國師》)

師初住庵時，有一僧到，師向僧云：「某甲入山去，一餉時爲某送茶飯來。」(《祖堂集卷十六·南泉和尚》)

《朱子語類》中「說」、「道」的用例數「說」遠遠多於「道」，與前代相比，它們的用法有了發展，「說」的主語可以是典籍，引出原文。如：

《集注》說：「愛之理，心之德。」(《朱子語類卷六·性理三·仁義禮智等名義》)

「道」可以用在表〔敘說〕義的義位後引出敘述語，但用例還較少，只見於「說」、「問」等幾個義位後面，其中「說道」23 例，約占「道」用做〔說道〕義，引出敘述語的總用例（51 例）的一半。如：

某說道：「後來黃河必與淮河相併。」(《朱子語類卷二·理氣下·天地下》)

不去思量，只管問人，恰如到人家見著椅子，去問他道：「你安頓這椅子是如何？」(《朱子語類卷一百一十五·朱子十二·訓門人三》)

2.5 元明清用例

2.5.1 這一時期本語義場一個最顯著的變化是「說」、「道」代替了「曰」、「云」、「言」成爲表〔說道〕義的主要義位。

從「說」、「道」的用例數來看，「道」又遠遠多於「說」，原因是「道」除了自己直接引出敘述語外，還能用在表〔言說〕義、〔叫喚〕義的義位後引出敘述語，而「說」一般只用做前者，也就是說，「道」的義域要比「說」寬。據查，《元典章・刑部》中「道」能用於「言」、「說」、「回」（按：〔回答〕義）、「問」、「叫」、「喝」後面，《金瓶梅》中與「道」搭配的義位更加豐富，除了上述幾個義位外，還能用於「告」、「答」、「應」、「謝」、「罵」、「嘈」（按：〔吵鬧〕義）「喝采」、「商議」、「分付」等義位後面，另外，「道」能與表〔思維〕義的義位「想」、「自想」、「自忖」、「尋思」以及表〔書寫〕義的義位「寫」組合。這些組合表明，元明時代「道」的義域已經擴大到原有義位「曰」、「云」、「言」的義域並替換了它們。

2.5.2「道」的用例直至清末的《兒女英雄傳》還遠多於「說」，但一百多年後，在現代漢語中卻成了「說」的一統天下，究竟是什麼原因呢？

從上文的考察我們知道，從宋代開始，「道」經常與別的義位組合成義叢，這些義叢又逐漸凝固成詞，「道」成爲這些新詞的構詞語素，這樣導致的結果是「道」與別的語言成分組合時很難插入虛詞成分，與語言精密化的要求不相適應。如「道」的修飾成分不能與近代漢語中出現的時態助詞「著」、「了」、「過」自由組合。同時，「道」用在本語義場別的義位後，逐漸虛化，如在義叢「說道」、「問道」、「答道」中「道」虛化成爲湊音節的附帶成分，這些義叢雖然在白話小說中常見，可以說已成了明清白話小說的語言特色，但是這種白話小說中的語言畢竟與實際口語已經脫節，在口語中並沒有這些用做附帶成分的「道」。

20 世紀初葉的新文化運動提出了「以吾手寫吾口」的口號，提倡把口語直接記錄到紙面上，呂叔湘先生（1980，第 80 頁）曾概括了書面語的這一巨大轉變：「白話最初只在通俗文學裏使用，直到五四以後才逐步取代文言，成爲唯一通用的書面漢語。」在這種情況下，這些用做附帶成分而在口語中早已淘汰了的「道」便在書面上也不見了蹤影，「說」既用做〔敘說〕義又用做〔說道〕義「一統天下」的局面最終凸顯了出來。這個例子也表明了書面文獻用做語言研究材料的局限性。

2.6 小　結

　　〔言說〕語義場義位眾多，我們重點考察了其中表〔敘說〕義和表〔說道〕義的一些義位。總的來說，表〔說道〕義的義位在發展上遲於表〔敘說〕義的義位。這是因為後者在口語中除了轉述別人的話語外沒有必要出現，而只在記載到書面中才用得著。就表〔敘說〕義的義位而言，六朝時期是「說」、「道」對原有義位「言」、「語」、「云」替換時期。就表〔說道〕義的義位而言，先秦兩漢是「曰」、「云」；「言」在《史記》時代加入本語義場，在支謙譯經中上升為主要義位，並成為佛教文獻語言的一個特點；元代開始，「道」、「說」替代了原有義位「曰」、「云」、「言」。到了現代漢語中，「說」成為表〔敘說〕義和表〔說道〕義的唯一義位。

語義	先秦兩漢	支謙譯經	晉至宋代	元明清	現代
〔敘說〕	言、語、云	說、道、話	說、道	說
〔說道〕	曰、云	言、曰、云	曰、云、言	道、說

第三節　〔歌誦〕語義場 [註24]

　　〔歌誦〕語義場各義位的共同義素是〔按照說話的方式發出聲音〕，在支謙譯經中包括「誦」、「諷」、「讀」、「吟」、「詠」、「歌」、「唱」7個義位。

一、支謙譯經用例情況

1.1 誦

　　《說文·言部》：「誦，諷也。」「誦」、「諷」互訓。段玉裁注：「《大司樂》（按：指《周禮·春官·大司樂》）：『以樂語教國子：興、道、諷、誦、言語。』注（按：指鄭玄注）：『倍文曰諷，以聲節之曰誦。』倍同背，謂不開讀也。誦則非直背文，又為吟詠以聲節之。《周禮》經注析言之，諷、誦是二，許統言之，諷、誦是一也。」「諷」為脫離書本憑記憶而背念，「誦」則是看著書本有節律地念讀。黃金貴先生認為，「諷」從風得聲，由風之無形而引申出背念，「誦」從「甬」得聲，「甬」聲之字多有躍動義，故聲之低昂頓挫也可謂之「誦」。支

〔註24〕參看蔣紹愚《白居易詩中與「口」有關的動詞》，《蔣紹愚自選集》第134～149頁；黃金貴《古代文化詞義集類辨考》「99.諷·誦·詠·吟」條，第528～529頁。

謙譯經中「誦」的用例凡 93 例。用於義叢「講誦」、「諷誦」、「讀誦」、「誦咒」、「誦習」以及 3 個義位連文構成的義叢「諷誦讀」等，受事者有經、文、經偈、經法、經道、經典、法言、三昧等。如：

　　誦讀經偈，當願眾生，博解諸法，無復漏忘。（No.281, T10, p0449b）

　　有**誦**經者，其音如三百鐘聲。（No.362, T12, p0307c）

　　若於十萬佛已起菩薩意，然後亦復起菩薩意，不誹謗方等經，亦不**諷誦讀**之。（No.632, T15, p0465c）

1.2 諷

《說文·言部》：「諷，誦也。」支謙譯經中「諷」的用例凡 32 例，用於義叢「諷誦」（18 例）、「諷誦讀」（5 例）、「諷詠」（1 例）、「志諷」（1 例）等。這些義叢中的「諷」，除了「志諷」中的「諷」還用做〔背誦〕義外，別的義叢中的「諷」由於與〔發出聲念讀〕義的義位組合，意義已經泛化。現列舉明確用做〔背誦〕義的「諷」的用例：

　　佛十二部經，有四阿含，獨阿難侍佛久，佛之所說，阿難**志諷**，當從書受。No.6, T01, p0190c-0191a）

　　是時墮沙國，諸長者子，共賃一梵志，名勇辭，使之難佛取勝，謝金錢五百。梵志亦一時三月，**諷**五百餘難，難中有變，自謂無勝己者。（No.198, T04, p0179c）

　　爲沙門不斷正性，善**諷**受不斷聞德。（No.474, T14, p0525a）

　　博聞能**諷**，慧力持念。（No.474, T14, p0534a）

支謙譯經中既有義叢「諷經」，又有「誦經」，但由於它們並不在同一語境中共現，我們不能說「諷經」一定是〔背念經文〕義〔註25〕。例：

　　復有十學：當多**諷**經，當遠鄉土，當近明師，……是爲次第治地之行。（No.281, T10, p0450a）

〔註25〕《漢語大詞典》釋「諷經」爲〔念經〕義，但始見例引明代用例，我們不能據此來說明支謙譯經中的「諷經」已是〔念經〕義，但詞位「諷」由〔背誦〕義到〔念誦〕義引申序列是可以肯定的。

1.3 讀

《說文·言部》:「讀,誦書也。」段玉裁改「誦」為「籀」,並注曰:「讀與籀疊韻而互訓,《庸風》傳曰:『讀,抽也。』《方言》曰:『抽,讀也。』蓋籀、抽古通用。……尉律,學僮十七已上始試,諷籀書九千字乃得為吏。諷謂背其文,籀謂能繹其義。……諷誦亦可云讀,而讀之義不止於諷誦,諷誦止得其文辭,讀乃得其義蘊。」「二典」均引《孟子·萬章下》「頌其詩,讀其書,不知其人可乎?」為始見例。楊伯俊注:「『讀』字涵義,既有誦讀之義,亦可有抽繹之義,故譯文用『研究』兩字。」「讀」的意思是抽繹詩文的意義,而要抽繹詩文意義,首先必須閱讀或念讀(出聲與否無需強調),這樣「讀」也用做〔閱讀〕或〔念讀〕義。

支謙譯經中「讀」的用例凡 16 例,其中用於義叢「諷誦讀」(5 例)、「讀誦」(5 例),「誦讀」(1 例),「諷讀」(1 例)。由於這些義叢都為並列關係,與「讀」組合的義位為「諷」、「誦」,而且這 3 個義位排列順序序不定,應該說支謙譯經中「讀」與「諷」、「誦」是同義的,而不再用做〔抽繹〕義,如果還有作〔抽繹〕義,排列順序必須是「讀」在「諷」、「誦」的後面,先念讀,後抽繹,就像上文所引《孟子·萬章下》的用例那樣。「讀」的用例如:

> 眾生瞢瞢,為六冥所蔽,覩佛不奉,見經不讀。(No.76, T01, p0885c)

> 第二夫人,唯有一子,聰明慈仁,孝順父母,王甚愛念,遣詣學堂,**讀誦**書典。(No.200, T04, p0222a)

> 在在人人聞是法者快得善利,誰聞是語而不好信,如有手執翫習**諷讀**,是為得佛行念。(No.474, T14, p0535b)

1.4 歌

《說文·欠部》:「歌,詠也。」「歌」是〔按樂律詠唱〕的意思。支謙譯經中「歌」的用例凡 25 例,用於義叢「歌舞」、「歌詠」、「歌聲」等。如:

> 舞女聞已,尋將諸人,共相隨逐,且歌且舞到竹林中。(No.200, T04, p0240a-b)

> 時有一大國,名波羅奈國,其王名曰梵摩達多,將諸宮人林中

遊戲,遣諸婇女輩,激聲而歌;外有一人,高聲和之。（No.200, T04, p0254c）〔註26〕

汝今何爲憍慢放恣乃至如是?向者歌聲,其音以變,何故在此,作諸恣態?（No.200, T04, p0240c）〔註27〕

1.5 唱

《說文・口部》:「唱,導也。」段玉裁注:「古多以倡爲之。」「唱」爲〔領唱〕義,支謙譯經中「唱」的用例凡53例（寫做「唱」37例,「倡」16例）,用做〔領唱〕義位的僅見1例:

人欲相惡,相見不歡,唱而不和,可知爲薄;人欲相善,緩急相赴,言以忠告,可知爲厚。（No.790, T17, p0731a）

「唱（倡）」的其它用例用做動詞性的〔叫喚〕義（按:參看本章第四節〔叫呼〕語義場）、名詞性的〔伎樂〕義和〔歌舞藝人〕義（1例,見於「倡優」）。其中,用做名詞性的〔伎樂〕義和〔歌舞藝人〕義時,「唱（倡）」變讀爲平聲。支謙譯經中用做〔伎樂〕義的用例很多,凡16例,均見於義叢「倡伎樂」15例（其中1例寫做「唱伎樂」）、「歌舞倡樂」1例。

1.6 吟

《說文・口部》:「呻,吟也。」又:「吟,呻也。」段玉裁注:「按呻者吟之舒,吟者呻之急,渾言則不別也。」「呻」、「吟」都是〔念讀〕義。黃金貴先生解釋說,呻吟之聲悠長動人,故「吟」之讀書義體現出富有感情地念讀的特點。值得注意的是,「吟」和下面要討論的「詠」這兩個義位與上述「諷」、「誦」、「讀」3個義位的〔念讀〕義有所不同,詩歌韻文一類事物除了作爲動作的受事者以外,大多數情況下是作爲動作的結果。支謙譯經未見用做這一義位的「吟」〔註28〕,茲補充同時代的用例。如:

〔註26〕「歌」、「和」對舉,這裡是「諸婇女輩」一起歌唱,用「歌」不用「唱」。

〔註27〕「歌聲」後來逐漸凝固爲一個詞。大約在唐代以後,「歌」一般只用做表〔歌曲〕義的名詞性義位、原先表〔歌唱〕義的動詞性義位由「唱」來承擔,「歌聲」並不能替換成「唱聲」,說明當時「歌聲」已經成詞了。

〔註28〕支謙譯經中「吟」的用例均見於義叢「呻吟」,義爲〔因痛苦而發出聲音〕,見〔叫呼〕語義場中的有關考察。

子以愁慘，行吟路邊。形容枯悴，憂心如焚。（《全三國文》卷

十九‧曹植《釋愁文》）

1.7 詠

《說文‧言部》：「詠，歌也。從言，永聲。詠，或從口。」「詠」從永聲，

永聲有悠長義，故引申爲悠長念讀，對象爲合音合律的詩歌韻文。支謙譯經中

「詠」的用例凡 3 例，用於義叢「諷詠」、「行詠」、「歌詠」：

比丘如此，行道不止，會得解脫，如佛法教，轉相承用，**諷詠**

佛語，常用時誨。（No.6, T01, p0177b）

行詠歌經，當願眾生，念佛恩德，行法供養。（No.281, T10,

p0449b）

國虛民窮，飢餓滿道，**歌詠**怨聲，感動鬼神。（No.790, T17,

p0734b）

1.8 小　結

本語義場 7 個義位可分爲 3 組：第一組是「諷」、「誦」、「讀」，「諷」、「誦」

的區別在於動作的方式不同，「諷」是脫離書本憑記憶而背念；「誦」是看著書

本念讀。「讀」的本義是抽繹文章的意義，但從支謙譯經的用例來看，「讀」已

用做〔閱讀〕或〔念讀〕義；這 3 個義位動作的受事者爲任何文字材料。第二

組是「吟」、「詠」，「吟」是富有感情地念讀；「詠」是拖長聲音念讀；這兩個義

位動作的結果是合音律的詩歌韻文。第三組是「歌」、「唱」，「歌」是一般的歌

唱，而「唱」爲帶頭唱，領唱；這兩個義位動作的結果是歌曲。這 3 組義位之

間的關係錯綜複雜，第一組與第二、三組的區別在於：前者動作的受事者是文

章，它們在動作發生以前就已存在；後二者動作的結果是詩歌韻文或歌曲，它

們在動作發生以後才產生〔註 29〕。第一、二組與第三組的區別在於：前二者發

出聲音的方式是按照一般說話方式，後者則還應符合樂律的要求。爲了直觀起

見，這些義位用義位表達式表示爲：

〔註 29〕其中「吟」、「詠」的動作對象也可以在動作以前存在（即用做受事者），但用例較

　　　少。

義位	〔動〕	〔施〕	〔方式〕1	〔方式〕2	〔受〕	〔結果〕
諷	按說話方式發聲	人	脫離書本		文章	
誦	按說話方式發聲	人	看著書本	抑揚頓挫	文章	
讀	按說話方式發聲	人	看著書本		文章	
吟	按說話方式發聲	人		富有感情		詩歌韻文
詠	按說話方式發聲	人		拖長聲音		詩歌韻文
歌	按說話方式發聲	人	按樂律			歌曲
唱	按說話方式發聲	人	按樂律	帶頭		歌曲

二、歷時用例情況考察

2.1 先秦至六朝用例

本語義場從先秦到六朝變化不大。

2.1.1 上文從「讀」的本義〔抽繹〕義已經談到「讀」既能用做〔閱讀〕義又能用做〔念讀〕義，但是它究竟用做哪一義位，很難判斷。下面結合《史記》、《顏氏家訓》的用例再做些考察。

《史記》中「讀」的用例較多，凡 58 例，我們發現明確判斷用做〔閱讀〕義還是〔念讀〕義的只有少數幾例，各舉 1 例：

公車令兩人共持舉其書，僅然能勝之。人主從上方讀之，止，輒乙其處，讀之二月乃盡。(《史記》卷 126，第 3205 頁) 〔註30〕

（將軍）乃出詔書爲王讀之。讀之訖，曰：「王其自圖。」(《史記》卷 106，第 2836 頁) 〔註31〕

大多數用例則很難判斷，如：

龐涓果夜至斫木下，見白書，乃鑽火燭之。讀其書未畢，齊軍萬弩俱發，魏軍大亂相失。(《史記》卷 65，第 2164 頁)

太史公曰：余讀孟子書，至梁惠王問「何以利吾國」，未嘗不廢書而歎也。(《史記》卷 74，第 2343 頁)

〔註30〕此例中「讀」的對象是奏牘，而且花了兩個月才讀完，「讀」當用做〔閱讀〕義。

〔註31〕本句意思是將軍讀詔書給王聽，「讀」用做〔念讀〕義。

褚先生曰：臣幸得以經術爲郎，而好讀外家傳語。（《史記》卷
126，第 3203 頁）

我們發現這些例句有一個共同的特點，這些用例中的「讀」語義重點在於
獲得知識信息，而不在於「讀」這個動作本身，因此，「讀」的出聲與否無需關
注。「讀」的這一語義特點，一直保留到現代漢語中。段玉裁在給《說文·言部》
「讀」字作注時舉了很多《史記》用例說明「讀」用做〔抽繹〕義，筆者認爲
即使釋爲〔抽繹〕義，「讀」的語義重點在於獲得知識信息。正因爲如此，「讀」
與它的受事者「書」經常組合，組成義叢「讀書」，而且它的語義已凝固化，表
達〔學習〕的意思。「讀書」的用例《史記》中有 13 例，《顏氏家訓》10 例。
如：

少時家貧，好讀書，有田三十畝，獨與兄伯居。（《史記》卷 56，
第 2051 頁）

其妻曰：「嘻！子毋讀書遊說，安得此辱乎？」（《史記》卷 70，
第 2279 頁）

夫所以讀書學問，本欲開心明目，利於行耳。（《顏氏家訓·勉
學》）（按：「讀書」、「學問」對舉。）

曾子七十乃學，名聞天下；荀卿五十，始來遊學，猶爲碩儒；
公孫弘四十餘，方讀春秋，以此遂登丞相；朱雲亦四十，始學易、
論語；皇甫謐二十，始受孝經、論語；皆終成大儒，此並早迷而晚
寤也。（《顏氏家訓·勉學》）（按：「學」、「讀」、「受」對舉。）

2.1.2「誦」的〔出聲念讀〕義從古至今一直穩定，而且「誦」的〔出聲〕
這一義素一直保留，沒有引申出〔閱讀〕義。現舉兩例明顯能看出「誦」的〔出
聲〕這一義素的用例：

公怒，鞭師曹三百。故師曹欲歌之，以怒孫子，以報公。公使
歌之，遂誦之。（《左傳·襄公十四年》）（按：「歌」、「誦」對舉，「誦」
的義素〔出聲〕顯而易見。）

合口誦經聲璨璨。（《顏氏家訓·書證》）

2.1.3 詞位「諷」從先秦開始就有兩個義位：〔背誦〕、〔諷諫〕，六朝以後，

詞位「諷」以用做〔諷諫〕義爲常。而表達〔背誦〕義往往由意義已經泛化了的詞位「誦」來承擔。如：

> 師曰：「童子苟有志，我徒相教，不求資也。」於是遂就書。一
>
> 冬之間，誦孝經、論語。（《三國志》卷 11 裴注，第 351 頁）

值得注意的是，大約在東漢，〔背誦〕義可以用「倍（背）」這一詞的形式來表達了。上文所引的《周禮‧春官‧大司樂》中的用例「諷誦言語」，漢鄭玄注：「倍文曰諷。」此例中「倍」同「背」，用「背文」來釋「誦」，「倍（背）」就是〔背誦〕義。但是在列入本文考察範圍的漢魏六朝文獻中未見用例。

《漢語大詞典》引《三國志‧魏志‧王粲傳》的用例作爲「背」的〔背誦〕義的始見例：

> 粲與人共行，讀道邊碑，人問曰：「卿能闇誦乎？」曰：「能。」
>
> 因使背而誦之，不失一字。（《三國志》卷 21，第 599 頁）

這段文字中〔背誦〕義由義叢「暗誦」表達，「背而誦之」中的「背」是〔轉過身去〕的意思，表明「誦」的方式，不能說「背」就已有了〔背誦〕義，《漢語大詞典》舉此用例不妥；相反，此處的「誦」表達的正是〔背誦〕義。

2.1.4 大約在東漢時期，詞位「念」開始有了表〔發出聲來讀〕義的義位。「二典」均引《漢書‧張禹傳》中的用例：「欲爲論，念張文。」王先謙補注引周壽昌曰：「念，背誦也。今猶云讀書爲念書。」但是在列入本文考察範圍的從先秦到六朝文獻中未見用例。

這一時期的佛教文獻中有不少「念經」的用例，但「念」還是用做〔思考〕義。例如支謙譯經中的用例：

> 行道中有在地講經者，誦經者，說經者，口受經者，聽經者，
>
> 念經者，思道者，坐禪者，經行者。（No.362, T12, p0305c）（按：根
>
> 據語義表達的層次，「念經」的「念」爲〔思考〕義。）

2.1.5 先秦一直到三國，「唱（倡）」用做動詞性義位均爲〔領唱〕義或由〔領唱〕義引申的〔倡導〕義。如：

> 外内倡和爲忠，率事以信爲共，供養三德爲善，非此三者弗當。
>
> （《左傳》昭公十二年）

宋王與齊仇也，築武宮。謳癸倡，行者止觀，築者不倦。(《韓
非子‧外儲說左上》)

今誠以吾眾詐自稱公子扶蘇、項燕，爲天下唱，宜多應者。(《史
記》卷 48，第 1950 頁)(按：「唱」引申爲〔倡導〕義。)

根據蔣紹愚先生(1994，第 143 頁)的考察，在《玉臺新詠》中「唱」有
〔唱歌〕義。但是在列入本文考察範圍的六朝文獻中未見用例。

2.2 唐五代用例

2.2.1 唐五代時期本語義場的一個變化是用做〔發出聲來讀〕義「念」的使
用開始普遍，與「誦」同義。我們發現《入唐求法巡禮行記》中用做「誦經」
的解釋語的「念經」用例，此例說明作爲一種宗教活動的誦經儀式，在唐代的
口語中已經用「念經」表達了：

新羅誦經儀式(大唐喚作「念經」)：打鐘定眾了。下座一僧起
打槌，唱「一切恭敬敬禮常住三寶」。……(《入唐求法巡禮行記》
卷二)

《祖堂集》中有多處用例憑語境能證明「念」爲〔發出聲來讀〕義。如：

師巡遊往至一竹林之間，聞一比丘錯念佛偈曰：若人生百歲，
不見水潦洞。不如生一日，而得睹見之。(《祖堂集卷一‧第二祖阿
難尊者》)

行者曰：「某甲不識文字，請兄與吾念看，我聞願生佛會。」有
一江州別駕張日用，爲行者高聲誦偈。(《祖堂集卷二‧第三十二祖
弘忍和尚》)

師爲沙彌時，在宗和尚處童行房裏念經，宗和尚問：「誰在這裏
念經？」對云：「專甲獨自念，別無人。」宗和尚喝云：「什摩念經，
恰似唱曲唱歌相似，得與摩不解念經。」(《祖堂集卷十八‧仰山和尚》)

2.2.2 唐五代時表達〔背誦〕義一般用「誦」，如：

因茲有孕，産子，名曰光光。年十五，九經通誦。(《祖堂集卷
二‧慧可禪師》)

若不能任摩得，縱令誦得十二《圍陀經》，只成增上慢，卻是謗
佛，不是修行。(《祖堂集卷十四・百丈和尚》)

2.2.3 唐五代是「歌」和「唱」在表達〔歌唱〕義上發生更替的重要時期。
杜甫詩中在表達〔歌唱〕義上還是「歌」比「唱」常見，到了白居易詩中「歌」、
「唱」都很常見，但二者所帶賓語有區別，「歌」的賓語多爲內容，「唱」則
多爲曲調，到了《祖堂集》中「唱」已成爲表達〔歌唱〕義的主要義位。另
外，在白居易詩中「嘲」出現了〔吟詠〕義。詳細情況請參看蔣紹愚先生(1994，
第142～144頁)的有關論述。

2.3 宋代用例

2.3.1 宋代本語義場的一個變化是用做〔背誦〕義的「背」〔註32〕的普遍使
用。我們以《朱子語類》中的用例加以說明：

蓋古人無本，除非首尾熟背得方得。至於講誦者，也是都背得，
然後從師受學。(《朱子語類卷一百二十一・朱子十八・訓門人九》)

讀書須是成誦，方精熟。今所以記不得，說不去，心下若存若
亡，皆是不精不熟之患。若曉得義理，又皆記得，固是好。若曉文
義不得，只背得，少間不知不覺，自然相觸發，曉得這義理。(同上)

(按：此例中「誦」、「背」都是〔背誦〕義。)

2.3.2《朱子語類》中以義位「誦」構成的義叢很多，如用做〔背誦〕義的
義叢「記誦」、「暗誦」和用做〔念讀〕義的義叢「諷誦」、「念誦」以及「琅然
誦」〔註33〕等。值得注意的是，義叢「諷誦」已用做〔念讀〕義：

後來讀至半了，都只將《詩》來諷誦至五十過，已漸漸得《詩》
之意；卻去看注解，便覺減了五分以上工夫；更從而諷誦四五十過，
則胸中判然矣。(《朱子語類卷一百四・朱子一・自論爲學工夫》)

〔註32〕《漢語大字典》中「背」用做〔背誦〕義的始見例引《明實錄》，嫌晚。

〔註33〕「琅然誦」與「朗誦」意義相同。《朱子語類卷一百三十九・論文上》：「和甫即展
開琅然誦一遍。」《漢語大詞典》「朗誦」條引宋陸游《浮生》詩：「橫陳糲飯側，
朗誦短檠前。」

2.4 小　結

本語義場各義位除了「吟」、「詠」較為穩定外，別的義位多有興替，興替的過程都在唐宋時代。本語義場一個值得注意的現象是：兩個同屬於本語義場的義位由一個詞位形式表示，如「誦」兼表〔念讀〕義和〔背誦〕義，「讀」兼表〔閱讀〕義和〔念讀〕義。

語義	先秦至六朝	唐五代	宋代以後
〔背誦〕	諷、誦	誦	背、誦
〔念讀〕	誦、讀	誦、讀、念	念、讀、誦、朗誦
〔閱讀〕		讀	
〔歌唱〕	歌	歌、唱	唱
〔吟詠〕	吟、詠	吟、詠、嘲	吟、詠

第四節　〔叫呼〕語義場 [註34]

〔叫呼〕語義場各義位的共同義素是〔發出聲音〕，與〔言說〕、〔歌誦〕語義場的中心義素相比，〔叫呼〕語義場發出的聲音是否屬於語言性質不被強調。支謙譯經中〔叫呼〕語義場包括「呼」、「喚」、「叫」、「唱」、「號」、「嗥」、「哭」、「啼」、「呻」、「吟」10 個義位。

一、支謙譯經用例情況

1.1 呼

「呼」對應於《說文》中用做〔呼吸〕義的「呼」和用做〔叫呼〕義的「嘑」兩字。《說文・口部》：「呼，外息也。」又：「嘑，號也。」段玉裁注：「……諸書云叫呼者，其字皆當作『嘑』，不當用外息之字。」本語義場中討論的是對應於《說文》中「嘑」的「呼」。

支謙譯經中「呼」的用例凡 40 例，均對應於《說文》中的「嘑」，未見用做〔呼吸〕的「呼」。其中用做〔叫呼〕義 17 例，用於並列式義叢「呼嗟」（4例）和偏正式義叢「大呼」（2例）。如：

〔註34〕 參看蔣紹愚《白居易詩中與「口」有關的動詞》，《蔣紹愚自選集》第 134～149 頁；
汪維輝《東漢—隋常用詞演變研究》「呼／喚、叫」條，第 173～188 頁。

・59・

闍士賣身不售，便自宛轉臥地啼哭呼曰：「吾賣身以奉師，都無買我者，當云何乎？」（No.225, T08, p0504c）

王即與道人私出，案行國界，見數十童女，年皆五六十，衣服弊壞，呼嗟而行。（No.790, T17, p0734b）

如果叫喊的目的是爲了讓人或動物前來，「呼」便由〔叫呼〕引申爲〔召喚〕義，支謙譯經中用做〔召喚〕義的有 11 例，用於並列式義叢「請呼」（1 例）、「召呼」（1 例）。如：

菩薩追而呼曰：「大姊且止，請以百銀錢，雇手中華。」（No.185, T03, p0473a）

一心念是已，便起瞻沸星，夜其過半，見諸天，於上叉手，勸太子去。即呼車匿，徐令被馬襄裳跨之。徘徊於庭，念開門當有聲。（No.185, T03, p0475b）

「呼」還可以抽象化，引申爲〔稱爲〕義。支謙譯經中用做這一義位的有 12 例，如：

又問：「呼道人爲菩薩，其句義爲奈何？」佛言：「所謂菩薩者，一切諸法學無罣礙，已學無礙能出諸法，故謂菩薩。」（No.225, T08, p0480c）（按：「呼」、「謂」對舉，「呼」爲〔稱爲〕義。）

於此佛土，國殊別者億百千姟，賢愚好醜，長短壽夭，種種言異，皆聞佛德，各自名之：或有名佛爲大聖人，或有名佛爲大沙門，或號眾祐，或號神人，或稱勇智，或稱世尊，或謂能儒，或謂升仙，或呼天師，或呼最勝，如是十方諸天人民，所稱名佛億萬無數。（No.281, T10, p0447a）（按：此例中用做〔稱爲〕義的義位互文出現，共有「名」、「號」、「稱」、「謂」、「呼」5 個義位）

1.2 喚

《說文‧口部》：「喚，呼也。」呼、喚互訓。支謙譯經中「喚」凡 35 例，與「呼」一樣，有〔叫呼〕義、〔召喚〕義，但未見〔稱爲〕義。其中〔叫呼〕義 10 例，用於並列式義叢「叫喚」（3 例）、「吼喚」（1 例）〔註35〕、「喚言」（1

〔註35〕「吼喚」的施事者爲惡牛。支謙譯經中「吼」的用例凡 6 例，施事者除「惡牛」1

例）和偏正式義叢「大喚」（4 例）、「疾喚」（1 例）。如：

> 復有五百放牛之人，遙見佛來，將諸比丘，從此道行，高聲叫喚：「唯願世尊莫此道行。此牛群中，有大惡牛，抵突傷人，難可得過。」（No.200, T04, p0232a）

> 時彼目連，見一餓鬼，身如燋柱，腹如大山，咽如細針，髮如錐刀，纏刺其身，諸支節間，皆悉火出，呻吟大喚，四向馳走，求索屎尿，以爲飲食，疲苦終日而不能得。（No.200, T04, p0222b）

> 比語言之頃，惡牛卒來，翹尾低角刨地吼喚，跳躑直前。（No.200, T04, p0232a）

「喚」用做〔召喚〕義 25 例，用於義叢「集喚」（4 例）、「請喚」（2 例）、「召喚」（1 例）、「催喚」（1 例）。如：

> 時蓮華王，作是念言：「今者赤魚，鉤不可得，我當求願，作赤魚形，爲治眾生身中諸病。」作是念已，召喚太子及諸大臣：「我以國土，囑累卿等，好共治化，莫枉民眾。」（No.200, T04, p0217b）

> 時有童子，入其塔中，見此破處，和顏悅色，集喚眾人，各共塗治，發願出去。（No.200, T04, p0236b）

> 時諸民眾，競共請喚，常將法師，受檀越請。（No.200, T04, p0251b）

1.3 叫

《說文・口部》：「叫，呼也。」叫、呼互訓。支謙譯經中「叫」的用例凡 5 例，均用做〔叫呼〕義，用於並列式義叢「叫喚」（3 例）、「鳴叫」（1 例）。按：施事者爲鳥，見下文引例）和偏正式義叢「大叫」（1 例）。如：

> 當說是時，賊已來至高聲大叫，王聞聲已即問群臣：此是何聲？（No.153, T03, p0055b）

> 有鳥在前連聲鳴叫。（No.153, T03, p0060b）

例外，其餘 5 例的施事者均爲「獅子」。由於「吼」的施事者是除人以外的動物，不列爲本文考察範圍，茲從略。

足滿十月，產一男兒，身體有瘡，甚患苦痛，呻號叫喚，未曾休息。（No.200, T04, p0253a）

1.4 唱

《說文·口部》：「唱，導也。」段玉裁注：「古多以倡為之。」「唱」為〔領唱〕義，由於〔領唱〕包含義素〔大聲＋按樂律＋發出聲音〕，當捨去了義素〔按樂律〕以後，就引申為〔叫呼〕義。支謙譯經中「唱」凡 37 例，除 2 例用做〔領唱〕外，其餘 35 例用做〔叫呼〕義，大多數用於義叢「唱言」（21 例）、「唱令」（8 例）、「宣唱」（1 例）、「唱喚」（1 例）等，這些用例全部見於《菩薩本緣經》（5 例）、《撰集百緣經》（30 例）。值得注意的是，「唱」常與「言」組合，用於引出敘述語。如：

王尋聽許，滿長者願，即為擊鼓立正為王，擊鼓唱令，使其境內咸令聞知，皆得自在。（No.200, T04, p0208a）

時天帝釋作是念言：「我此宮殿，有何因緣，如是動搖？」尋自觀察，見阿闍世王，立非法制，令彼城人憂愁涕泣，感我宮殿動搖如是。尋即來下，高聲唱言：「我今自當供養佛僧。」（No.200, T04, p0210b）

佛告諸比丘：「欲知彼時唱喚眾人豎立橛者，今此大力比丘是。」（No.200, T04, p0236a）

值得注意的是，上述「唱喚」例，就它的整體語義來說，表達的是〔召喚〕義，但就「唱」而言，筆者認為還是用做〔叫喚〕義，理由有二：一是並列式的義叢各組成義位並不要求一定同義，意義相關也可；二是檢索《大正藏》1～32卷電子文本，除此例外，「唱喚」的其餘用例都用做〔叫喚〕義。

1.5 号、號

1.5.1「號」對應於《說文》中「号」、「號」二字，「号」字用做〔因痛苦而發出聲音〕義，《說文·号部》：「号，痛聲也。」段玉裁注：「号，嘑也。凡嘑號字古作号。《口部》曰：『嘑，号也。』今號字則行而号廢矣。」「號」字用做〔叫呼〕義，《說文·号部》：「號，呼也。」段玉裁注：「嘑号聲高，故從号；虎哮聲厲，故從虎。号亦聲。」支謙譯經中「號」的用例凡 134 例，其中

用做〔叫呼〕義的 2 例（對應於《說文》中「號」），均用於義叢「引號」中：

> 王聞諸臣下白如是，即勅興四種兵，**引號**出城，到諸釋國。
> （No.198, T04, p0188b）

1.5.2 用做〔因痛苦而發出聲音〕義的 19 例（對應於《說文》中「号」），用於並列式義叢有「呻號」（5 例）、「號泣」（4 例）、「號啼」（3 例）、「號嚛」（2 例）和偏正式義叢有「悲號」（4 例）、「哀號」（1 例），未見單用的用例。如：

> 是時二子隨路還顧，回視父面**悲號**啼哭。（No.153, T03, p0060a）

> 時諸親屬，聞兒語已，**號嚛**涕哭，悲不能答。（No.200, T04,
> p0250c）（按：「嚛」元、明大藏經作「咷」。）

1.5.3 動詞性的〔稱爲〕義由名詞性的〔名號〕義[註36]引申而來，讀做去聲。支謙譯經中用做〔稱爲〕義的「號」十分常見，有 103 例。如：

> 於將來世，得成爲佛，**號**釋迦牟尼，廣度眾生，不可限量。（No.200,
> T04, p0205c）

> 一切諸法中，因緣空無主，息心達本原，故**號**爲沙門。（No.200,
> T04, p0255c）（按：比較「號」用做名詞性〔名號〕義的用例：「最後身得成辟
> 支佛，號曰含香。」（No.200, T04, p0215a））

1.6 哭[註37]

《說文·哭部》：「哭，哀聲也。」「哭」是因悲傷而流淚發聲。支謙譯經中凡 51 例，可用於義叢「啼哭」、「大哭」、「涕哭」、「哭泣」、「哭淚」等。如：

[註36] 支謙譯經中用做名詞性的〔名號〕義的用例有 10 例，如：「於時如來遙聞眾客稱
佛名號，與天帝釋尋往到彼諸賈客所，降大甘雨，熱渴得除。」（No.200, T04, p0209b）

[註37] 潘允中先生（1989，第 102～104 頁）曾考察「哭」的同義詞：「哭」、「泣」、「啼」、
「號」、「嗚咽」、「汯然」，有聲有淚叫「哭」，有淚無聲叫「泣」，如小兒嗚咽的哭
叫「啼」，有聲無淚或大聲哭叫「號」，較悲痛的哭叫「嗚咽」，光指流淚叫「汯然」。
上述六個詞中，「哭」、「啼」、「號」、「嗚咽」與口的動作有關，「泣」、「汯然」與
目的動作有關。潘先生著眼於「哭」這個動作把它們歸爲一類，本文則著眼於是
否與人的哪一個器官的動作有關來分類。可見著眼點的不同即中心義素選擇的不
同會有不同的語義場劃分。

時彼龍王，聞是哭聲，化作人形，來問之言：「汝今何以涕泣乃爾？」（No.200, T04, p0233b）

展轉是五道中，死生呼嗟，更相哭淚，轉相貪慕，憂思愁毒，痛苦不可言。（No.362, T12, p0313a）

「哭」後面能接哭的對象，這樣「哭」可引申為〔弔唁〕義。如：

至於死生之道，轉相續立，或子哭父，或父哭子，或弟哭兄，或兄哭弟，或婦哭夫，或夫哭婦，顛倒上下無常根本。（No.362, T12, p0312b）

1.7 啼

《說文・口部》：「啼，號也。」「啼」本指嬰兒的哭，是一種帶嗚咽的哀痛，和聲淚俱下的哭不同。支謙譯經中「啼」的用例凡 38 例，除單用外，大多數用於並列式義叢「啼哭」（24 例）、「啼泣」（6 例）、「號啼」（1 例）。如：

車匿悲泣，隨路而啼，顧視太子，已被鹿皮衣，變服去矣（No.185, T03, p0476a）

時王須提及諸群臣、后妃婇女，號啼涕哭，悲感懊惱，收取捨利，造四寶塔而供養之。（No.200, T04, p0249c）

閻士賣身不售，便自宛轉臥地啼哭呼曰：「吾賣身以奉師，都無買我者，當云何乎？」（No.225, T08, p0504c）

「啼」的施事者如果是動物，則沒有〔因痛苦而發出聲音〕這一義素，而用做〔鳴叫〕義。

1.8 呻、吟

《說文》中「呻」、「吟」釋為〔吟詠〕義，參看本章〔歌誦〕語義場。「呻」、「吟」引申為〔因痛苦而發出聲音〕義。這種痛苦一般是有病痛而引起的，並以拖長聲音的方式發出。《正字通・口部》：「呻，疾痛聲。」支謙譯經中「呻」的用例凡 8 例，均用於並列式義叢「呻號」（5 例）、「呻吟」（3 例）中，「吟」的用例凡 3 例，均用於義叢「呻吟」中。如：

〔餓鬼〕諸吉節間，皆采火出，呻吟大喚，四向馳走，求索屏

尿，以爲飲食，疲苦終日而不能得。（No.200, T04, p0222b）

　　足滿十月，產一男兒，身體有瘡，甚患苦痛，呻號叫喚，未曾
休息。（No.200, T04, p0253a）

1.9　小　結

本語義場 10 個義位中，「呼」、「喚」、「叫」、「號」、「唱」爲一組，「哭」、「號」、「啼」、「呻」、「吟」爲一組，兩組義位都含有本語義場的中心義素〔發出聲音〕，區別在於前一組包含表動作方式的義素〔大聲〕，後一組包含表動作原因的義素〔因痛苦而發出〕。這些義位在動作的方式上還有些不同，用義位結構式表示爲：

義位	〔動〕	〔施〕	〔方式〕	〔說明〕
呼、喚唱、號	發出聲音	人	大聲	注重聲音的大小，是否屬於語言性質不被強調
叫	發出聲音	人、動物	大聲	用做動物鳴叫時不區分聲音大小
哭	發出聲音	人	有聲有淚	因痛苦而發出
號	發出聲音	人	大聲	
啼	發出聲音	人、動物	帶嗚咽的哀痛聲	
呻、吟	發出聲音	人	拖長聲音	一般指因病痛而發出

二、歷時用例情況考察

　　楊明澤（2011）曾考察過表〔哭泣〕義的各義位，指出，先秦時「啼」、「泣」、「號」、「哭」這 4 個詞是表〔哭泣〕義的一組同義詞，其中「哭」佔據著這個語義場的核心位置。經過兩漢漫長的競爭，魏晉時「泣」一度成爲〔哭泣〕義的常用詞。到唐五代時「哭」重新奪回〔哭泣〕義常用詞的位置，這種狀態一直延續到現代漢語。本文不再贅述。這裡重點討論的是「呼」、「喚」、「叫」3個義位。

2.1　《史記》用例

　　在上古漢語中「呼」是本語義場的中心義位，並且已出現引申出〔召喚〕義。表〔叫呼〕義有時也用「叫」。《史記》繼承了這一格局，「呼」的用例如：

優游曰：「我即呼汝，汝疾應曰諾。」居有頃，殿上上壽呼萬歲。

（《史記》卷 126，第 3202 頁）（按：此句中前一例「呼」為〔召喚〕義，

後一例為〔叫呼〕義。）

《史記》中「叫」僅見 1 例：

糾蓼叫奡蹋以艐路兮，蔑蒙踊躍騰而狂趡。（司馬相如《大人賦》，見《史記》卷 117，第 3057 頁）〔註38〕

2.2 東漢至隋代用例

汪維輝（2000，第 173～188 頁）曾詳盡考察了東漢至隋代（中古時期）「喚」、「叫」對「呼」的更替過程，結論是：「呼」、「叫」都見於先秦，但是上古漢語中表達〔叫呼〕義和〔召喚〕義的詞是「呼」，「叫」的用例很少。「喚」是漢代出現的新詞，始見於西漢末劉向的《列女傳》，在東漢佛經開始常見，但這些用例大多見於舊題「後漢失譯」的佛經中，翻譯的確切年代令人懷疑。他詳細調查了「呼」、「喚」、「叫」3 個義位在支謙譯經中的用例數，發現「喚」的用例已十分常見，這與本文上文的考察情況相符。《六度集經》中未見「喚」，這反映了它語言典雅的特點。從六朝時期「喚」的用例情況來看，「喚」集中於南朝的民歌、小說、史書以及佛教著作中，這說明「喚」在中古時期南方口語中常見並取代了「呼」。這一時期「叫」比上古時期常用，但尚未跟「呼」、「喚」形成競爭之勢。汪先生考察文獻的範圍十分廣泛，這一結論是可信的。

2.3 唐代用例

唐代本語義場的一個變化是「喊」的加入。《方言》卷十三：「喊，聲也。」《集韻·豏韻》：「喊，怒聲，或省。」「喊」是〔大聲叫呼〕義，與本語義場別的義位相比，突出強調了〔大聲〕義素。在本文所考察的文獻中，我們在敦煌變文中找到了「喊」（寫做「噉」）的用例，這些用例都能說明「喊」所包含的義素〔大聲〕：

〔註38〕此例中的「叫」有歧解。司馬貞《史記索隱》引小顏云：「叫奡，高舉貌。」「叫」為連綿字中的一個表音成分。此句又見《漢書·司馬相如傳下》，顏師古《漢書》注引張揖曰：「叫奡，相呼也。」

衾虎有令：「**披**旗大**嗷**（喊），旗亞齊入，若一人退後，斬刔（殺）諸將，莫言不道！」（《敦煌變文校注・韓擒虎話本》）

搥鐘擊鼓千軍**嗷**，叩角吹螺九姓圍。（《敦煌變文校注・王昭君變文》）

遙望漢王招手罵，發言可以動乾坤。高聲直**嗷**呼：「劉季，公是徐州豐縣人。……」（《敦煌變文校注・捉季布傳文》）

須臾白莊領諸徒黨來到寺下，於是白莊捕（布）陣於其橫嶺，排兵在於長川。**嗷**（喊）得山崩石烈（裂），東西亂走，南北奔衝，齊入寺中。（《敦煌變文校注・廬山遠公話》）

2.4　明代用例

「喚」替換「呼」的過程發生在六朝時期，下面我們要考察的是「叫」對「呼」的替換時間。

唐宋元三代，「呼」、「喚」、「叫」的使用情況還是維持了中古時期形成的格局，考察《祖堂集》、《朱子語類》、《元典章・刑部》，這 3 個義位的用例數分別爲：《祖堂集》「呼」9 例，「喚」140 例，「叫」9 例；《朱子語類》「呼」82 例，「喚」245 例，「叫」28 例；《元典章・刑部》「呼」10 例，「喚」39 例，「叫」7 例。到了《金瓶梅》格局發生了變化，以前 42 回爲例，用例數爲：「呼」37 例，「喚」87 例，「叫」543 例，「叫」已經佔據了絕對優勢，因此，「叫」對「呼」的替換至遲到了明代已經完成了。

2.5　「呼」、「喚」、「叫」、「喊」的引申序列

從詞位的引申序列來說，「呼」、「喚」、「叫」、「喊」4 個義位存在著同步引申現象，按照時代的先後由〔叫呼〕義依次引申出〔召喚〕義、〔稱爲〕義，蔣紹愚先生（1994，第 140～142 頁）曾對從《世說新語》到《祖堂集》5 種文獻中的這一現象做了考察，結論是：在《世說新語》中「呼」上述 3 義均已齊備，「喚」只有前 2 義，「叫」只有〔叫呼〕義（按：這一格局可上溯到支謙譯經中，參見本語義場 1.1、1.2 節的考察情況）；「喚」的〔稱爲〕義在《玉臺新詠》（庾信詩）中出現，「叫」的〔召喚〕義在李杜詩中出現，〔稱爲〕

義則在唐代以後才出現。那麼「叫」的〔稱爲〕義究竟是在什麼時候出現的呢？「二典」這一義項的始見例爲明清文獻用例，是否能提前呢？這是我們需要繼續考察的。

從列爲本文調查範圍的文獻來看，「叫」的〔稱爲〕義出現始見於《朱子語類》。該書「叫」的用例凡 28 例，其中用做〔叫呼〕義、〔召喚〕義、〔稱爲〕義的用例數分別爲 5 例、20 例和 3 例。〔稱爲〕義 3 個用例是：

> 蓋武王，周公康叔同叫作兄，豈應周公對康叔一家人說話，安得叫武王作「寡兄」，以告其弟乎！（《朱子語類卷七十九·尚書二·康誥》）

> 說若父母爲人所殺，無一舉心動念，方始名爲「初發心菩薩」。他所以叫「主人翁惺惺著」，正要如此。（《朱子語類卷第一百二十六·釋氏》）

蔣先生還指出：唐代出現的義位「喊」到了清代發展出〔召喚〕義，但是，「喊」的〔稱爲〕義至今還未出現。我們在《紅樓夢》中找到了兩個「喊」用做〔召喚〕義的例子：

> 伊母張王氏往看，見已身死，隨喊稟地保赴縣呈報。（《紅樓夢》第九十九回）

> 他心裏原想看見女兒屍首先鬧了一個稀爛再去喊官去，不承望這裡先報了官，也便軟了些。（《紅樓夢》第一零三回）

在現代漢語比較趨新的口語中「喊」已發展出了〔稱爲〕義，《現代漢語詞典》收有〔稱爲〕的義項，但注明屬於方言用法，例句是「論輩分他要喊我姨媽。」從本語義場別的義位同步引申的規律來看，「喊」的〔稱爲〕義的推廣當是必然的。

2.6 小 結

就「呼」、「喚」、「叫」3 個義位而言，「呼」、「叫」是先秦就有的義位，「喚」是漢代新出現的義位，它們之間經歷了兩次更替：六朝時期發生了「喚」對「呼」的替換，明代又實現了「叫」對「喚」的替換。新的義位「喊」在唐代出現。就詞位的引申序列而言，「呼」、「喚」、「叫」、「喊」4 個義位存在著

同步引申的現象，從〔叫呼〕義依次引申出〔召喚〕義和〔稱爲〕義，並在不同時期發生。

語義	史記	支謙譯經	六朝	唐五代	宋元	明代	清代
〔叫呼〕	呼、叫	呼、喚、叫		喚、呼、叫、喊		叫、喊	
〔召喚〕	呼	呼、喚			喚、呼、叫	叫、喚、喊	
〔稱爲〕		呼		呼、喚	呼、喚、叫		

第三章　與「目」有關的語義場

本章討論的內容是與「目」有關的語義場。「目」和「眼」是一對新舊義位，支謙譯經正反映了兩者間的興替過程〔註1〕。眼睛是人的視覺器官，它在人體中起的功用是觀看。本章考察的與「目」有關的語義場其實也就是〔觀看〕語義場。

第一節　〔觀看〕語義場

〔觀看〕語義場各義位的共同義素是〔使視線接觸事物〕，包括上位義位「視」、「看」和由於觀看的方式、方向和受事者的不同而形成的眾多下位義位以及表〔看到〕義的「見」。

一、支謙譯經用例情況

1.1 視

1.1.1《說文・見部》：「視，瞻也。」段玉裁注：「《目部》曰：『瞻，臨視也。』

〔註1〕 支謙譯經中的「目」除去用於音譯的專有名詞外，有95例，都用做名詞，有些「目」已成爲語素，用於「耳目」、「面目」、「目前」、「品目」等義位中，未見動詞用法。「眼」的用例138例，其中「眼目」連文11例。「眼」的用例多於「目」，且組合能力很強，這說明「眼」在口語中已取代了「目」。

視不必皆臨，則瞻與視小別矣，渾言不別也。」「視」是〔觀看〕語義場的上位
義位。支謙譯經中「視」的用例凡 166 例，可以說，通過「視」與別的義位或
義叢的組合，能夠表達〔觀看〕語義場的各個下位義。它既可以與本語義場其
它義位組成並列式義叢「觀視」、「瞻視」、「相視」、「顧視」、「視見」等；又可
以在它前面加上各種修飾成分組成偏正式義叢「諦視」、「洞視」、「遍視」、「四
向視」、「邪視」、「左右視」、「遙視」、「回視」、「旋視」、「仰視」、「敬視」等。「視」
單用表示一般的〔觀看〕義或表示〔觀看〕能力的如：

我身雖老頭白齒落行步戰掉目視矇矇，舌乾口燥不能語言。
（No.153, T03, p0059c）

菩薩於胎中，見外人拜，如蒙羅縠而視。（No.185, T03, p0473b）

太子徐起，聽妻氣息，視眾伎女，皆如木人。（No.185, T03,
p0475b）

盲者得視，聾者得聽，啞者能言，癖者得伸，貧者得寶。（No.200,
T04, p0212b）

1.1.2 由「視」組成的義叢可以表達各種〔觀看〕動作的下位義，其中按照
動作的方式、方向又可分為兩類。一類是表達不同方式觀看義的義叢，有「相
視」（例句參看「相」條）、「觀視」、「省視」、「按視」、「諦視」、「熟視」、「洞視」、
「徹視」等。如：

舉一國中人民皆言：「佛是吉祥之人善說經戒。」共往觀視其道
德。（No.68, T01, p0869a）

佛十八法者，謂從得佛，至於泥曰，一無失道，二無空言，三
無忘志，四無不靜意，五無若干想，六無不省視。（No.185, T03,
p0478b）

釋摩男即沒池中，以髮繞樹根而死。王怪在水甚久，便令使者
按視。（No.198, T04, p0189a）

諦視世間，無我無人，空無所著，是為泥洹。（No.632, T15,
p0467b）

梵志熟視佛威神，甚大巍巍，不可與言，便內恐怖懾，不能復語。（No.198, T04, p0179c）

諸菩薩阿羅漢，悉皆洞視徹聽，見知八方上下去來現在之事。（No.362, T12, p0308b）

眼能徹視，耳能洞聽，意悉預知。（No.185, T03, p0478a）

另一類是表達不同方向觀看義的義叢，有「遍視」、「四向視」，「邪視」、「平視」，「遙視」，「顧視」（例句參看「顧」條）、「左右視」、「回視」、「旋視」，「瞻視」、「視瞻」、「仰視」、「仰頭視」等。如：

佛爾時三昧遍視眾會，告文殊師利言：「……」（No.632, T15, p0463b）

法來闍士四向視來會者。（No.225, T08, p0506b）

孛曰：「有八事知不相喜：相見色變，眲睞邪視，與語不應，說是言非，聞衰快之，聞盛不喜，毀人之善，成人之惡，是為八事。……」（No.790, T17, p0731c）

不低不仰頭身正平，平視而進未嘗顧眄，躇步之儀其為若斯矣。（No.76, T01, p0884a）

譬如海邊，遙視彼岸，行不具者，非是菩薩。（No.632, T15, p0466b）

是太子生時，地大動現大光明，悉照一切生便行七步，無所抱狗便左右視出聲言：「三界甚苦，何可樂者？」（No.198, T04, p0187a）

是時二子隨路還顧，回視父面悲號啼哭。（No.153, T03, p0060a）

太子遍觀，旋視其妻，具見形體。（No.185, T03, p0475b）

我曹形容既好，衣裳鮮明，瓔珞珠寶服栴檀香，不老不少適在上時，端政皎潔可不瞻視。（No.328, T12, p0053a）

普慈闍士叉手仰視化佛，身金色放十億光焰三十二相。（No.225, T08, p0504a）

賴吒和羅於屏處仰頭視日。（No.68, T01, p0870a）

1.1.2 如果「視」的受事者是人，觀看的目的是照料受事者的生活，則引申出表〔照料〕義的義位，可用於義叢「養視」、「瞻視」、「給視」、「視護」等。如：

賴吒和羅自養視數日有氣力。（No.68, T01, p0869c）

所奉有四，用得歡喜：一爲供養父母妻子，二爲瞻視人客奴婢，三爲給施親屬知友，四爲奉事君天正神沙門道士。（No.6, T01, p0183a）

從是疾得無上正眞道，能給視十方窮孤，求佛之境界佛之智慧。（No.225, T08, p0501a）

是舍利弗菩薩行持者，有八大神在雪山中，共視護之。（No.1011, T19, p0682a）

1.1.3 詞位「視」還可引申出表〔看待〕義的義位，如：

聞即恭敬，視師如佛。（No.225, T08, p0487c）

有聞者學之誦之，我敬視之如如來。（No.225, T08, p0483b）

知識相遇，主人視之，一宿如金，再宿如銀，三宿如銅。（No.790, T17, p0731b）

1.2 看

1.2.1 《說文·目部》：「看，睎也。」徐鍇《說文繫傳》：「以手翳目而望也。」支謙譯經中「看」的用例有 28 例，其中 27 例用做表〔觀看〕義的義位，用於義叢「觀看」15 例，「窺看」1 例。如：

父答子曰：「吾家堂柱，我見有光，汝爲施伐，試破共看，倘有異物。」（No.200, T04, p0233c）

時彼賊帥，先遣一人，往看林中無有人不。（No.200, T04, p0256a）

身光照曜，滿一由旬。時天帝釋及諸天等，咸來觀看。（No.200, T04, p0230a）

1.2.2 如果「看」的受事者是外貌、神采之類，觀看的結果使觀看者身心感到愉悅，則可理解爲表〔觀賞〕義的義位。如：

> 時彼長者，合其家內，常恒供養一辟支佛，身體麤惡，形狀醜陋憔悴巨看。（No.200, T04, p0243b）

> 有一羅漢比丘，入彼寺中，威儀詳序，甚可觀看。（No.200, T04, p0227c）

1.2.3「看」與「視」一樣，也有表〔照料〕義的義位，支謙譯經中見 1 例：

> （父母）號泣而言：「我唯一子今舍我去，誰當看我？痛不可言，我寧隨死，不能歸家。」（No.200, T04, p0228c）

1.3 觀

1.3.1《說文‧目部》：「觀，諦視也。」段玉裁注：「審諦之視也。《穀梁傳》曰：『常視曰視，非常曰觀。』」「觀」是〔仔細看〕的意思。支謙譯經中「觀」的用例凡 310 例〔註2〕，在使用頻率上，是本語義場中僅次於「見」的義位。根據語境和它的組合關係能明確看出「觀」用做表〔仔細看〕義這一義位的用例不多。如：

> 吾於是三千大千佛國，如於掌中觀寶冠耳。（No.474, T14, p0522c-0523a）

> 太子遍觀，旋視其妻，具見形體：髮爪髓腦、骨齒髑髏、皮膚肌肉、筋脈肪血、心肺脾腎、肝膽腸胃、屎尿涕唾，外爲革囊，中盛臭處，無一可奇。（No.185, T03, p0475b）

> 時婆羅門見是事已，心驚毛豎即於火上而挽出之，無常之命即便斷滅，諦觀心悶抱置膝上，對之鳴唼並作是言：「……」（No.153, T03, p0066b）

> 時彼五人，各相謂言：「我怪此人不將婦來，見婦端政，乃至若

〔註2〕　不包含用做〔樓觀〕義的 5 個用例，用做〔樓觀〕義的「觀」讀做去聲，與用做〔觀看〕義的「觀」當是不同的詞，這裡不做考察。例如：「時國王名拘獵。與賴吒和羅少小親厚。王有一廬觀在城外。賴吒和羅飛往前入廬中。」（No.68, T01, p0870c）

是。」觀覩已竟，牢閉門戶還繫戶鈎彼人帶頭本處。（No.200, T04, p0243a）

很多情況下，「觀」已泛化爲一般的〔觀看〕義的用例。如：

王哀念我姊弟者，當聽我曹姊弟，到城外觀死人。（No.556, T14, p0908b）

時維耶離諸梵志居士尊者月蓋等，聞是香氣，皆得未曾有自然之法，身意快然，具足八萬四千人入維摩詰舍，觀其室中菩薩甚多，覩師子座高大嚴好，見皆大喜，悉禮菩薩諸大弟子卻住一面。（No.474, T14, p0532b）

1.3.2 「觀」還可用做表〔觀察〕義的義位，其中用於義叢「觀察」31 例。

「觀」用做表〔觀察〕義的義位時，它的受事者一般爲抽象事物。如：

汝今當觀一切眾生無不因食以活此身。（No.153, T03, p0066a）

今者如來無上法王，觀諸眾生有苦厄者，爲作救護，於鬪諍間，能令和解。（No.200, T04, p0207a）

眾人問言：「觀此城中誰極貧乎？」須賴答言：「王波斯匿國之最貧。」（No.328, T12, p0053c）

於是文殊師利問維摩詰言：「菩薩何以觀察人物。」（No.474, T14, p0528a）

「觀」的表〔觀察〕義的義位，在佛教中作爲術語使用，用來指〔觀察妄惑〕義，支謙譯經中這種用法占總用例的一半以上。如：

吾觀眾行，一切無常。（No.185, T03, p0476b）

佛遙見其五百女來，勅諸比丘見是皆當低頭內觀，自端汝心。（No.6, T01, p0178c）

彼何謂四志惟：惟內身循身觀，惟外身循身觀，以內外觀，分別思念，斷癡惑意，惟痛之觀，及意與法，皆如初說。（No.6, T01, p0181b）

1.3.3 「觀」與「看」一樣，也可引申出表〔欣賞〕義的義位。如：

其婦少壯，容貌可觀，憶望其夫，晝夜愁念。（No.200, T04, p0214a）

有一羅漢比丘，入彼寺中，威儀詳序，甚可觀看。（No.200, T04, p0227c）

八戒齋者：一者不殺，二者不盜，三者不淫，四者不妄語，五者不飲酒，六者不坐臥高廣床上，七者不著香華瓔珞以香塗身，八者不作倡伎樂不往觀聽。（No.153, T03, p0069b）

此人生時好香塗身著新好衣，行步眾中細目綺視，於人中作姿，則欲令人觀之。（No.556, T14, p0908b）

「觀」用做〔遊玩〕義，常常用於義叢「遊觀」中（5例）如：

爾時王子見諸大臣生瞋恚心故，乘白象出城遊觀，欲向一林。（No.153, T03, p0058a）

1.4 相

《說文・目部》：「相，省視也。」「相」是〔仔細看〕的意思。支謙譯經中「相」的用例凡839例，用做這一義位的有41例，受事者除1例為星宿外，其它都是人，而且一般為人的面相，在受事者為星宿、面相的情況下，「相」用做〔占相〕義，仔細看的目的是為了預知凶吉，主要用於義叢「占相」（11例）、「相視」（1例）以及作為語素義存在於「相師」（22例）中。如：

迦葉夜起，相視星宿，見火室洞然。（No.185, T03, p0481a）

眾師相曰：「是兒好道，有聖人相，必為國師。」因名為字。（No.790, T17, p0729c）

時彼國中，有一婆羅門，善能占相。（No.200, T04, p0217c）

相其人行何法知何經，而為演說授以正道。（No.6, T01, p0182b）

1.5 省

《說文・目部》：「省，視也。」《爾雅・釋詁下》：「省，察也。」「省」是〔察看〕的意思，如果察看的對象是施事者自身的品行，那麼〔察看〕義就成為〔反省〕義。支謙譯經中「省」凡24例，用做這兩個義位的有20例（其它

用做〔節儉〕義和〔理解〕義）。「省」用做〔察看〕義和〔反省〕義的用例各舉 2 例：

> 觀其言行，心口相應，省其坐起，動靜不妄，察其出處，被服施爲，可足知之。（No.790, T17, p0733c）

> 我往日經行舍衛城市，得此明月珠意欲與貧者，觀省此國之極貧者，莫甚於王。願大王受是寶。（No.328, T12, p0054a）

> 不好責彼，務自省身，如有知此，永滅無患。（No.210, T04, p0562a）

> 夫欲安命，息心自省，取得知足，守行一法。（No.210, T04, p0571c）

1.6 窺

「窺」是〔偷看〕的意思。繁體字有「窺」、「闚」二字，《說文》中二字分別列字頭，《說文・穴部》：「窺，小視也。」徐鍇《說文繫傳》：「視之於隙穴也。」《說文・門部》：「闚，閃也。」又：「閃，闚頭門中也。」兩字造字之初的命名之由不同，但它們在實際使用中看不出不同之處。支謙譯經中「窺」都寫做「闚」，用例凡 4 例，除 2 例用於專有名詞「窺音菩薩」外，1 例用做表〔偷看〕義的義位的具體義，見於義叢「窺看」：

> 李曰：「有十事可卒知：頭亂髻傾，色變流汗，高聲言笑，視瞻不端，受彼寶飾，**窺看**垣牆，坐不安所，數至鄰里，好出野遊，喜通淫女。是爲十事。」（No.790, T17, p0732b）

另 1 例用做抽象義：

> 愚闇品者，將以開曚故陳其態欲使**窺**明。（No.210, T04, p0563b）

1.7 覽

《說文・見部》：「覽，觀也。」根據「覽」的實際用例來看，「覽」爲〔遍視〕義，與「觀」有所不同。支謙譯經中「覽」凡 6 例，其中 1 例的受事者爲具體名詞「眾經」：

> 於是天帝釋以天眼見須賴功德殊妙，所聞不惑博**覽**眾經。

（No.328, T12, p0052b）

另外 5 例都是抽象名詞，「覽」可理解爲〔考察〕義，如：

> ……十六覽眾身行化以始所知，十七覽眾言行化以始所知，十
> 八覽眾意行化以始所知，是爲佛十八不共之法。（No.185，T03，
> p0478b）

1.8　眄、睞

《說文・目部》：「眄，一曰斜視也。秦語。」又：「睞，目童子不正也。」段玉裁注：「目精注人，故從來。屈賦所謂目成也。洛神賦：『明眸善睞』，李（按：指李善）曰：『睞，旁視。』」「眄」、「睞」均爲〔斜視〕義。支謙譯經中「眄」的用例 4 例，用於義叢「眄睞」2 例，「顧眄」1 例，「顧眄視」1 例；「睞」的用例 2 例，都見於義叢「眄睞」中。如：

> 平住斯須，忽然後向不回身也，不低不仰頭身正平，平視而進
> 未嘗顧眄，躇步之儀其爲若斯矣。（No.76, T01, p0884a）

> 中有不良之人，但懷念毒惡身心不正，常念淫泆煩滿胸中，愛
> 欲交錯坐起不安，貪意慳惜欲橫唐德，眄睞細色惡態淫泆。（No.362,
> T12, p0314b）

> 經行之時不顧眄視。（No.76, T01, p0884b）

1.9　顧

《說文・頁部》：「顧，還視也。」「顧」是〔回過頭來看〕的意思，有時也泛指〔向左右看〕義。支謙譯經中「顧」凡 35 例，用做這一義位的有 24 例（其餘用做表〔照料〕、〔眷念〕等義的義位），大多用於偏正式義叢「還顧」、「反顧」、「回顧」、「四顧」和並列式義叢「顧眄」、「顧視」、「顧望」、「顧見」等，如：

> 七女左右顧視死人眾多，復有持死人從四面來者，飛鳥走獸共
> 爭來食之。（No.556, T14, p0908b）

> 有一美人，經行山中，從崎至崎，顧見石間土室中，有一比丘，
> 長鬚髮爪，衣服裂敗，狀類如鬼。（No.198, T04, p0176a）

> 後於一時，於王舍城，升高樓上，四顧視瞻，見城內人節慶聚

會。(No.200, T04, p0255b)

迦葉自以得道，謂佛非真，顧語弟子：「是大沙門極神，雖爾未及於道，不如我得羅漢也。」(No.185, T03, p0481a)

1.10 望

「望」為〔向遠處看〕義。支謙譯經中「望」的用例凡 123 例，用做這一義位的有 15 例（其它主要用做表〔希望〕義的義位），其中用於義叢「遙望」4 例，「望見」(2 例)、「遠望」1 例，「遙相瞻望」1 例，如：

鹿即起立遙望王軍，四方雲集已來近至。(No.153, T03, p0067c)

（長者女）即與數女，俱入山中，望見好樹，即遣婢先往掃除。(No.185, T03, p0479a)

鹿王望之，遠不見已，即還本處眾鹿之中。(No.153, T03, p0067c)

遙望見水至則火坑，饑渴所逼往趣糞穢。(No.153, T03, p0065a)

但有諸菩薩阿羅漢無央數，悉皆洞視徹聽，悉遙相見，遙相瞻望，遙相聞語聲，悉皆求道善者，同一種類，無有異人。(No.361, T12, p0283a)

1.11 瞻

《說文·目部》：「瞻，臨視也。」段玉裁注：「釋詁、毛傳皆曰：『瞻，視也。』許別之云臨視，今人謂仰視曰瞻，此古今義不同也。」向上仰視同時又帶有向前看的意味「瞻」為〔向上看或向前看〕義。支謙譯經中「瞻」凡 17 例，用做表〔向上看或向前看〕義的義位的有 10 例，用於義叢「視瞻」(3 例)、「觀瞻」(2 例)、「瞻視」(共 4 例，用做這一義位的 1 例)、「瞻望」、「遠瞻」等。如：

遠善知識修行惡法，如七葉華正可遠瞻不中親近。(No.153, T03, p0065c)

一心念是已，便起瞻沸星。(No.185, T03, p0475b)

後於一時，於王舍城，升高樓上，四顧視瞻，見城內人節慶聚會。(No.200, T04, p0255b)

觀瞻如師子，恐怖悉無有。（No.231, T08, p0710c）

向上看的原因往往是由於觀看對象的高大，觀看者的內心懷著崇敬之情，因此，「瞻」又有表〔敬視〕義的義位，支謙譯經中有 1 例，見於義叢「瞻戴」中：

一切人民瞻戴是王，如父如母如兄如弟。（No.153, T03, p0063a）

「瞻」與「視」、「看」一樣，能用做表〔照料〕義的義位，支謙譯經中用做這一義位的 7 例，其中用於義叢「瞻視」（共 4 例，用做這一義位的 3 例）、「瞻養」、「瞻待」。如：

於後時間，遇疾困病，無人瞻視飲食醫藥，餘命無幾。（No.200, T04, p0205b）

爾時如來即便觀察，見彼長者，為病所困，燋悴叵濟，無人瞻養。（No.200, T04, p0205c）

至於天明，其人身體，生諸惡瘡，甚患苦惱，痛不可言，喚諸良醫，以瞻療治。（No.200, T04, p0213c）

時聚落主，聞王欲來看孫陀利，便共議言：「王今來者，用何瞻待，不如先送。」（No.200, T04, p0256b）

1.12 臨

《說文‧臥部》：「臨，監也。」「臨」為〔居高視下〕義。支謙譯經中「臨」有 27 例，用做這一義位的只有 1 例（其餘 26 例用做表〔接近〕、〔臨近〕義的義位），用於固定義叢「臨顧」中：

聞佛來至，出城奉迎前禮佛足，請佛及僧，臨顧屈意，受我三月四事供養。（No.200, T04, p0209a）

《漢語大詞典》「臨顧」條引清《聊齋誌異》的用例，嫌晚。

1.13 睹

《說文‧目部》：「睹，見也。從目，者聲。覩，古文從見。」「睹」為〔看見〕義，包括兩個義素：動作「看」和結果「見」，支謙譯經中「睹」凡 69 例（其中寫做「覩」67 例，「睹」2 例），大部份用做這一義位，往往是「見」、「睹」

對舉或用於義叢「睹見」（4 例）、「見睹」（2 例）中，如：

譬若欲見大海而觀陂水，曰：「斯巨海矣。」（No.225, T08, p0490c）

觀諸流水，當願眾生，得正溝流，入佛海智。（No.278, T09, p0431c）

即便為其現大神變，踊身虛空，身出水火，東踊西沒，南踊北沒，於虛空中，行住坐臥，隨意變現，令長者家一切觀見。（No.200, T04, p0243b）

如夢中所見觀。（No.225, T08, p0498b）

但在不少用例中「睹」只表動作〔觀看〕義，而且表示〔仔細看〕義，受事者可以是圖書（6 例）、佛的儀表（15 例）、神變（8 例）、面相（8 例），它的義域類似於「觀」。各舉一例：

逝心弟子有亞聖者，厥名摩納，亦博經典明齊於師，具觀秘識知當有。（No.76, T01, p0883b）

吾聞瞿曇神聖無上，諸天共宗獨言只步眾聖中雄，爾往觀焉。（No.76, T01, p0883b）

時諸大眾觀斯變巳歎未曾有，深於佛所，生信敬心。（No.200, T04, p0206c）

召諸相師，占相此兒，相師觀巳，問其父母：「此兒產時，有何瑞相？」（No.200, T04, p0234b）

1.14 見

《說文·見部》：「見，視也。」段玉裁注：「析言之，有視而不見者；渾言之，則視與見一也。」「見」為〔看到〕義，除了「視」的動作外，還強調了「視」的結果。支謙譯經中「見」的用例凡 1820 例，用做表〔看到〕義的義位約 1500 例（其它主要用做表〔見解〕義的名詞性義位）。

得道之人但心清故，所視悉見。（No.6, T01, p0182a）（按：「視」、「見」對舉，「見」表〔觀看結果〕義。）

時婆羅門即將二子往詣王宮，是時祖王見其二孫，悲喜交集問

婆羅門：「汝於何處得此二兒？」（No.153, T03, p0060b）

見三佛光明，目輒得視。（No.185, T03, p0479b）

我於今日，往到尼拘陀樹下，見佛世尊，神容炳耀，如百千日。
（No.200, T04, p0234c）

「見」能與表觀看動作的義位組合，在支謙譯經中有義叢「視見」、「觀見」、
「望見」，如：

佛正坐直南向，視見南方，今現在佛，如我名字者，復如恒水
邊流沙。（No.362, T12, p0309b）

菩薩觀見天上人中，地獄畜生，鬼神五道，先世父母兄弟妻子，
中外姓字，一一分別。（No.185, T03, p0478a）

望見宮闕，當願眾生，聰明遠照，諸善普立。（No.281, T10,
p0448c）

值得注意的是，「見」常與表示聽的動作兼表結果的「聞」〔註3〕組合，構
成義叢「聞見」，凡 16 例。如：

善業白言：「明度可得聞見不？」曰：「不可得見也。」（No.225,
T08, p0487c）

佛言：「如是求佛乃從久來當作是知，未受決者當聞見是法。」
（No.225, T08, p0489c）

1.15 小　結

根據科學的定義，人的視覺是「物體的影像刺激視網膜所產生的感覺」（《現
代漢語詞典》「視覺」條），「觀看」這個動作其實只是被動地接受物體影像，但
從以「人」為本位的角度來看，「觀看」這個動作是「使視線接觸人或物」（《現
代漢語詞典》「看」條），施事者是人，受事者是人或物。在以「觀看」這一共
同義位構成的語義場中，由於「觀看」的方式、方向、受事者的不同，形成了

〔註3〕　「聞」與「見」都是動作兼表結果，在使用上也有平行現象，「聞」也常與表動作
的「聽」組合，構成義叢「聽聞」，支謙譯經中見 3 例，如：「明智之講皆聽聞，
明者之跡皆履行。」（No.474, T14, p0519b）

眾多下位義位，用結構式表示爲：

義位	含「視／看」的義叢	動作	方式	方向	受
觀、省	觀視、省視、按視、諦視、熟視	觀看	仔細地		
相	相視	觀看	仔細地		星宿、面相
窺	窺看	觀看	偷偷地		
覽	遍視、四向視	觀看	周遍地		
眄、睞	左右視、邪視	觀看		向旁邊	
顧	顧視、回視	觀看		向後	
望	遙視	觀看		向遠處	
瞻	仰視	觀看		向上或向前	
臨		觀看		向下	
睹		觀看			書籍、面相、神變等

二、歷時用例情況考察

　　呂東蘭（1995）曾把「漢語〔觀看〕語義場的歷史演變」作爲碩士學位論文的選題，對語義場內各義位的歷史演變情況做了比較詳細的考察。文章分 3 個部份進行分析描寫：一是〔觀看〕語義場中一些舊義位（按：呂文稱詞，下同）：目、眄、省、睇、眴、矚、睨、覘 8 個義位的使用情況及其消亡過程；二是〔觀看〕語義場中一些舊義位：望、見、視、觀、顧、瞻、窺、睹、覽、相、眺、覦、覰、睞、矚、眜（抹）、瞟、眙（瞪）、看、盼、閱 21 個義位的繼承和發展情況；三是〔觀看〕語義場中新義位：張、溜、瞧、瞅、睃 5 個義位的產生及其使用情況。文章選用了《史記》、《世說新語》、杜甫詩、《祖堂集》、《金瓶梅》、《兒女英雄傳》作爲考察文獻，對〔觀看〕語義場各義位的興替情況考之甚詳，本文不贅。這裡重點考察的是本語義場前後兩個上位義位「視」、「看」的歷時更替情況和表示〔觀看動作結果〕義的義位的變化情況。

2.1「視」、「看」用例概況

　　「視」從先秦到支謙譯經一直是〔觀看〕語義場的中心義位。呂東蘭（1995）認爲：「『視』廣泛使用以前，『目』是上古漢語〔觀看〕語義場的核心詞。」這

種看法不確。檢索上古時代的文獻《詩經》、《左傳》，表達〔觀看〕義主要用義位「視」，而「目」用做〔觀看〕義的只有 1 例：「目於替井而拯之。」（《左傳·宣公十二年》）。雖然，在甲骨文時代表〔觀看〕義用「目」，但至少從《詩經》時代開始，「目」已讓位於「視」了。

據目前學術界考察的結果來看，「看」最早見於《韓非子·外儲說左下》：「梁車為鄴令，其姊往看〔註4〕之。」不過先秦典籍中僅此一見。《說文·目部》收錄了「看」字，但在兩漢文獻中，「看」仍不多見。大約從晚漢開始，「看」的用例逐漸多了起來。上文列舉的支謙譯經中「視」、「看」的用例情況正反映了「看」對「視」的交替情況。汪維輝（2000，第118～130頁）詳細考察了晚漢到六朝時期「看」的用例，歸納了詞位「看」的義位，認為「看」在六朝已經是一個發育成熟的詞，並從口語進入了書面文學語言。汪先生歸納的義位有 9 個：1.觀看；2.觀賞；3.觀察；4.窺伺；5.看望；6.照料；7.診斷；8.閱讀；9.表示提示。這些義位中，屬於〔觀看〕語義場的義位有 1、2、3、4、8，不屬於〔觀看〕語義場的義位有：5、6、7、9，汪先生認為「看」侵入了「觀、省、察、望、窺、讀、照、見」等詞的義域，其實，作為〔觀看〕語義場的上位義位，它的義域就包括各個下位義位的義域，在不同的語境中表現為各種不同的下位義位，說「看」侵入這些下位義位的義域，不甚妥當。

2.2 「視」、「看」歷史層次的考察

汪維輝（2000，第403～406頁）曾歸納了判斷新詞替換舊詞的 3 條標準，即：統計數據、組合關係、新舊詞在典型語料中的使用情況。這是從歷時角度來考察新舊詞問題的。我們換一個角度即從共時層面來觀察並存的兩個新舊義位的新舊程度，即歷史層次問題。

新舊義位之間推陳出新的運動方式的特點是，一個義位在實際使用中，隨著時間的推移，組合能力逐漸加強，這個特點有助於我們辨別義位使用中的歷史層次，即詞彙化的程度。單用性就意味著詞彙化程度不高。這些義位當它新

〔註4〕 此例中「看」為〔看望〕義。根據引申的一般規律，〔看望〕義當從〔觀看〕義引申而來，雖然從現有文獻考察，「看」的始見例是〔看望〕義，但並不能說「看」的〔觀看〕義由〔看望〕義引申。

出現的時候，一般都為單音節形式，與別的義位組合能力不強。這是義位使用中的第一個層次，可稱之為「單用」的階段。由於漢語的自然音步是雙音節音步，單音節詞有與別的單音節詞結合組成雙音節詞的趨向，單音節詞之間以各種關係（主要是並列關係和偏正關係）組合成雙音節形式的結構，這種組合比較鬆散，只是形式上的簡單拼合，這是義位使用中的第二個層次，可稱之為「組合」的階段。隨著時間的積累，一些雙音節組合經常結合在一起，在具體使用過程中逐漸固定下來，語義上有所概括、引申或虛化，成為新的雙音節詞，原有的單音節詞成為新的雙音節詞的構詞語素，這是義位使用中的第三個層次，可稱之為「結合」的階段。考察義位使用中的歷史層次有助於我們考察漢語詞彙雙音化的過程。

按照這一思路，我們來考察六朝時期「視」、「看」的用例。我們發現，六朝時期「視」處於第三個發展層次，「看」則屬於第二個層次（東漢時期「看」處於第一個層次）。以《世說新語》中「視」、「看」的用例為例，該書兩者的用例數分別為 34 例、36 例，「看」仍以單用為常，只用於義叢「顧看」；而「視」的前面能加上各種修飾成分，來表達〔觀看〕語義場的下位義位，大量用於偏正式義叢「熟視」、「虎視」、「自視」、「立視」、「坐視」、「高視」、「仰視」、「竊視」和聯合式義叢「省視」等，這個時期「視」組合成詞的能力（即構詞能力）強於「看」，也就是說，它的口語程度比「看」弱。

另一方面，從使用頻率來看，考慮到舊義位的很多用例是保存於一些存古的義位中的因素，當一個新的義位用例數已超過舊義位時，它在口語中肯定已經代替了舊義位了。《世說新語》中「看」的使用頻率已超過「視」，在口語中肯定已經代替了「視」了。

與三國支謙譯經中「看」的用例相比，六朝時期「看」的義域逐漸擴大，「看」的動作對象可以是書籍，用做〔閱讀〕義。如：

> 王、劉與深公共看何驃騎，驃騎看文書，不顧之。王謂何曰：「我今故與深公來相看，望卿擺撥常務，應對玄言，那得方低頭看此邪？」（《世說新語‧政事》）（按：此句有 3 例「看」，第一、第三個「看」的動作對象是文書，表〔閱讀〕義，第二個「看」的動作對象是人，表〔看望〕義。）

2.3 表示〔觀看動作結果〕義的義位的變化情況

2.3.1「見」是本語義場中觀看動作兼表結果的義位。到了宋代,「見」常常與「看」連用,構成義叢「看見」,語義上與義位「見」相同。《朱子語類》中「看見」凡45例。如:

> 視與看見不同,聽與聞不同。(《朱子語類卷四十一‧論語二十三》)

> 諺所謂「掩目捕雀」,我卻不見雀,不知雀卻看見我。(《朱子語類卷七十二‧易八》)

由於「看見」中的動詞已由「看」承擔,「見」逐漸只用做表示動作結果,這種變化的標誌是「見」能與只表示聽的動作的義位「聽」結合為「聽見」,表示聽的動作兼結果,這在《金瓶梅》中比較常見,如:

> 姑奶奶聽見大官人說些椿事,好不歡喜,才使我領大官人來這裡相見。(《金瓶梅》第七回)

2.3.2《朱子語類》中還常見「看」、「到」的連用,但「到」並不是「看」的直接成分,它的直接成分是後面的名詞,說明觀看動作的去向。《朱子語類》「見」16例。如:

> 大率是聖人觀象,節節地看見許多道理,看到這裡見有這個象,便說出這一句來;又看見那個象,又說出那一個理來。(《朱子語類卷七十二‧易八》)

正是「看」、「到」的經常並見,「看」、「到」開始組合,「到」用做「看」的補語,表示動作結果。這種例子在清末以前尚不多見。如:

> 這婦人一抹兒多看到在心裏。(《金瓶梅》第九回)

> 何小姐同張姑娘正在談笑,看到安公子這首詩,忽然的心下不然起來,大概是位聽書的都聽得出來,這首詩是為何玉鳳、張金鳳而作。(《兒女英雄傳》第二十九回)(按:「何小姐同張姑娘」的動作由原來正在談笑轉為觀看,「看到」的「到」可理解為表達動作結果,如果她們原先的動作也是觀看,「到」只是說明動作的去向。)

現代漢語中「到」用做動作補語,表動作結果的的用法已十分常見。不但能說「看到」,也能說「見到」,還能說「聽到」、「想到」等。

2.4 小　結

　　本語義場內各義位的演變體現了漢語自古至今從「綜合」到「分析」的發展趨勢。原有的眾多下位義位逐漸被中心義位前加各種修飾成分的結構所替換。就中心義位而言，本語義場經歷了從「視」到「看」的替換，這一替換過程發生在六朝時期。同時，原先觀看動作兼表結果的義位「見」也由分析性的「看見」、「看到」所代替，大約分別從宋代、明清時代開始使用，而普遍使用則到現代漢語中了。

語義	史記	六朝	唐代	宋元時代	明清時代
〔觀看〕	視	視、看		看	
〔看見〕		見		看見	看見、看到

第四章　與「手」有關的語義場

　　本章討論的內容是與「手」有關的語義場。《現代漢語詞典》中「手」的釋義是「人體上肢前端能拿東西的部份」，「人」的釋義是「能製造工具並使用工具進行勞動的高等動物」，人體中承擔製造工具並使用工具的主要器官是手，人的許多動作都和「手」有關。本文把反映這些與「手」有關動作的義位組成「手」語義場（爲研究方便，有時把手指、手臂等上肢各部份器官參與的動作義位也歸入中一語義場）。

　　手動作語義場中的義位按照動作只使用手（即不借助別的工具）與否可分成徒手動作義位和非徒手動作義位，由於非徒手動作義位數量太多，收集範圍也難以控制，本文以考察徒手動作義位爲主。

第一節　〔執持〕語義場

　　〔執持〕語義場各義位的共同義素是〔使在手中〕，支謙譯經中本語義場包括上位義位「執」、「持」、「捉」、「搏」、「操」、「握」、「攫」、「把」、「扼」，也包括下位義位「挾」、「捧」、「撮」等。

一、支謙譯經用例情況

1.1 執

　　《說文》：「執，捕罪人也。」「執」的本義是「逮捕捉拿」的意思，受事者是人，支謙譯經「執」的 56 個用例中用做這一義位有 4 個用例，如：

時有大臣從外而來，見此一人而被囚執。「何緣乃爾？」其傍諸人具別事狀。（No.200, T04, p0254c）

尋至其家，執彼長者，繫縛搒笞，楚毒無量，舉身傷破，膿血橫流，痛不可言。（No.200, T04, p0253b）

由「逮捕捉拿」引申出「拿、握」的義位，支謙譯經這一義位有 26 個用例。「執」的受事者可以是：人、扇、弓、炬、花、刀、澡灌、幡蓋、楊枝等，絕大多數都單用，可用於義叢「執持」（11 例）中，如：

爾時菩薩手執二子授婆羅門。〔註1〕（No.153, T03, p0060a）

舍尸夫人將諸婇女，各各執扇，在佛左右，執扇扇佛。（No.200, T04, p0212c）

忽然見主五道大神，名曰賁識，最獨剛強，左執弓，右持箭，腰帶利劍。（No.185, T03, p0475c）

爾時毘羅摩菩薩即以右手執持澡灌。（No.153, T03, p0054b）

執炬觀見諸器／手執香花／執持應器／手執琉璃之琴／執持幡蓋，蓋佛頂上／手執利刀，自剜雙眼，以施彼鷲／執持器杖，安置左右／譬如拔菅草，執緩則傷手／手執楊枝

1.2 持

《說文》：「持，握也。」「持」的本義是「拿、握」的意思，支謙譯經「持」695 個用例中用做這一義位的有 85 個用例。除用於義叢「執持」、「攝持」外，絕大多數都單用；受事者也十分多樣，有：刀杖、缽、瓶、應器、財物、寶物、臂、轡、白蓋、五彩幡、草、花、箭、臭豆羹滓、毒藥等等。如：

太子默然還入齋室持刀割髀取肉及血。（No.169, T03, p0411c）

時婆羅門持一利刀，以鹿皮覆即便出之，捉王頭髮繫之樹上。（No.153, T03, p0064c）

尋求行轉到祇樹間，便掘出死屍著床上，共持於舍衛四道。

〔註1〕 此例中的「執」不再是〔捉拿〕義，應理解爲〔執持〕義。

（No.198, T04, p0176c）

　　持毒藥毒之／中復有人持錢財行／當於爾時國中人民無有持刀杖者／持幡隨車／佛即澡洗前入火室，持草布地／左手持臂，右手持瓶／如馭者善持轡／諸天於空中持白蓋／我今當就持此寶物，盡持與婦／爾時如來著衣持缽／持所捉花而散佛上

其中，「持」的有些受事者已經不能用手握，這樣的「持」向抽象化邁進了一步，可以視為處置式的雛形：

　　父母便生意言：「賴吒和羅不可以財寶化也，試持故時諸美人妓女化還之耳。」（No.68, T01, p0870b）

　　作是願已，便持白象施婆羅門，自乘一馬還欲入城。（No.153, T03, p0058b）

1.3 捉

《說文‧手部》：「捉，搤也，一曰握也。」《龍龕手鑒‧手部》：「『搤』，同『扼』。」支謙譯經中「捉」共 25 例，用做這一義位的有 19 例。「捉」的受事者可以是身體的部份、物體、動物等，如：

　　妻便答言：「隨意自在，我今屬君何得自從。」即捉妻手授婆羅門。（No.153, T03, p0061a）

　　臣即將到象廄，一一示之，令捉象。有捉足者、尾者、尾本者、腹者、脅者、背者、耳者、頭者、牙者、鼻者。（No.198, T04, p0178b）

　　持所捉花而散佛上。（按：注意「持」、「捉」在語義上的不同。）（No.200, T04, p0206a）

　　二子回捉父衣而白父言／菩薩捉佉陀羅木而作誓言／捉杖考打／時蓮華王捉持香花／王囑女夫自捉戶排

如果「捉」的受事者是人或動物，那麼就引申出〔捕捉〕義來，支謙譯經中有 6 例，如：

　　尋共交戰，即破彼軍，獲其象馬，即便捉得阿闍世王，大用歡慶。（No.200, T04, p0207c）

時有金翅鳥王入大海中，捉一小龍還須彌頂，規欲食噉。（No.200, T04, p0250a）

譬如惡龍放電殺谷，如金剛杵摧破大山，如阿修羅王遮捉日月。（No.153, T03, p0063b）

1.4 搏

《說文·手部》：「搏，索持也。」「搏」爲〔搜捕〕義，又引申爲〔執持〕義，支謙譯經中「搏」的用例凡 5 例，用做〔執持〕義的 3 例（其中有 2 例的施事者是金翅鳥，按嚴格的〔執持〕義位的施事者爲人的定義，可不計在內）：

搏飯入口嚼飯之時三轉即止，飯粒皆碎無在齒間者。（No.76, T01, p0884a-b）

大王如金翅鳥投龍宮中搏撮諸龍而食噉之，亦如師子在麞鹿群威猛。（No.153, T03, p0053a）

1.5 將

《說文·寸部》：「將，帥也。」「將」就是「將領」的意思。支謙譯經中「將」的用例 321 例，除了用做名詞〔將領〕義位外，大部份用做動詞性的〔帶領〕義位（204 例），用做〔執持〕義位的僅 2 例：

（老母）飲食已訖，有一殘果及洗器水，臭而不噉。爾時目連即從乞索，老母瞋恚尋即將與。（No.200, T04, p0214b）

佛告蛇言。「汝若調順，入我缽中。」佛語已竟，尋入缽中，將詣林中。（No.200, T04, p0228b）

「將」的〔執持〕義位當由〔帶領〕義位引申而來，「帶領」的受事者由將領帶領軍隊泛化爲一般的人，支謙譯經中有兵眾、軍眾、天眾、群臣、侍衛、侍從、弟子、宮人、小王等。當「帶領」的〔在前面〕這一義素不被強調時，便只剩下對受事者的一般處置義。試比較：

王見孫陀利，端政殊妙，世所無比，深生疑怪，歎未曾有，即將小兒（按：即孫陀利），往至佛所，欲問所由受如是身。（No.200, T04, p0256c）

父母愛念，便將小兒與阿那律，令作沙彌，教使坐禪。（No.200，
T04, p0245a）

這裡前一句「將」的動詞性很強，「將小兒」和「往至佛所」是兩個地位平等的動詞短語，而且「往至佛所」，表動作的位移，「將」的〔在前面〕這一義素還很明顯，但後一句句子表達的重心在於「將」的受事者「小兒」，「將」的動詞性不強，把這一用例的「將」理解爲〔執持〕義也未嘗不可。至於上文所舉兩個例句中的「將」則是很典型的〔執持〕義位，因爲受事者殘果及洗器水、缽不能被帶領，避免了兩解的可能〔註2〕。

1.6 操

《說文·手部》：「操，把持也。」支謙譯經中「操」的用例有 3 例。除去用做抽象義的義叢「無操無舍」2 例，只有 1 例用做具體義：

譬人操杖，行牧食牛。（No.210, T04, p0559a）

1.7 握

《說文·手部》：「握，搤持也。」支謙譯經中共 2 例，都用在佛三十二相「手（掌）內外握」中，未見別的用例：

六相手足細軟，掌內外握。（No.76, T01, p0883c）

1.8 攫

《說文·手部》：「攫，握也。」支謙譯經中「攫」的用例有 2 個，1 例單用，1 例用於義叢「攫持」，均見於《太子瑞應本起經》：

或一頸而多頭，齒牙爪距，擔山吐火，雷電四繞，攫持戈矛。
（No.185, T03, p0477b）

已見猴猨師子面，虎兕毒蛇豕鬼形，皆持刀劍攫戈矛，超踔哮吼滿空中。（No.185, T03, p0477c）

「攫」的用例比較罕見，《大正藏》前 32 冊只見 11 例，最早的用例是東漢《修行本起經》中的 1 例，很明顯，這一用例與《太子瑞應本起經》表述的是

〔註2〕與「佛語已竟，尋入缽中，將詣林中」一句相對照的是「諸臣奉命即遣使者，召
昆羅摩，將詣王所。」（No.153, T03, p0052c）此句的「將」受事者是「昆羅摩」，
用做「帶領」義的義位。

同一內容：

> 或一頸而多頭，齒牙爪距，擔山吐火，雷電四繞，攫持戟鋒。
> （No.184, T03, p0471a）

1.9 把

《說文·手部》：「把，握也。」支謙譯經中「把」的用例有 6 例，除了一例抽象化引申爲〔掌管〕義位（把國政）外，其它 5 例均用做「握」的義位：

> 母遙見子來入門，母便取金銀積上覆去之，前以兩手把金銀散之。（No.68, T01, p0870b）

> 二十五天萬玉女把孔雀尾拂現宮牆上。（No.185, T03, p0473c）

> 我手無瘡瘍，以手把毒行，無瘡毒從生，善行惡不成。（No.198, T04, p0177b）

> 時彼城中，有一劫賊，名曰樓陀，腰帶利劍，手把弓箭，在於道次，劫奪民物，用自存活。（No.200, T04, p0222a）

> 得其意難，如把刃持毒，不可不慎也。（No.790, T17, p0733c）

1.10 扼

《說文·手部》：「搤，把也。搤或從戹。」段玉裁注：「今隸變作扼。」支謙譯經中僅見 1 例，用於固定義叢「扼腕」：

> 王聞是語扼腕而言：「怪哉！我子愛法太過，乃至不惜所愛兒息，汝今還我當與汝直。」（No.153, T03, p0060b）

1.11 秉

《說文·禾部》：「秉，禾束也。從又，持禾。」劉燕文（1981）曾對「秉」、「把」的異同做了精到的考察，他認爲，「把」、「秉」所表示的手的姿勢相同，「秉」較古，「把」字後起，兩者聲音相近，同屬幫母，韻母魚、陽對轉，是一音之轉的古今同源同義詞。支謙譯經、《六度集經》中未見「秉」，《全三國文》中「秉」的用例較多，如：

> 捷忘歸之矢，秉繁弱之弓。（《全三國文》卷十六·曹植《七啓》）

> 左執屈盧之勁矛，右秉干將之雄戟。（《全三國文》卷三十·應

璩《書》）

但「秉」大多用做抽象義，受事者以品行、權勢爲常：

> 主簿宣隆，部曲督秦絜秉節守義，臨事固爭。（《全三國文》卷
> 十一・高貴鄉公《贈賜宣隆秦絜詔》）

> 至於哀平，異姓秉權，假周公之事，而爲田常之亂。（《全三國
> 文》卷二十・曹冏《六代論》）

1.12 挾

「挾」的本義是夾持，夾在腋下或指間，《說文・手部》：「挾，俾持也。」由〔夾持〕義泛化爲〔執持〕義。支謙譯經中「挾」的用例有 4 例，用做〔夾持〕義的義位的 2 例：

> 今此二王，常共鬥諍，多所傷害，久挾怨讎，不可和解。（No.200,
> T04, p0207a）

> 菩薩得見佛，散五莖花，皆止空中，當佛上如根生，無墮地者。
> 後散二花，又挾住佛兩肩上。（No.185, T03, p0473a）

用做〔執持〕義的義位的 2 例：

> 語頃王家女過，厥名瞿夷，挾水瓶持七枚青蓮花。（No.185, T03,
> p0473a）

> 挾持應器，當願眾生，受而知施，修六重法。（No.281, T10,
> p0449a）

1.13 捧

「捧」是兩個手掌合攏托舉的意思。《說文》寫做「奉」，「捧」是「奉」的後起累增字。《釋名・釋姿容》：「捧，逢也，兩手相逢以執之也。」支謙譯經中有 3 例：

> 十七八方之神捧寶來獻。（No.185, T03, p0473c）

> 天王維睒，久知其意，即使鬼神，捧舉馬足。（No.185, T03, p0475b）

> 以手捧火，洋銅沃口，求死不得，罪竟乃出。（No.581, T14,
> p0965a- 0965b）

1.14 撮

「撮」是用三指或動物用爪子抓取的意思。《說文·手部》:「撮,四圭也。亦二指撮也。」段玉裁注:「此蓋醫家用四圭爲撮之說。」這一釋義說「撮」是一種計量單位。段玉裁注中還說:「三指可撮也,小徐本作二指,二疑三之誤。」支謙譯經中共 2 例,施事者都是動物,用於義叢「搏撮」、「搏撮」:

> 大王如金翅鳥投龍宮中,**搏撮**諸龍而食噉之,亦如師子在麞鹿群威猛。(No.153, T03, p0053a)

> 譬是師子**搏撮**諸鹿,彼雖有母亦不能救,是老病死常害眾生,猶如果樹多人所摘。(No.153, T03, p0060c)

我們補充同時代文獻中「撮」的施事者爲人,用做〔三指抓物〕義的例子:

> 若乃**撮**矢作驕,累掇聯取。一往納二,巧無與耦。(《全三國文》卷二十六·邯鄲淳《投壺賦》)

1.15 提、挈

支謙譯經中的上述義位在同時代的《全三國文》中都有用例,用法也都相同。在考察《全三國文》的過程中,我們發現其中有兩個未見於支謙譯經中的義位「提」、「挈」,現補充如下:

《說文·手部》:「提,挈也。」「挈,懸持也。」王筠《說文解字句讀》:「說以懸者,提是物則物向下,有似倒懸,故曰懸。」支謙譯經中這一語義是用義位「持」來表示的,如:

> 取寶物上覆皆用作囊,悉取珍寶盛著囊中,載著車上,**持**到恒水邊,視占深處,以投其中。(No.68, T01, p0870b)(按:由於「囊」有袋口,繫緊以後可做提手,可以用「提」這一義位。)

《全三國文》中「提」、「挈」都用做比喻用法,如:

> 故**提**齊而蹴楚,**挈**趙而蹈秦,不滿一朝而天下無人,東西南北莫之與鄰。(《全三國文》卷四十六·阮籍《大人先生傳》)

> 而以貢贄大吳,抗對北敵,至使耕戰有伍,刑法整齊,**提**步卒數萬,長驅祁山,慨然有飲馬河、洛之志。(《全三國文》卷七十三·張儼《默記述佐篇》)

1.16 小　結

　　支謙譯經中〔執持〕語義場的義位十分豐富，僅表示上位義位的就有 7 個，按照使用頻率，「執」、「持」、「捉」是主要義位。從上文用例我們發現，這些〔執持〕義的義位經常用做連動句式中的前一個動詞，而且〔執持〕義位表示的動作是持續的，現代漢語中可以在這些義位後帶上表持續態的標誌「著」。而且，正是這些義位在句子中的這一位置特點，它們很容易成為表〔處置〕義的介詞。

義位	〔動〕	〔施〕	〔工〕	〔受〕	〔果〕	〔說明〕
執	使在	人	手	犯人、物體	受事者在手裏	手指彎曲合攏
捉	使在	人	手	物體、人、動物	受事者在手裏	手指彎曲合攏
持將扼握攫把操秉	使在	人	手	物體	受事者在手裏	手指彎曲合攏
捧	使在	人	手	物體	受事者在手裏	兩手手掌合攏
撮	使在	人	手指	較小的物體	受事者在手指間	兩三個手指合攏
挾	使在	人	手、手指、臂	物體	受事者在工具間	手指間或臂腰間
提、挈	使在	人	手、臂	有提手的物體	使受事者向上	手在受事者上面

二、歷時用例情況考察

2.1「執」、「持」義位異同比較

　　「執」、「持」是支謙譯經中表達〔執持〕語義場的兩個主要義位，要比較它們的異同，我們可以通過它們在語義場中地位的變化、各自的組合關係和義位間的引申序列進行考察。

　　我們先調查三國時代以前它們在語義場中地位的變化情況。除了前面的支謙譯經以外，我們還調查了《左傳》、《韓非子》、《史記》3 種文獻，我們發現，表達「執持」這一概念，「執」在較早的文獻《尚書》、《左傳》占很大優勢，「持」從《韓非子》開始，逐漸與「執」並駕齊驅。

	執	持	操	握	捉	把	扼／搤	將
左傳	279/166/50	5/3	3/1	2/1	1/1	0	0	1036/0
韓非子	29/7/8	35/9	35/18	10/7	0	0	2/1	217/1
史記	136/55/44	190/133	31/13	6/4	1/1	10/9	7/5	2392/0
支謙譯經	56/4/26	695/85	3/1	2/2	25/25	6/5	1/1	321/2

說明：「執」的第一個數字是總用例數，第二個數字是用做〔抓捕〕義的「執」的用例數，第三個數字是用做〔執持〕義的具體義「執」的用例數；其它各詞位的第一個數字是總用例數，第二個數字是用做〔執持〕義的具體義「執」的用例數。

上文已經分析了支謙譯經中「執」、「持」作爲〔執持〕義的用例情況，發現它們的組合關係大致相同，從組合關係來辨析兩者的相異之處很難，而考察它們各自的義位引申序列則可以彌補這方面不足。我們知道，義位間的引申是基於引申義位和原有義位存在的共同義素，其中，有一些義素是隱性存在的，考察引申序列正能夠挖掘出這些隱含義素來。下面以《史記》和支謙譯經中的用例進行考察。

「執」、「持」的受事者是權勢一類的事物時，兩者都引申出〔主管〕、〔主持〕義位，其中，「執」用於這一義位遠比「持」多見，如：

是後陪臣執政，大夫世祿，六卿擅晉權，征伐會盟，威重於諸侯。（《史記》卷 15，第 685 頁）

侯八歲爲將相，持國秉，貴重矣，於人臣無兩。（《史記》卷 57，第 2073～2074 頁）

「執」的引申義位〔執著〕、〔專注於一物〕是「持」所沒有的，在佛教中，〔執著〕義位的「執」成爲佛教術語。如：

自今之後，歸佛歸法歸比丘僧，願爲清信士，守仁不殺，知足不盜，貞潔不淫，執信不欺，盡孝不醉。（No.76, T01, p0886a）

是人名化字無從生號爲空，如影現於鏡中，無執無舍無由來無所得，無我無人無命無識。（No.533, T14, p0814c）

與「執」相平行的是，「持」有「持二心」、「持二端」的說法，另外，它的〔保持某一狀態不變〕義位是「執」所沒有的，在佛教中，由此又引申爲「修行」，也成爲佛教術語，支謙譯經中用做這一義位的「持」佔了總用例的

大多數。如：

> 漢王，長者也，無以老妄故，持二心。妾以死送使者。（《史記》
> 卷 56，第 2060 頁）

> 魏王恐，使人止晉鄙，留軍壁鄴，名爲救趙，實持兩端以觀望。
> （《史記》卷 77，第 2379 頁）

> 楚漢久相持未決，丁壯苦軍旅，老弱罷轉饟。（《史記》卷 7，
> 第 328 頁）

> （龍王）開菩提道自受八戒，清淨持齋經歷多日，斷食身羸甚
> 大饑渴疲極眠睡。（No.153, T03, p0069c）

從以上分析我們可以比較「執」、「持」兩個義位間的不同。從引申義位「執著」、「專注於一物」推知，作爲〔執持〕義的「執」，它的隱含義素是動作的用力程度較大，它的受事者當是專一的，相當於現代漢語中的〔抓住〕。從引申義位〔保持某一狀態不變〕推知，「持」的隱含義素是動作具有延續性，相當於現代漢語中的〔拿著〕。

劉燕文（1981）曾考察古漢語中「執」、「持」的用例情況：《左傳》以前，「持」沒有〔拿著〕義，只有〔攙扶〕義，〔拿著〕義由「執」表示，未見「持」表示的。他的考察也說明了在〔執持〕義上「執」比「持」要更早一些。盛豔玲（2005）也指出：先秦前期「執」作爲核心詞，應用範圍很廣，凡是表示用手拿東西都可以說「執」。到《韓非子》和《戰國策》時代，「持」用例逐漸增多，用法逐漸豐富，成長爲一個核心詞。他們兩人的觀點都說明了上古漢語中在〔執持〕義上「執」「持」義位的興替情況。

2.2 「操」、「握」、「捉」、「把」、「扼」、「將」的用法變化

「操」、「握」、「捉」、「把」、「扼」在表達〔執持〕義時，都是該語義場的上位義位。從先秦到三國時代，它們的用例情況發生了較大變化。下面主要以《史記》中的用例進行考察。

《史記》中「操」的用例較多，除了用做具體的〔執持〕義外，用做〔節操〕名詞義的用例最多，有「賢操」、「故操」「操行」等義叢。這預示著「操」將逐漸退出本語義場。

「握」總是握較小的東西，一隻手握在掌中。《史記》「握」除了用在名詞「掌握」2 例外，用做具體義只有 4 例，其中，握手 2 例，「懷瑾握瑜」2 例。這說明「握」的使用範圍比較有限。

「把」在我們考察的 3 部先秦典籍中未見用例。《史記》中除了一例用做抽象義（「把其陰重罪」）外，其它 9 例的受事者有：鉞（5 例）、袖（2 例）、白旄（1 例）、茅（1 例）。與支謙譯經一樣，「把」用做具體義的比例較大，說明「把」是一個比較新的義位。

「扼」（《史記》中寫做「搤」）在《史記》中有 7 例，其中 2 例用做〔掐〕義（「搤其亢」），其它 5 例中「搤腕／捥」4 例，「釋弓搤劍」1 例。除了義叢「扼腕」後代沿用外，「扼」在後代以用做〔掐〕義位爲常，退出了〔執持〕語義場。

「捉」的用例在我們調查的上述支謙譯經以前的 4 部文獻中罕見，出現的 2 例都用於義叢「捉髮」中。三國時代的文獻「捉」的用例漸多，《六度集經》4 例，《全三國文》3 例，《魏詩》則未見用例。這些文獻中的「捉」的用例都沒有支謙譯經那麼集中。如：

> 母捉其乳，天令渾射遍百子口。（No.152, T03, p0014c）

> 臣輒部武猛都尉呂納，將兵掩捉得生，輒行軍法。（《全三國文》
> 卷一·曹操《掩獲宋金生生表》）

「將」用做〔執持〕義位在先秦漢代都很罕見，在本文考察的《左傳》、《韓非子》、《史記》3 部文獻中，《韓非子》中有一疑似用例：

> 昔者紂爲象箸而箕子怖，以爲象箸必不加於土鉶，必將犀玉之
> 杯。《韓非子·喻老》

其實，這裡的「將」字仍未必是動詞〔執持〕義，看做表「將要」的副詞可能更準確，這是個名詞謂語句，「犀玉之杯」前省略了動詞。

一直到三國時代，用做〔執持〕義的「將」仍是詞位「將」的邊緣義位。

2.3 唐五代用例

2.3.1 唐五代時期本語義場的第一個變化是「將」成爲中心義位。《祖堂集》中「將」的用例爲 316 例，用做〔執持〕義的有 186 例，這 186 例中抽象義和具體義約各占一半。「將」的受事者十分多樣，可以是錢、磚、劍、刀、水、茶、

飯、經、銅瓶、布袋、衣缽、鍬子、瓦礫、紙筆、遊山杖、囊中之寶等。「將」一般都與趨向動詞「來」、「去」、「出」、「出去」連用，如：

> 師云：「與我將取那個銅瓶來。」僧取瓶來。(《祖堂集卷十五·鹽官和尚》)

> 報慈拈問僧：「作摩生道，則得不屈得古人？」僧對云：「這個僧將狀出去。」(《祖堂集卷十五·歸宗和尚》)

> 師將出笠子，雲岩問：「用這個作什摩？」(《祖堂集卷五·道吾和尚》)

> 某甲無贈物與闍梨，這個是老僧見先師因緣，囊中之寶，將去舉似諸方。(《祖堂集卷七·夾山和尚》)

「將」不跟趨向動詞連用的情況只見於用做連動句式的第一個動詞（不少情況下可視作已虛化爲引進工具的介詞），如：

> 太子又自念言：「當將何器而爲受食？」才起此念時，四天王各捧石缽。(《祖堂集卷一·釋迦牟尼佛》)

> 師將鍬子劉草次，隱峰問：「只劉得這個，還劉得那個摩？」(《祖堂集卷四·石頭和尚》)

> 師當時拗折弓箭，將刀截髮，投師出家。(《祖堂集卷十四·石鞏和尚》)

2.3.2 這一時期的第二個變化是「拈」的普遍使用。《說文》已收有此字，《說文·手部》：「拈，揶也。」《釋名·釋姿容》：「拈，黏也，兩手翕之，黏著不放也。」「拈」是用手指夾、捏取物的意思。但歷代文獻中「拈」的用例很少，從《史記》到《入唐求法巡禮行記》列入本文考察範圍的文獻中都未發現用例。唐詩中偶有用例。到了五代《祖堂集》中「拈」的用例已很多，達 138 例，而且，除了少數「拈」仍可理解爲〔用手指捏取〕義外，大多數已是〔執持〕義，「拈」上升成爲表示本語義場一個主要義位。「拈」除了用於義叢「拈問」、「拈掇」外，大多單用，大多單用，後接「起」、「出」、「得」、「卻」、「得」、「將來」等補充成分，受事者可以是綿卷子、帽子、杖子、柱杖、拂子、納衣角、毬子、

紅柿子、盞子等日常生活中的事物，「拈」是當時口語中活躍的義位。如：

> 師拈起綿卷子曰：「爭奈這個何？」（《祖堂集卷四‧藥山和尚》）

> 有人來覓雜貨鋪，則我亦拈他與；來覓眞金，我亦與他。（《祖堂集卷十八‧仰山和尚》）

也可以是自己的拳頭和二千大千世界：

> 師不肯，自拈起拳頭云：「只爲喚作拳頭。」（《祖堂集卷十‧安國和尚》）

> 師問僧：「諸方行來道我知有，且與我拈二千大千世界，向眼睛上著。」（《祖堂集卷十一‧雲門和尚》）

「拈」的受事者還可以是話語一類摸不著的事物，這意味著「拈」開始抽象化，但這種用例較少，而且也沒有像「執」、「持」那樣引申出別的義位。如：

> 仰山拈經中語問大眾：「刹說眾生說三世一切說，爲什摩人說？」（《祖堂集卷七‧雪峰和尚》）（按：比較「持」的用例：「有僧持此語問師：『洞山還道得也無？』」（《祖堂集卷八‧龍牙和尚》））

2.3.3 本語義場中原有的義位「執」、「持」雖然仍在使用，但是在用例數上，「執」、「持」用於「執持」具體義的已經少於「拈」，「執」23 例，「持」27 例。「執」常見於一些固定義叢中，如執局之使、執刃、執印、執手、執鞭、執錫等，「持」的受事者爲抽象名詞的較多。「執」、「持」後接補充成分的用例已十分罕見，這說明它們在口語中逐漸淡出〔執持〕語義場。

「把」也是一個主要義位，《祖堂集》共有 72 例，除了一部份已經虛化爲介詞外，大部份還是用做〔執持〕義。各舉 1 例：

> 馬師曰：「作摩生牧？」對曰：「一回入草去，便把鼻孔拽來。」（《祖堂集卷十四‧石鞏和尚》）（按：此例「把」已虛化爲表處置義的介詞。）

> 師把針次，洞山問：「作什摩？」師曰：「把針。」（《祖堂集卷六‧神山和尚》）

「捉」在《祖堂集》中有 22 例，其中用做〔執持〕義的有 8 例（執捉 1 例，捉土成金 2 例，捉虛空 5 例），用做〔捕捉〕義的有 14 例，後者已經成爲

「捉」的主要義位。如：

> 有人拈問漳南：「紫胡**捉**賊意作摩生？」（《祖堂集卷十八‧紫胡和尚》）

《入唐求法巡禮行記》、《祖堂集》中均未見用於〔抓捕〕義位的「執」，敦煌變文中也只有個別用例。我們可以推斷，唐代表〔抓捕〕義的義位已主要是「捉」了。

2.4 宋代用例

2.4.1 宋代本語義場的一個重要變化是「拿」的加入。「拿」對應於《說文》中的「拏」。《說文‧手部》：「拏，持也。」《正字通‧手部》：「拿，俗拏字。」「拏」又往往寫做「挐」。《說文‧手部》：「挐，牽引也。」徐灝《說文解字注箋》：「疑拏、挐同字，因聲之輕重而別之，實一義相生耳。」從文獻用例情況來看，兩字無別。而且，就這兩個義位的相互關係來看，也確實是「一義相生」的情況，就像〔引挽〕語義場中的「引」又有〔執持〕義一樣（參看〔引挽〕語義場 1.1 的分析），因此，似乎將「拏」、「挐」視作同表一個義位的兩個異體字也可以說得通。《漢語大字典》引漢揚雄《羽獵賦》中「熊羆之挐玃，虎豹之凌遽」爲始見例。在列入本文所考察的文獻中，直到《朱子語類》才有用做〔執持〕義的「拿」。《朱子語類》中「拿」（寫做「拏」、「挐」，意義無別）凡 14 例，其中用做〔執持〕義的 5 例（其餘用例用做〔引挽〕義，用於義叢可用於義叢「紛挐／拏」、「牽挐」等）。如：

> 譬如一盤珍饌，五人在坐，我愛吃，那四人亦都愛吃。我伸手去拏，那四人亦伸手去拏，未必果誰得之。（《朱子語類卷一百三十八‧雜類》）

2.4.2 由於「拿」的用例還很少見，這一時期「拈」、「捉」仍是本語義場的主要義位。

2.5 元代用例

元代「拿」的使用比較常見。《元典章‧刑部》：「拿」的用例 87 例，受文獻性質的影響，「拿」用做〔執持〕義的僅 8 例，其中，用於義叢「拿摸」1 例，

單用的 7 例（拿住 3 例，拿起、拿到、拿著、拿箭各 1 例），如：

彭層二等各用手**拿**住本僧手足、頭腦，不令動搖。（《元典章．刑部卷四．諸殺一．老幼篤疾殺人》）

爲添仲寬用鏵車**拿**箭，打傷王璋事（事）。（同上）

本人起來，**拿摸**簷（校記：通「擔」。）子還擊，驢兒用棍棒行打致死，罪犯。（《元典章．刑部卷四．諸殺一．因奸殺人》）

「拿」大多數用做〔抓捕〕義，既可以單用，也可以用於義叢「捉拿」（36例）、「拿獲」（12 例）〔註 3〕、「拿執」（1 例）中。如：

窩藏做賊的，俺一百個來人得了也。一半**拿**著，分付管民官了也。（《元典章．刑部卷三．諸惡．謀叛》）

如有違犯，**捉拿**斷罪。（《元典章．刑部卷十九．禁聚罪》）

按照使用頻率和用法來說，「捉」仍是表〔抓捕〕義的中心義位。《元典章．刑部》中「捉」的用例有 201 例，除單用外，還用在義叢「捉獲」（69 例）、「捉拿」（36 例）、「根捉」（13 例）、「捕捉」（12 例）、「捉事人」（7 例）、「緝捉」（6例）、「巡捉」（4 例）、「捉解」（3 例）、「勾捉」（2 例）等，比「拿」所在的義叢豐富。「執」的〔抓捕〕義位仍見使用，但是全都用於固定義叢「拿執」、「執縛」、「拘執」、「誣執」中。

總的說來，《元典章．刑部》中義位「拿」用做〔執持〕義的使用遠不如「執」那麼普遍。「執」不但受事者比較多樣，可以是：燈、槍刀、軍器、兵器、器仗、木棒、木拐、木槌、磚石等，而且可用在義叢「執把」、「把執」、「手執」中，後面還可以帶助詞「著」、趨向動詞「起」等。如：

執著器仗入去來／**執把**軍器，將良民圖財殺死／孫百奴**手執**雜木棒打傷事主梁賢十／黑臉賊人用所**執**雜木棒將賢十右手腕下向外打傷／祝縣尉家人陶慶兒**執**燈往喂馬草

用做〔執持〕義的「持」絕大多數只用於義叢「持仗／杖」、「持刃」中，已不能自由使用，可以推斷，元代開始，「持」已退出本語義場。

〔註 3〕《元典章．刑部》中有「捉拿得獲」、「捉拿未獲」的用例，「拿獲」就是「捉拿得獲」。

《元典章・刑部》中未見「拈」。

2.6 明代用例

2.6.1 到了《金瓶梅》中，「拿」上升爲本語義場中佔壓倒多數的中心義位。考察 1～42 回，「拿」的用例有 564 例，「執」19 例（大多用在義叢「執壺」、「手執」，未見用做〔抓捕〕義），「持」5 例（「持刀」4 例，「持盈愼滿」1 例）。「拈」10 例，都用做〔捏〕義，受事者都是比較輕巧細小的東西（如：香、玉管、骰子、玉搔頭、鮮蓮蓬子、白沙團扇兒）。

《金瓶梅》中「拿」用做連動句式的第一個動詞的的用例十分普遍，而且「拿」還常常帶表持續態的標誌，這樣的「拿」已經是典型的表〔執持〕義的「拿」了，如：

> 那兩人手裏，各**拿**著一條五股鋼叉，見了武松倒頭便拜。（《金瓶梅》第一回）

> 桌上擺著杯盤，婦人**拿**盞酒擎在手裏，看著武松：「叔叔滿飲此杯。」（《金瓶梅》第一回）

> 先是春梅**拿**茶來吃了，然後李瓶兒那邊的茶到，孟玉樓房裏蘭香落後才**拿**茶至。（《金瓶梅》第二十九回）

「拿」的受事者除了具體名詞外，還可以是抽象名詞，如：

> 蔡狀元道：「既是記的，大官你唱。」於是把酒都斟，那書童**拿**住南腔，拍手唱道：……（《金瓶梅》第三十六回）

《金瓶梅》1～42 回中，「拿」用做〔抓捕〕義的有 22 例。「捉」的用例有 32 例。如：

> 因叫那爲首的車淡上去問道：「你在那裏**捉**住那韓二來？」眾人道：「昨日在他屋裏**捉**來。」（《金瓶梅》第三十四回）

> 西門慶看見畫童兒在旁邊，說道：「把這小奴才**拿**下去，也拶他一拶子。」（《金瓶梅》第三十五回）

> **捉**姦／**捉**獲／**捉**影捕風／**捉**姦見雙，**捉**賊見贓，殺人見傷。

2.6.2 《金瓶梅》中「將」仍有用做〔執持〕義的用例，但比「拿」的用例

少得多。但是在某些文獻中如《老乞大諺解》〔執持〕義位還主要用「將」，這裡反映出文獻的地域差異。如：

> 那眾獵戶，先把野味將來，與武松把盞，吃得大醉。(《金瓶梅》第一回)

> 我那裏男子漢不打水，只是婦人打水。著個銅盔，頭上頂水，各自將著個打水的瓢兒。(《老乞大諺解》)

2.6.3 大約在明代，出現了義位「揪」。《字彙‧手部》：「揪，手揪。」「揪」用做〔執持〕義有兩個語義特點，一是用力方式爲〔緊緊地〕，二是在動作上除了「抓」的動作外，還連帶「拉」的動作。《金瓶梅》中使用已很普遍。如：

> 那婆子一把手便揪住道：「這小猴子那裏去！人家屋裏，各有內處。」(《金瓶梅》第四回)

> 月娘見惠蓮頭髮揪亂，便道：「還不快梳了頭，往後邊來哩。」(《金瓶梅》第二十六回)

2.7 清代用例

2.7.1 清代本語義場的一個特點是「抓」的普遍使用。「抓」的本義是「搔，用指甲或帶鈎齒的東西在物體上劃過」，本文稱之爲「抓 1」。《廣雅‧釋詁二》：「抓，搔也。」《玉篇‧手部》：「抓，抓癢也。」「抓」的另一義位用做〔執持〕義，本文稱之爲「抓 2」。「二典」都舉了漢代枚乘《上書諫吳王》中的例子：「十圍之木，始生而蘗，足可搔而絕，手可濯而抓。」但是在本文考察的《朱子語類》以前的文獻中未見用例。《朱子語類》「抓」的用例凡 5 例，均用做「抓 1」。《元典章‧刑部》未見「抓」的用例。《金瓶梅》1～42 回中「抓」12 例，其中，9 例用做〔尋找〕義(有 7 例用於義叢「抓尋」中)，其餘 3 例都用做「抓 1」(花刺抓傷了裙褶／帶繫兒不牢，就抓落在地／遊絲兒抓住荼蘼架)總的說來，宋元明時代「抓」的用例還很不普遍。

直到清代，「抓 2」才普遍使用，成爲本語義場的一個主要義位。《紅樓夢》中「抓」有 59 例，其中，用做「抓 1」的 6 例(如：抓耳撓腮／抓破了臉／向他肋下抓動／兩手在心口亂抓)，用做〔尋找〕義的 5 例(其中 3 例用於義叢「抓

尋」中〔註4〕），其餘都用做「抓2」，受事者可以是一切可以用手執持的物體：藥、鬮兒、錢、鹽、剪子、果子、帽子、骰子、銀子、門閂、棋子、通靈寶玉等，此外，也可以是人，但只有2例，如：

> 賈芸忙要躲身，早被那醉漢一把抓住。（《紅樓夢》第二十四回）

受事者甚至可以是抽象的事物，「抓2」的用法已是十分靈活了。如：

> 他如今正是急了，凍死餓死也是個死，現在有這個理他抓著，
>
> 縱然死了，死的倒比凍死餓死還值些。（《紅樓夢》第六十八回）

2.7.2《紅樓夢》中的「握」17例，全都用做〔掐〕義，並不屬於〔執持〕語義場（這一情況可能是用例上的一種巧合，其實，「握」的〔執持〕義位在別的文獻中還是較常用），受事者為：嘴、臉、胸口、心窩，如：

> 寶玉聽見這話，便忙握他的嘴。（《紅樓夢》第三十六回）

> 眾人聽了，俱紅了臉，用兩手握著笑個不住。（《紅樓夢》第六十三回）

而「攥」正好能填補原來用「握」來表達的概念。《廣韻》中就收有「攥」，《廣韻·入末》：「攥，手把。」但在《紅樓夢》以前列為本文考察範圍的文獻中未見。〔註5〕《漢語大詞典》、《漢語大字典》的用例都出自《紅樓夢》。《紅樓夢》中「攥」有7例，如：

> 邢夫人接來一看，嚇得連忙死緊攥住，忙問：「你是那裏得的？」
>
> （《紅樓夢》第七十三回）

2.8 小 結

「執」、「持」義位自先秦以來長期都是本語義場的中心義位。唐五代時期「拈」取代它們成為中心義位。宋代「拿」的〔拿取〕義位首先在本語義場中

〔註4〕 另兩例為：好生在屋裏，別都出去了，叫寶玉回來抓不著人。（第六十七回）那丫頭見了賈芸，便抽身躲了過去。恰值焙茗走來，見那丫頭在門前，便說道：「好，好，正抓不著個信兒。」（第二十四回）這兩例的「抓」都不用做「抓捕」義位。

〔註5〕 我們從佛典中檢索到唐代「攥」的用例，如唐天竺三藏菩提流志譯《五佛頂三昧陀羅尼經》中的1例：「像前趺坐每日三時三指攥持。一咒一燒一千八遍滿一洛叉。」（No.952, T19, p0283a）

逐漸常用，它的另一個用做〔抓捕〕義的義位到了元代也開始常見。明代開始「拿」本語義場中心義位的地位已經確立。清代用做〔執持〕義位的「抓」成為一個主要義位。在表達〔捕捉〕義上，支謙譯經以前主要用「執」，從支謙譯經開始，「捉」的使用頻率逐漸提高，到唐五代時期已經完成「捉」對「執」的替代。明代「拿」也用來表達〔捕捉〕義，但後代口語中沒有繼承下來。清代表達〔捕捉〕義加入了義位「抓」，成為一直保留至今的義位。

語義	史記	六朝	唐五代	宋代	元代	明代	清代
〔一般的拿〕	執、持	執、持、捉	將、拈、執、持	將、拈、執、持、拿	將、執拿	將、拿	拿、抓、攏
〔捕捉人〕	執	執、捉	捉		捉、拿		捉、抓
〔捕捉動物〕		捉					捉、抓

第二節　〔取拿〕語義場

〔取拿〕語義場各義位的共同義素是〔握住＋使移動到施事者身邊〕，支謙譯經中包括上位義位「取」和下位義位「拾」、「採」、「摘」、「汲」、「探」，「盜」、「竊」、「劫」、「奪」、「掠」、「抄」等。

一、支謙譯經用例情況

1.1 取

《說文》：「取，捕取也。」「取」字的本義是捕獲野獸或戰俘時割下耳朵。義位「取」的意思是「拿著並移到施事者身邊」。支謙譯經中「取」有 357 個用例，其中「取」後接具體名詞的有 190 例（其它用例後接抽象名詞），下面討論的用例限於這 190 個用例。根據「取」的組合關係我們分 3 類進行考察。

1.1.1「取」用於「取＋NP」中

「取」用於「取＋NP」中就是說「取」後面帶名詞或名詞性短語，構成動賓關係短語。支謙譯經中「取」的這類用例有 140 例，其中，用做連動句式第一個動詞短語中的有 50 個用例。我們重點分析這類情況。這種情況下，「取」所在的第一個動詞短語往往相當於整個句子的工具和方式狀語 [註6]，動作的位

〔註6〕按：這些動詞後來分析為介詞，它們所在的動詞短語也就成為介賓短語，用做表

移與否不被強調，「取」能夠被替換成〔執持〕語義場中的義位「執／持」。如：

　　　　取甘蔗汁，施辟支佛。（No.200, T04, p0222c）（比較：「持」的

用例：「尋持此縷，奉施世尊。」（No.200, T04, p0205a））

　　　　取刀自刺兩臂，以血與之。（No.225, T08, p0505a）（比較：「執」

的用例：「手執利刀，自剜雙眼，以施彼鷲。」（No.200, T04, p0218b））

　　有些情況下，「取」用於兩個動詞短語以上的連動句中，在這種情況下，「取」連前分析，它的動作位移的意味很強，不能替換成「執／持」，如果連後分析，它就是連動句式第一個動詞，就能替換成「執／持」。如：

　　　　我出血割肉取髓，賣之以供養師。（No.225, T08, p0505a）

　　　　時恒伽達密入林中，取其服飾，抱持而去。（No.200, T04, p0254b）

　　　　太子默然還入齋室持刀割髀取肉及血，持送與比丘。（No.169,

T03, p0411c）

　　有些例子「取」的意思已泛化，我們很難說受事者是可以用手握住的。如：

　　　　大臣人民，取王弟拜作王。（No.198, T04, p0175a）

　　　　取女殺埋著祇樹間。（No.198, T04, p0176c）（按：與這種情況並行

的有「持」的用例，比較：持故時諸美人妓女化還之。（No.68, T01, p0870b））

　　「取＋NP」的結構能成為雙音節複合詞的可能性很小，這一方面是由於要成為雙音節複合詞 NP 必須僅限於單音節名詞，另一方面根據董秀芳（2001）的意見，由動詞參與構成的短語不容易實現從短語到雙音詞的轉變，動賓關係是不能產的格式。

1.1.2 「取」用於「VP＋取」中

　　支謙譯經中「VP＋取」組合格式有 40 例，根據義位之間的關係又可以分為兩類，一類是由連動關係組成，如「索取」、「破取」、「抱取」、「受取」、「剝取」、「擇取」、「收取」等：

　　　　見是比丘持圭來至，便從索取，比丘即與。（No.200, T04,

p0216b-c）

工具和方式狀語，但是三國時代這些詞的動詞性仍很強，本文仍視之為動詞。

時諸民眾聞彼河中有大赤魚，各齎斤斧競來**破取**，食其血肉，病皆除愈。（No.200, T04, p0217b）

爾時父母，聞女說偈，喜不自勝，尋前**抱取**，乳哺養育。（No.200, T04, p0239a）

受取官錢／**解取**門鈎／**剝取**其皮／**擇取**端正／**收取**捨利

另一類由本語義場的下位義位與「取」組成，如「竊取」、「奪取」、「劫取」、「盜取」、「偷取」、「劫取」、「收取」、「採取」、「拾取」等（用例見下文個下位義位分析，茲從略）。

這兩類能成爲複合詞的可能性後者要大於前者。原因是後者的組合格式內部的兩個義位屬於同一語義場，義位之間存在著本語義場以外的義位所不具備的共同義素。

1.1.3「取」用於「取＋VP」中

「取＋V」組合格式中「取」和別的動詞或動詞短語構成的是連動關係，如：

佛言：「卿適去我東到弗於逮地取閻逼果，香美可食便**取食**之。」（No.185, 03, p0481c）

好喜惠施，頂上寶珠，有來乞者，即**取施**與，尋復還生。（No.200, T04, p0238c）

我今庫藏所有財物，隨汝**取用**，終不悋惜。（No.200, T04, p0246a）

這類格式成爲複合詞的可能性較小。

1.2 拾

《說文・手部》：「拾，掇也。」支謙譯經中「拾」的用例有 5 例，用於義叢「收拾」、「採拾」、「拾取」，受事者有「蒿草」、「藥草」、「薪」、「珠寶」等：

其地所有林木蓬茹蒿草土地人民**收拾**去盡。（No.153, T03, p0066a）

時天帝釋知佛所念，即詣香山，**採拾**藥草名曰白乳，以奉世尊。（No.200, T04, p0205c）

七女即解頸下瓔珞散地，國中時有千餘人見之，隨後**拾取**珠寶
歡喜。（No.556, T14, p0908b）

1.3 採、摘

《說文·木部》：「采，捋取也。……或從手。」支謙譯經中「采」寫做「採」，
共有 24 個用例，其中 21 例用做具體義，可用於義叢「採拾」、「採取」，受事者
可以是「薪」、「藥草」、「珍寶」、「花果」等。如：

妻常入山**採**於果蓏以自供給。（No.153, T03, p0059b）

佛言：「人治生譬如蜂作蜜，**採取**眾華，勤苦積日已成，人便攻
取去，唐自苦不得自給。」（No.793, T17, p0738a）

時彼會中，遣於一人，詣林樹間，**採**娑羅花，作諸花鬘。（No.200,
T04, p0229b）

《說文·手部》：「摘，拓〔註7〕果樹實也。」段玉裁注：「引申之凡他取
亦曰摘。」「摘」的受事者限於植物的花、果、葉。支謙譯經中「摘」凡 3
例：

是老病死常害眾生，猶如果樹多人所**摘**。（No.153, T03, p0060c）

四臣答言：「夫蔭其枝者不**摘**其葉，何況殺親而當無罪？」
（No.790, T17, p0735b）

譬如人**摘**生果既亡其種食之無味。（No.790, T17, p0736a）

1.4 汲

《說文·水部》：「汲，引水於井也。」支謙譯經中「汲」的用例有 2 例（其
中一例寫做「級」）：

見人**汲**井，當願眾生，開心受法，得一味道。（No.281, T10,
p0448b）

有一沙門，涉路而行，極患熱渴。時有女人，名曰惡見，井宕
級水，往從乞之。（No.200, T04, p0223b）

〔註7〕《說文·手部》：「拓，拾也。」

1.5 探

《說文・手部》：「探，遠取之也。」「探」爲〔掏取〕義，動作方式是〔伸進物體內部〕，受事者的特點是〔包藏於物體內部的別的東西〕。支謙譯經「探」的用例 3 次，除了用做抽象義的「探古知今」、「探古達今」2 例外，用做具體義的 1 例：

> 又請曰：「姊可更取求。」雇二百三百不肯。即探囊中五百銀錢，
> 盡用與之。（No.185, T03, p0473a）

1.6 掘、挑、剜

這 3 個義位均爲〔挖取〕義，組成一個〔挖取〕子語義場。與上文所述義位「探」相比，它們的動作方式相同，都指〔伸進物體內部〕，不同點在於受事者，「挖取」動作的受事者一般是物體中的一部份，或者雖是包藏於物體內部的別的東西，但這件東西與包藏它的物體可以視爲一個整體。

1.6.1《說文・手部》：「掘，捾也。」《說文》又以「掘」釋「捾」義。「掘」、「捾」都是「挖」的意思。支謙譯經中「掘」的用例有 8 例，除用做抽象義的「掘惡栽根拔止」外，用做具體義的 7 例，受事者是具體名詞的有 7 例，受事者都是「土」（有些用例中「土」不出現，但能根據句義補出），如：

> （惟樓勒太子）掘殿中土七尺所，更以新土復其處。（No.198, T04, p0188a）

> 無信不習，好剝正言。如掘取水，掘泉揚泥。（No.210, T04, p0560c）

> 結友不固，不可與親；親而不節，久必泄瀆。如取泉水，掘深則濁。（No.790, T17, p0731a）

1.6.2《說文・手部》：「挑，撓也。」段玉裁注：「撓者，擾也；擾者，煩也。挑者，謂撥動之。」這裡解釋的是用做〔挑撥〕義的「挑」。用做〔挖取〕義的「挑」可以從《說文》中緊挨著「挑」排列的「抉」的釋義中推知：「抉，挑也。」段玉裁注：「抉者，有所入以出之也。」「挑」與一般的〔挖取〕義在工具和動作方式上又有不同，「挑」指〔用細長的東西插入物體內而挖出物體的一部份〕。支謙譯經中「挑」的用例有 4 個，都用做這一語義，都見於《菩薩本緣經》，而且受事者都是「目」：

卿今不應挑其右目以治左眼。（No.153, T03, p0058c）

鐵嘴諸鳥挑啄其目。（No.153, T03, p0065a）

1.6.3「剜」在《說文新附·刀部》和《玉篇·刀部》中有同樣釋義：「剜，削也。」支謙譯經中「剜」的用例有 3 個，都見於《撰集百緣經·尸毘王剜眼施鷲緣》中，「剜」的語義與「挑」相同，在支謙譯經中受事者都是「目／眼」：

時尸毘王，聞鷲語已，生大歡喜，手執利刀，自剜雙眼，以施彼鷲。（No.200, T04, p0218b）

1.7 盜、竊、劫、奪、掠、抄

這 7 個義位可以在「取」語義場下組成一個〔偷搶〕子語義場。這些義位的共同義素體現在「取」的方式上，是〔非法取得〕。其中又可以分為兩類，「偷」、「盜」、竊爲〔偷取〕義，指在財物所有人不知道的情況下取得財物，「劫」、「奪」、「掠」、「抄」爲〔搶取〕義，指採用強制手段公然搶人或取得財物。下面分兩類討論。

1.7.1 偷、盜、竊

《玉篇·人部》：「偷，盜也。」支謙譯經中「偷」24 例，全部用做動詞，用於並列關係義叢「偷盜」（3 例）、「偷取」（2 例）、「偷竊」和偏正關係的義叢「偷人」（11 例）、「偷臣」（4 例）等。

《說文·次部》：「盜，私利物也。」《穀梁傳·定公八年》：「非其所取而取之謂之盜。」支謙譯經中「盜」的用例有 64 例，其中用做動詞的有 46 例，用於義叢「盜取」（6 例）、「盜竊」（5 例）、「偷盜」（3 例）等。

《說文·穴部》：「盜自中出曰竊。」支謙譯經中「竊」的用例有 16 例，其中用做〔偷取〕義的有 10 例，用於義叢「盜竊」（5 例）、「劫竊」、「偷竊」、「竊取」。

綜合以上情況，「偷」、「盜」、「竊」都是較常用的義位，它們都能用於並列關係的義叢中，各義位之間可以自由組合，而且也能與它們的上位義位「取」組合。如：

時彼城中，有一愚人，心常憙樂偷盜爲業，以自存活。（No.200, T04, p0243c）

手不盜取人財物，口不說人惡，是則爲好。（No.556, T14, p0908a）

天下有樹，其名反戾，主自種之，不得食實，他人竊取果則爲出。（No.790, T17, p0734a）

但是這 3 個義位也存在不同，「偷」全都用於動詞；「盜」除了用做動詞外，其餘 18 例用做名詞，用於義叢「盜賊」（14 例）、「賊盜」（2 例）、「盜賊人」等；「竊」的其餘 6 例用做副詞「偷偷地」，這一副詞義位當由動詞的〔偷取〕義位引申而來，這是由它位於副詞的組合關係（別的動詞前）決定的。試比較下面兩例：

王使一人監護，令日獻八魚，其監亦日竊食八魚，王覺魚減，更立八監，使共守護。（No.790, T17, p0735c）

復於後時竊生此念：「我當云何令諸眾生心歡喜耶？」（No.153, T03, p0062c-0063a）

前一例「竊」用做動詞義位，但是如果人們主觀上只強調它後面的動詞「食」的方式，那麼它就有可能分析爲副詞。後一例「竊」用做副詞義位，因爲只能理解爲它後面的動詞「生」的方式。

可以附在這個子語義場內討論的還有用做名詞性〔盜賊〕義的「賊」。《玉篇・戈部》：「賊，盜也。」支謙譯經中「賊」有 80 個用例〔註8〕，其中 66 例用做這一語義，用於義叢「盜賊」（14 例）、「劫賊」（4 例）、「賊人」（3 例）、「賊盜」（2 例）、「惡賊」、「怨賊」、「寇賊」、「賊帥」、「賊帥人」、「虎狼賊」等。

1.7.2 劫、奪、抄、略

《說文・力部》：「人欲去以力脅止曰劫。」「劫」的本義是〔威脅〕，含有〔運用武力〕的義素，由這一義素引申出〔搶奪〕義位，支謙譯經「劫」21 個用例中都用做〔搶奪〕義。用於「劫奪」（4 例）、「劫取」、「劫掠」、「劫竊」、「劫奪」等。如：

〔註8〕 「賊」的本義是「破壞」的意思，《說文・戈部》：「賊，敗也。」由此引申出「傷害」義位，支謙譯經中用做這一義位的有 14 例，用於義叢「賊害」（8 例）、「自賊」（3 例）、「剝賊」、「殘賊」等。

時彼城中，有一愚人，名曰惡奴，心常好樂處處藏竄**劫奪**人物，用自存活。（No.200, T04, p0216b）

我夜爲盜所**劫**，晝爲吏所奪，窮行採薪，觸犯毒螫。（No.790, T17, p0734c）

〔強取〕義的「奪」對應於《說文》中的「敚」〔註9〕。《說文·支部》：「敚，強取也。」段玉裁注：「此是爭敚正字，後人假奪爲敚，奪行而敚廢矣。」支謙譯經中「奪」的27個用例都用做這一語義，單用的占14例，其它用於義叢「劫奪」（4例）、「侵奪」（3例）、「奪命」（2例）、「奪取」、「強奪」、「抄奪」、「諍奪」等。如：

我是世間弊惡大賊，專行惡**法劫奪**他財。（No.153, T03, p0057b）

彼人缽中，必有飲食，今當往彼**奪取**食之；若彼食竟，開腹取噉。（No.200, T04, p0222a）

《廣韻·效韻》：「抄，略取也。」支謙譯經中這一義位僅1例，用於義叢「抄奪」：

強者陵弱，轉相**抄奪**，至相殺傷，不畏法禁。（No.790, T17, p0734b）

《說文新附·手部》：「掠，奪取也。」支謙譯經中「掠」的用例有10例，其中用做〔搶奪〕義的有4例，用於義叢「掠殺」（2例）、「劫掠」，單用1例。如：

時有五百群賊**劫掠**他物，將欲入彼山林樹間。（No.200, T04, p0256a）

大臣不政，放縱劫盜，**掠殺**無辜，殘虐無道，人怨神怒，天屢降災，遠近皆知。（No.790, T17, p0734b）

1.8 小　結

支謙譯經中〔取拿〕語義場在「取」這一上位義位下，有眾多下位義位，

〔註9〕　「奪」、「敚」《說文》中爲兩字，「奪」的本義是〔喪失〕，《說文·奞部》：「手持隹失之也。」

用義位結構式來表達時，我們首先寫出本語義場中心義位「取」的義位結構式，作爲描寫其它義位的公設條件：

取：x（（握住）〔移到〕〔方〕（身邊））〔施〕（人）〔工〕〔（手）或（別的工具）〕〔受〕（東西）

本語義場各義位結構式爲：

義位	〔動〕	〔施〕	〔工〕1	〔工〕2	〔方式〕	〔受〕
拾	取	人	手			地上的東西
撢	取	人	手			珍寶、花草
摘	取	人	手			花、果、葉
汲	取	人	手	水桶	從井裏	水
探	取	人	手		從物體的口裏向內	東西
掘	取	人	手	挖掘工具	從物體的口裏向內	物體的一部份
挑剜	取	人	手	細長物	從物體的口裏向內	物體的一部份
偷盜竊	非法＋取	人	手		暗地裏	財物
劫奪掠抄	非法＋取	人	手		公然	財物或人

二、歷時用例情況考察

2.1 本語義場和〔執持〕語義場的上位義位比較

2.1.1 現代漢語中「拿」既是〔執持〕語義場的中心義位，又是〔取拿〕語義場的中心義位，我們把考察的重點放在兩者的比較上。爲表述方便，本文把表〔執持〕義位的「拿」稱爲「拿1」，把表〔取〕義的義位的稱爲「拿2」。前者我們已在〔執持〕語義場一節中做了分析，後者將在這裡考察。

上文已做分析，「取」的中心義素是〔拿1＋使移到施事者身邊〕，「拿1」與「取」的不同就在於義素〔使移到施事者身邊〕，而表示這個義素的一個最直接的標誌是表指向施事者方向的趨向動詞「來」。我們可以列出一個粗略的等式：「拿1」＋趨向動詞「來」＝「拿2」＝「取」。換句話說，當單用的「拿」能換成「拿來」來表達時，這個「拿」就應該視爲「拿2」，表達的是〔拿取〕義了。按照這一原則，我們對〔執持〕語義場中的「拿」的用例重新考察，以

便從中發現「拿」的哪些用例是「拿2」。

《朱子語類》中用做〔執持〕義的「拿」有 5 例：我伸手去拏（3 例）／伸手拏／便要拏將來，這 5 例中的「拿」能用「拿來」替換的有 4 例：伸手去拏／伸手拏。

《元典章・刑部》「拿」的 8 個用例是：拿住 3 例／拿摸／拿起／拿到／拿著／用鏵車拿箭打傷王璋，能用「拿來」替換的只有「用鏵車拿箭打傷王璋」1 例。

這種辦法很機械，有人會質問：「照你的辦法，『伸手拿來』和『伸手拿』中的兩個『拿』就分屬於『拿1』、『拿2』，這無疑是強生分別，讓人難以接受。」這一質問確實很有道理。在「『拿』＋趨向動詞」格式中，「拿」分析成「拿1」、「拿2」其實是兩可的，因為相當於「拿2」的「取」同樣可以用在這種格式中。但是從歷時的角度來看，〔執持〕語義場中原有的中心義位「持」、「將」在單用的情況下，是不能替換成「持來」、「將來」的。我們有必要對「持（將、拿）／取＋趨向動詞」的用例情況做一番考察。

2.1.2 何樂士（1984，參見 2000 年論文集，第 207～227 頁）曾從《左傳》和《史記》的比較考察《史記》的動補式，發現《左傳》中的趨向補語有「出」、「入」、「過」、「進」等 4 個，《史記》中的趨向補語比起《左傳》不僅範圍擴大，用法也很靈活，有「去」、「入」、「下」、「出」、「來」、「還」、「進」、「上」、「出去」、「還入」等 10 個。按照何先生的這一結論，《左傳》中還沒有趨向動詞「來」。

《史記》中「持」、「取」以用做連動句式的第一個動詞為常，表示「執持」動作的持續，帶趨向動詞的用例相對較少。它們都可以帶趨向動詞「來」，如：

數曰：「為我告魏王，急持魏齊頭來！不然者，我且屠大梁。」

（《史記》卷 79，第 2414 頁）

范君之仇在君之家，願使人歸取其頭來；不然，吾不出君於關。

（《史記》卷 79，第 2416 頁）

2.1.3 唐代普遍使用的「將」後接的趨向動詞更加豐富，可以是「來」、「去」、「出」、「出去」，尤其是「『將』＋『來』」的格式佔了大多數（參上文 2.3.1），這種格式用於原先由「取」表達的場合，相應地，「取」已大量被用做動態助詞，

如「識取」、「看取」、「會取」、「了取」、「驗取」、「道取」、「認取」、「覓取」、「乞取」、「記取」、「惜取」、「移取」、「脫取」等。用做具體義的「取」用例急劇下降，在《祖堂集》中不超過 10 例，如：

> 第二日，粥鼓鳴了，在西俠裏坐，伸手取粥。（《祖堂集卷四·石頭和尚》）

> 和尚曰：「莫是得智闍梨信不？」岩云：「不敢。」百丈索道吾信，岩便取，呈似和尚。（《祖堂集卷四·藥山和尚》）

> 後因一日辭次，羅山於師身上脫下納衣，披向繩床坐云：「若要去，取得納衣，放汝去。」（《祖堂集卷十二·龍光和尚》）

> 師與大潙行次，忽然見驢吃草，師取驢吃底草，向大潙云：「吽吽。」（《祖堂集卷十六·西林操和尚》）

> 只如六祖和尚臨遷化時，付囑諸子：「取一鋌鋌可重二斤，安吾頸中，然後漆之。」（《祖堂集卷十八·仰山和尚》）

上述「取」的用例中，後兩例「取」用於連動句的第一個動詞短語中，這種情況下，「取」可以替換成「將」，前兩例可以用動趨式「將來」來替換，第三例後帶表完成的助詞「得」，「取」的〔獲取〕義很強，則不能替換成「將」。

也就是說，從漢代開始，〔取來〕義已開始用〔執持〕義加上趨向動詞這種組合來表達，隨著趨向動詞的發展，至遲到唐代發展成熟。元明以後，〔執持〕語義場的核心成員由「將」讓位給了「拿」，這屬於詞彙興替的範疇了。

2.1.4「拿」的用例情況就很不一樣，上文已做了考察，它在進入〔執持〕語義場的同時，也進入了〔取拿〕語義場。在《金瓶梅》時代，「拿」成為這兩個語義場的中心義位。但是，表達動作的位移性很強的「趨向動詞＋取」的格式，《金瓶梅》1～42 回中有 5 例，而「趨向動詞＋拿」的格式卻只有 1 例，如：

> 西門慶道：「既是嫂子恁說，我到家叫人來取。」（《金瓶梅》第十四回）

> 來旺兒酒還未醒，楞楞睜睜扒起來，就去取床前防身稍棒，要往後邊趕賊。（《金瓶梅》第二十六回）

清代的用例情況也相類似，而這些「取」在現代漢語中一般都用「拿」（除了像「取錢」一類固定搭配以外），「拿」的義域到現代漢語中有了進一步的擴大。

2.2 本語義場下位義位的變化情況

2.2.1 採、摘

2.2.1.1 作爲〔採摘〕義的「摘」當是中古時期新出現的一個義位。《史記》、《漢書》未見「摘」，《論衡》中「摘」的用例凡 2 例，但均非〔採摘〕義：

> 後又賢之君〔註 10〕，察之審明，若視俎上脯，指掌中之理，數局上之棋，摘轅中之馬。（《論衡・答佞》）

> 使四者經徒能摘，筆徒能記疏，不見古今之書，安能建美善於聖王之庭乎？（《論衡・別通》）

前一例「摘」爲〔清點〕義，此義罕見用例，「二典」均未收，在此不做討論；後一例爲〔摘錄〕義，受事者爲文句，此義當由〔採摘〕義引申而來，因此可以說，〔採摘〕義的「摘」至遲當在《論衡》時代開始使用。

2.2.1.2 我們接著考察「採」、「摘」的義域，這主要體現在受事者的不同。

《史記》中「採」凡 71 例（寫做「采」66 例，寫做「採」5 例），用做具體義的用例中，受事者有桑、薇、芝藥、材竹、玉石、首山銅等，杜甫詩中「採」可用於義叢「採掇」、「採擷」，受事者有花、蕨、菱、藥、蜜、藕、紫芝、白蘋等，而「摘」的受事者有花、菊蕊、蒼耳、嘉蔬、荔枝等。從這些受事者可以看出，「採」的義域比「摘」大，不論是懸掛著的花果、埋在泥土裏的菱藕、不能用手握住的材竹，還是無生命的礦物玉石之類都能成爲「採」的受事者，而「摘」的受事者只能是懸掛著的花、果、葉。從這個角度來看，「摘」的義域比「採」寬。

但是事情又不那麼簡單，上文提到《論衡》中有一例「摘」用做〔摘錄〕義，其實它與〔採摘〕義的區別就在於受事者，當受事者從花果葉擴大爲文句時，就從〔採摘〕義引申出〔摘錄〕義，這是「採」所沒有的。大約到了明代，

〔註 10〕本句不成句，《太平御覽》卷 402 引《論衡》文作「賢聖之君」，可從。

「摘」的受事者又擴大到戴著、掛著的東西，如首飾、帽子之類，如：

> 到了獅子街，李瓶兒**摘**去孝髻，換了一身豔服。(《金瓶梅》第
> 十六回)

上例中「孝髻」是在施事者李瓶兒自己身上，動作的結果是從把它從施事者身上移走，從施事者角度來看，「摘」這個動作又等同於「除去」，這也是「採」所沒有的用法。

因此，就義域而言，「採」、「摘」是在義域上有交叉的兩個義位。從古代至宋代「採」是主要義位，東漢新生的「摘」在魏晉南北朝、唐宋時期不斷發展，從元代起它排擠了「採」，成為主要義位，直到今天。

2.2.2 打水

大約從唐代開始，「打」可用於名詞前面，表示對名詞的一種處置義（詳細考察情況參看〔擊打〕語義場 2.2.2 節）。這種情況下，表達〔從井裏取水〕義的義叢「打水」也產生了。《漢語大詞典》引前蜀貫休詩句：「桔橰打水聲嘎嘎，紫芋白薤肥濛濛。」《祖堂集》中「打水」的用例有 4 例，「汲水」1 例。如：

> 順德云：「不爲水而**打水**。」(《祖堂集》卷十·玄沙和尚)

> 趙州在樓上**打水**，師從下過，趙州以手攀欄縣（懸）腳，云：「乞師相救。」(《祖堂集卷十六·南泉和尚》)

> 每**汲水**以供魚，常聚沙而爲塔。(《祖堂集卷十七·東國慧目山和尚》)

「汲」在後代一些文獻仍見使用，而且在現代漢語方言中也有保留。如筆者的家鄉話浙江浦江話中有「汲水」的說法，但值得注意的是語義有了變化，指的是〔舀水〕義，而表〔用弔桶從井裏取水〕義則說「弔水」，表〔用水盆等容器或手掌向外潑水〕義用「戽水」〔註11〕，表〔用水車取水〕義用「車水」。

〔註11〕 「戽」是取水灌溉的一種農具。《玉篇·斗部》：「戽，抒水器也。」又指用戽取水這種動作。《廣雅·釋詁二》：「戽，抒也。」受內容的限制，在列爲本文調查範圍的文獻中未見戽字的用例。

2.2.3　掏、挖、摳〔註12〕

唐玄應《一切經音義》卷七引服虔《通俗文》：「掐出曰掏。」《漢語大字典》引唐顏眞卿《浪跡先生玄眞子張志和碑》：「閉竹門，十年不出，吏人嘗呼爲掏河夫。」但檢索列爲本文考察範圍的文獻，直到《元典章・刑部》才見：

> 不合挾讎於大德十一年十二月夜五更前後，掏火於姑舅叔朱善
> 兒東草屋東簷底行燒，著事主知竟救滅，罪犯是實。（《元典章・刑
> 部卷十二・諸盜二・放火》）

《金瓶梅》中「探」只用在「探囊取物」一類的固定義叢中，而「掏」已很常見，如：

> 西門慶向袖中掏出三兩銀子來遞與桂卿：「大節間，我請眾朋
> 友。」（《金瓶梅》第十五回）

「挖」的用例出現較遲，在我們考察的文獻中直到《元典章・刑部》才見1例：

> 僧彭妙淨帶領俗兄彭層二、彭層六等，捉倒張德雲和尚，行打
> 挖出眼睛。（《元典章・刑部卷六・酈碎兩眼雙睛》）

「摳」字見於《說文》，但用做〔紐扣〕義〔註13〕，但用做〔挖取〕義的用例大約在明代才出現。「二典」引了《初刻拍案驚奇》、《西遊記》中的用例。「摳」與一般的〔挖取〕義相比，在工具上有些不同，指的是〔手指或細小的東西〕。

〔掏取〕義上，上古時期「取」爲主要義位，中古時期「探」使用普遍，「掏」到了明代成爲主要義位，「取」進入衰退階段。

〔註12〕本文考察的是徒手的〔掏取〕義。董玉芝（2011）曾考察用手或工具的〔挖掘〕義的各義位，指出，「掘」、「鑿」、「穿」、「扣」、「捐」、「挑」、「撅」、「挖」均表達過〔挖掘〕義，先秦「掘」鼎盛，「鑿」、「穿」、「扣」初興；兩漢至唐宋「掘」、「鑿」、「穿」並駕齊驅；元末明初「穿」、「鑿」淡出此義，「掘」字獨佔鰲頭。明清之際，「挖」興起，迅速成爲表〔挖掘〕義的專用動詞。

〔註13〕《說文・手部》：「摳，繑也。」朱駿聲《說文通訓定聲》：「摳，繑也。謂扣結所紐也。今俗紐扣字以扣爲之。」

2.2.4 撿

《說文》中收有「撿」字，但同「斂」，表〔斂手〕義，與表達〔拾取〕義的義位「撿」無關。後者用例很晚，根據列為本文檢索範圍的文獻來看，最早見於《紅樓夢》，如：

> 這一天急要回去，掉了一個絹包兒。當鋪裏人撿起來一看，裏頭有許多紙人，還有四丸子很香的香。(《紅樓夢》第八十一回)

> 鬧了大半天，毫無影響，甚至翻箱倒籠，實在沒處去找，便疑到方才這些人進來，不知誰撿了去了。(《紅樓夢》第九十四回)

但是表達〔拾取〕義仍以「拾」為常見，而且「拾」常見於義叢「收拾」中。這說明《紅樓夢》的時代口語中「撿」、「拾」正處於新舊義位並用競爭的時期。如：

> 紫鵑一面收拾了吐的藥，一面拿扇子替林黛玉輕輕的扇著。(《紅樓夢》第二十九回)

2.2.4 〔偷搶〕子語義場

〔偷搶〕子語義場包括表〔偷取〕義和〔搶取〕義的義位。先考察表〔偷取〕義的義位。

王力先生（1980，第 568～569 頁）把表〔偷東西〕義的義位變化情況作為「概念是怎樣變了名稱」的例子做了考察。概括王先生的觀點，先秦表〔偷取〕義的義位用「竊」；表名詞性〔盜賊〕義的義位用「盜」，「盜」有時候用法擴大，用做〔偷取〕義；「偷」是〔苟且〕義，從漢代開始，具備〔盜賊〕和〔偷取〕兩種意義。

支謙譯經中的義位與先秦相比，已有了很大變化：表〔偷取〕義的義位為「偷」、「盜」、「竊」，其中最常見的義位是「偷」，表〔盜賊〕義的義位是「賊」、「盜」。王毅力（2009）指出，先秦時期〔偷竊〕義主要由「竊」表達，秦漢時期「盜」代替「竊」成為表〔偷竊〕義的代表詞，從魏晉南北朝開始，「偷」取代「盜」成為代表詞。「竊」和「盜」保留在書面語或複合詞中。這個結論跟支謙譯經反映出來的情況是吻合的。

根據「二典」中的用例情況，支謙譯經中表〔搶取〕義的 4 個義位中先秦

就已存在的是「奪」、「掠」，「劫」、「抄」的始見例是漢代，其中「劫」在先秦時代用做〔威脅〕義，這 4 個義位在支謙譯經中最常用的是「劫」和「奪」。唐代開始由於義位「打」語義的泛化，出現了義叢「打劫」（詳細考察情況參看〔擊打〕語義場 2.2.2 節）。現代漢語中表〔搶取〕義的常用義位「搶」始見於明代，《正字通・手部》收有此字：「搶，爭取也。」

2.3 小　結

〔取拿〕語義場上位義位的變化情況與〔執持〕語義場中的情況相似，經歷了一個「取」→「將來」→「拿」的替換過程。下位義位也有些變化。值得注意的是，唐代開始，由於〔擊打〕語義場中義位「打」語義的泛化，出現了「打劫」、「打水」，使本語義場的義位產生了變化，這說明了各語義場並不是孤立的，相互間有各種聯繫。本語義場的演變脈絡見下表：

語義	史記	六朝	唐五代	宋代	元代	明代	清代
〔取〕	取、持來		將來、拈來、取	將來、拈來、拿、取		拿來、拿、取	
〔採摘〕	採	採、摘					
〔掏取〕	探				掏		
〔挖取〕	掘、挑、剜				挖、挑	挖、挑、摳	
〔拾取〕	拾					撿、拾	
〔偷取〕	盜、竊	偷					
〔搶取〕	劫、奪		打劫、奪			打劫、搶、奪	
〔取＋水〕	汲		打（水）、汲				

第三節　〔投擲〕語義場

〔投擲〕語義場各義位的共同義素是〔使離開〕，即〔讓物體離開手在空中向某處運動〕，支謙譯經中本語義場包括「投」、「擲」兩個義位，它們仍在現代漢語中使用。粗略地說，「投」就是「擲」，《說文》：「投，擿也。」《說文》：「擿，投也。」段玉裁注：「今字作擲。」支謙譯經中「投擲」的「擿」大多已寫做「擲」。

一、支謙譯經用例情況

1.1 投

支謙譯經中「投」有 72 個用例，其中用做〔投擲〕義的有 57 例。考察這些用例，我們發現「投」的施事者與受事者大都爲同一物（有 43 例，其中「五體投地」19 例），如：

是時鹿王踊身投河至彼人所。（No.153, T03, p0067b）

佛告長者：「設欲施者，投此缽中。」（No.200, T04, p0203b）

投身大火坑中，變成華池，太子於中，坐蓮華上。（No.200, T04, p0220b）

自投山巖／投巖赴河／自投殿下／縱身自投樓下／如魚投陸命何能存

不是同一物的有 14 例，如：

悉取珍寶盛著囊中，載著車上持到恒水邊視占深處以投其中。（No.68, T01, p0870b）

所齎飲食，各各手自投佛缽中，不能使滿。（No.200, T04, p0203b）

（盤陀羅）在於屏處，大便缽中，以飯覆上，與辟支佛。尋覺臭穢，投棄著地，捨之而去。（No.200, T04, p0224a）（按：此例中「投」後面雖然帶目的處所「地」，但是在人的認知上「地」並不是被關注，因此「投」可理解爲〔捨棄〕義。）

猛火投之膏油／毒藥投生血中／淨繒投於染中／大火投之乾薪／以珍寶投之瓮水／油酥投水

「投」的用例中以出現動作的目標物爲常，上述 14 個用例中，只有 3 例目的處所未出現（其中「投弓」2 例），這種情況下，「投」這一義位也可以視爲向〔捨棄〕義引申：

王怖投弓，問彼人言：「卿爲是天龍鬼神乎？」（No.200, T04, p0254b）

捐家入山，投命棄身，無所貪慕。（No.225, T08, p0504a）

綜上所述，支謙譯經中「投」的特點是以施事者和受事者爲同一物爲常，「投」的動作一般都有目的處所。

1.2 擲

支謙譯經中「擲」的總用例有 13 例，寫做「擲」的用例有 12 例，這些用例中「擲」都有目的處所，如：

> 太子含笑，徐前接象，舉擲牆外，使無死傷。（No.185, T03, p0474b）

> 佛即擲缽水中，自然逆流，上水七里，墮前三缽上，四器共累。（No.185, T03, p0479a）

> 尋取佛缽，擲虛空中，百味飲食，自然盈滿。（No.200, T04, p0239a）

> 夫人便自擲床下，舉聲哭曰：「不治亭者，我當自刺，自投樓下，不能見也。」（No.790, T17, p0730c）

上述用例中，除了「自擲床下」外，施事者和受事者均非同一物。

寫做「擿」的有 1 例，用於抽象義，動作的目的處所未出現：

> 手執楊枝，當願眾生，學以法句，擿去諸垢。（No.281, T10, p0448a）

綜上所述，支謙譯經中「擲」的特點是以施事者和受事者非同一物爲常，「擲」的動作一般都有目的處所。

1.3 小　結

支謙譯經中〔投擲〕語義場由義位「投」、「擲」組成，這兩個義位的共同特點是動作一般都有目的處所，不同點是「投」以施事者和受事者爲同一物爲常，「擲」則以施事者和受事者非同一物爲常。當目的處所不出現時，「投」、「擲」在語義上有從〔投擲〕義向〔捨棄〕義引申的跡象。

義位	〔動〕	〔施〕	〔工〕	〔方式〕	〔受〕
投	使離開	人	手、臂	揮動手臂	施事者本身或手裏拿著的東西
擲	使離開	人	手、臂	揮動手臂	手裏拿著的東西

二、歷時用例情況考察

2.1 「投」、「擲」義位異同比較

2.1.1 支謙譯經中「投」的用法在先秦時代已經齊備。現以《左傳》為例：

投其璧於河。(《左傳》僖公二十四年)

王聞群公子之死也，自投於車下。(《左傳》昭公十三年)

受其書而投之，帥士而哭之。(《左傳》昭公五年)

《史記》投 26 例，施事者與受事者為同一物的有 4 例，其中，用做〔投擲〕義的 2 例（其它 2 例為〔投奔〕義位）：

師延東走，自投濮水之中。(《史記》卷 24，第 1235 頁)

靈王聞太子祿之死也，自投車下。(《史記》卷 40，第 1707 頁)

足下右投則漢王勝，左投則項王勝。(《史記》卷 92，第 2622 頁)

施事者與受事者非同一物的有 22 例，如：

春申君入棘門，園死士俠刺春申君，斬其頭，投之棘門外。(《史記》卷 78，第 2398 頁)

即使吏卒共抱大巫嫗投之河中。(《史記》卷 126，第 3212 頁)

其中，目的處所未出現的有 4 例，如：

頃又一人告之曰「曾參殺人」，其母投杼下機，踰牆而走。(《史記》卷 71，第 2311 頁)

桓公與莊公既盟於壇上，曹沫執匕首劫齊桓公，桓公左右莫敢動，……桓公乃許盡歸魯之侵地。既已言，曹沫投其匕首，下壇，北面就群臣之位，顏色不變，辭令如故。(《史記》卷 86，第 2515 頁)

2.1.2 先秦時代「擲」的用例很少，查考先秦主要典籍，發現《莊子》中一例：

故絕聖棄知，大盜乃止；擿玉毀珠，小盜不起；焚符破璽，而

民樸鄙；掊鬥折衡，而民不爭。(《莊子‧胠篋》)

《史記》、《論衡》、《六度集經》「擲」的用例仍很罕見，分別僅見 1 例（其中《史記》中的「擲」寫做「擿」)：

> 荊軻廢，乃引其七首以擿秦王，不中，中桐柱。(《史記》卷 86，第 2535 頁)

> 儒生擲經，窮竟聖意。文吏搖筆，考跡民事。(《論衡‧程材》)

> 太子登樹，以果擲背，妃曰：「斯是太子定矣。」。(No.152, T03, p0046c)

《三國志》(含裴注) 中「擲」的用例才多了起來，凡 10 例，均為施受非同一物且出現動作目的處所，是典型的〔投擲〕義用法。「投」的用例凡 129 例，其中用做〔投擲〕義、施受非同一物且出現動作目的處所的 33 例，需要說明的是，「投」的這些用例中有 16 例用於「投戈」、「投筆」等固定義叢中，真正用做〔投擲〕義的為 17 例，用例數已與「擲」相近。

	投 a	投 b	投 c	投 d	擲 a	擲 b	擲 c
史記	2	2	18	4	/	1	/
支謙譯經	42	/	12	3	1	11	1
六度集經	25	/	16	1	/	1	/
三國志	37	29	33	13	/	10	/

說明：投 a：施受同一物；投 b：投靠　；投 c：施受非同一物且出現動作目的處所；投 d：施受非同一物但未出現動作目的處所。擲 a：施受同一物；擲 b：施受非同一物且出現動作目的處所；擲 c：施受非同一物但未出現動作目的處所

從上表可以看出，「擲」主要用做施受非同一物且出現動作目的處所，這是〔投擲〕義的典型用法，因為〔投擲〕義是指〔讓物體離開手在空中向某處運動〕，而施受同一物或者不出現動作目的處所是屬於派生用法。新的義位「擲」得到使用後從義域上主要限於〔投擲〕義的典型用法，施受同一物或者不出現動作目的處所的用法仍由「投」承擔。

2.2 唐五代用例

2.2.1 唐五代本語義場一個變化是「拋」得到較廣泛的應用。「拋」有〔捨棄〕

和〔投擲〕兩個義位，《說文新附·手部》：「拋，棄也。或作抱〔註14〕。」《玉篇·手部》：「拋，擲也。」從用例的情況看，「拋」用做〔捨棄〕義的較多些。

這個時期「拋」的應用很普遍。《王梵志詩》中「拋」有6例，用做〔投擲〕義的2例（其餘用做〔捨棄〕義）。《入唐求法巡禮行記》中「拋」有14例，用做〔投擲〕義的3例（其餘用做〔捨棄〕義）。《祖堂集》中「拋」有40例，用做〔投擲〕義的17例（其餘用做〔捨棄〕義）。如：

> 命絕拋坑裏，狐狼恣意餐。（《王梵志詩校注卷五·一生無捨坐》）

> 此日於青龍寺設供養，便於敕置本命灌頂道場受灌頂拋花。
（《入唐求法巡禮行記》卷三）

> 天官拋筆案上，便入宅，更不出見。（《祖堂集卷十九·王敬初常侍》）

與「投」、「擲」義位相比，「拋」用做〔投擲〕義強調的是「投擲」的受事者從施事者手中離開並在空中運動的過程，至於受事者投向何處（即目的處所）不被強調，因此目的處所一般不出現。「拋」的〔投擲〕義的這種語義特點與用做〔捨棄〕義的語義特點是一致的，〔捨棄〕的動作強調的就是受事者從施事者手中離開，而不關心動作的目的處所。

為避免行文的煩冗，我們把用做〔捨棄〕義的「拋」的用例（原應放在〔放捨〕語義場內討論，下文仿此）列舉於下：

> 何為拋宅走？良由不得止。（《王梵志詩校注卷二·工匠莫學巧》）

> 師把杖拋下，撮手而去，指古人跡頌曰：……（《祖堂集卷十九·香嚴和尚》）

2.2.2 這一時期「投」大部份用做〔投靠〕義，用做〔投擲〕義的一般只存在於一些固定義叢中。以《祖堂集》為例，〔投擲〕義的「投」主要用在「投崖」、「擲投」、「五體投地」等義叢中，單用且作〔投擲〕義的只有5例：

〔註14〕 從用例情況看，用做〔拋棄〕義的「抱」字似乎比「拋」字更早些。《史記》中就有「抱」的用例：「姜嫄以為無父，賤而棄之道中，牛羊避不踐也。抱之山中，山者養之。又捐之大澤，鳥覆席食之。」（《史記》卷13，第505頁）「二典」中「拋」的始見例見於《後漢書》。

　　每日一毛吞巨海，海性無虧；纖芥投針鋒，鋒利不動。（《祖堂集卷五·德山和尚》）

　　窮諸玄辯，如一毫置之太虛；竭世樞機，似一滴投於巨壑。（《祖堂集卷五·德山和尚》）

　　投赤水以尋珠，就荊山而覓玉，所以道從門入者非實。（《祖堂集卷九·黃山和尚》）

　　師云：「雲有出山勢，水無投澗聲。」（《祖堂集卷十八·趙州和尚》）

　　可以看出，上述例句全部為對偶句，書面色彩濃厚。可以說最遲到晚唐五代，口語中「投」已逐漸淡出〔投擲〕語義場。

　　2.2.3「擲」的用法也有了變化，根據上文的統計數據，六朝以前「擲」以出現目的處所為常，但這一時期看不出這一條規律了。《入唐求法巡禮行記》「擲」2個用例、《祖堂集》13個用例中，只有1例目的處所出現：

　　初到參，始擬展坐具設禮，德山以杖挑之，遠擲堦下。（《祖堂集卷七·嚴頭和尚》）

　　其它的「擲」目的處所未出現，如：

　　未到海口廿許里，擲碇停住。（《入唐求法巡禮行記》卷一）

　　師云：「三隻投子擲下，失卻一個。」（《祖堂集卷十六·南泉和尚》）

　　這些例子中，「擲」與「拋」一樣，強調的是「投擲」這一動作本身。可能從這個時期開始，人們在使用有關〔投擲〕義位時，更關注的是「投擲」過程中受事者在空中的運動情況，而不再強調目的處所與動作共現，這種情況下，〔投擲〕義和〔捨棄〕義界限不太清楚，在詞位上反映為同一個詞。

　　從這個時期開始，「拋」成為本語義場的主要義位，與「擲」一樣沿用至今。

2.3 元明用例

　　這一時期「摔」、「丟」加入了本語義場。《篇海類編·身體類·手部》：「摔，摔扶，棄於地也。」「二典」均引元代康進之《李逵負荊》第一折的用例：「盛

酒甕，摔做碎瓷甌。」但「摔」的用例還不普遍，《元典章·刑部》未見，《金瓶梅》的用例也僅數例，如：

> 惠蓮看見，一頓罵：「賊囚根子，趁早與我都拿了去，省的我摔一地！大拳打了，這回拿手摸挲。」來安兒道：「嫂子收著罷。我拿回去，爹又打我。」於是放在桌子上。就見那惠蓮跳下來，把酒拿起來，才待趕著摔了去，被一丈青攔住了。(《金瓶梅》第二十六回)

金代韓道昭《改並四聲篇海·一部》引《俗字背篇》：「丟，去不來謂之丟。」明代《字彙·一部》：「丟，一去不還也。」這裡的「丟」是〔遺忘〕義，由〔遺忘〕義引申出〔放置〕、〔捨棄〕、〔投擲〕義。「丟」主要用做〔遺忘〕、〔捨棄〕義，〔投擲〕義的用例較少。如：

> 你休胡言亂語，一句句都要下落！丟下塊磚兒，一個個也要著地。(《金瓶梅》第二回)

> 這婆子一頭叉，一頭大栗暴鑿，直打出街上去。把雪梨籃兒也丟出去。(《金瓶梅》第四回)

「丟」用做〔捨棄〕義的用例如：

> 自這一句話，把西門慶歡喜無盡，即丟了鞭子，用手把婦人拉將起來。(《金瓶梅》第十九回)

> 半路裏，丟下俺，倚靠何人？(《金瓶梅》第三十九回)

2.4 清代用例

清代「摔」的用例十分普遍，《紅樓夢》有 35 例，「扔」加入了本語義場。《說文》已收有「扔」字，《說文·手部》：「扔，因也。」這裡的「扔」是〔引挽〕義，在歷代文獻中用例罕見。這個「扔」和後來用做〔投擲〕、〔丟棄〕義的「扔」是兩個互不相干的詞。《紅樓夢》「扔」有的用例有兩處，其中一處用在象聲詞「扔崩」中，另一例用做〔投擲〕義：

> （賈璉）便從靴掖兒裏頭拿出那個揭帖來，扔與他瞧。(《紅樓夢》第九十三回)

劉寶霞、張美蘭（2013）曾對明清時期新詞「摺（撩）」、「扔」對「丟」的

替換存在時間先後和地域分佈的差異進行考察，結果表明，「撂（撩）」對「丟」的替代發生較早，約在明末，到 19 世紀初已經完成；「扔」對「丟」的替換則約在 18 世紀末、19 世紀初。「扔」用做〔投擲〕義的用例如：

> 用一隻手捉住那大和尚的領門兒，一隻手揪住腰胯，提起來只一扔，合那小和尚扔在一處。（《兒女英雄傳》第六回）

> 自己重新進屋裏，一刀把那婦人的鬼臉兒紮起來，往院子一丟，又把那屍首提起來，也向那西牆角一扔。（《兒女英雄傳》第七回）

（按：「丟」、「扔」同義並舉。）

用做〔捨棄〕義的如：

> 噹啷啷，手裏的刀子也扔了。（《兒女英雄傳》第六回）

> 禿子連忙扔下鏇子，趕過去看了。（《兒女英雄傳》第六回）

《兒女英雄傳》中「投」用做〔投擲〕具體義的未見，「擲」只見 4 例：

> 一手提了往炕上一擲（黃布包袱），只扣噗通一聲，那聲音覺得像是沉重。（《兒女英雄傳》第六回）

> 抹骨牌、擲覽勝圖、搶狀元籌／擲骰子／日擲千金

2.5 小　結

〔投擲〕語義場中「投」是使用時間最長的一個義位，從先秦開始，一直到現代漢語某些義叢如「投擲」、「投籃」中仍在使用。「擲」義位上升爲本語義場的中心義位在支謙譯經中得到體現。唐代開始，「拋」用做〔投擲〕義也加入本語義場，同時，「投」在口語中退出中心義位的地位。宋代以後主要用「丟」。清代「扔」興起，並開始與「擲」爭奪中心地位，到清末，「扔」已是占第一位的中心義位，而「擲」的使用頻率已不如「扔」了。

蔣紹愚先生（2006）運用「概念要素分析法」全面分析了「投」的詞義系統，認爲「投」、「擲」、「拋」、「丟」、「扔」的義位分屬「投擲」（投 1A）和「捨棄」（投 1B）兩個概念域，這兩個概念域之間存在的聯想和隱喻關係具有普遍性。楊榮賢（2013）說：〔捨棄〕義與〔投擲〕義如果施事者的目的在於拋棄某個具體可感的對象，所採取的方式又是以手持之並加以拋擲，那麼這種情況下

「拋棄」的行爲方式就與「投擲」發生了重疊。

語義	史記	支謙譯經	唐五代	清初	清末
〔投擲〕	投	投、擲	擲、拋	擲、扔	扔、擲
〔捨棄〕	投	投	拋、擲	扔、丟、拋	扔、丟、拋

第四節　〔放捨〕語義場

前面分析了〔執持〕、〔取拿〕兩個語義場，這一節我們來分析與它們構成反義關係的語義場。我們知道，與〔執持〕義構成反義關係的是〔放下〕義，與〔取拿〕義構成反義關係的是〔捨棄〕義。從語義上分析，〔放下〕和〔捨棄〕的中心義素都是〔使離開〕＋〔停留某處〕，同樣一個放下的動作，如果施事者有意地放下受事者並讓它停留於施事者預想的某個地方，那麼這個動作就是〔放置〕；如果施事者主觀上不想要那個受事者，也不關心受事者停留於何處，那麼就是〔捨棄〕，如果施事者主觀上並不強調什麼，只是單純一個使受事者離開施事者並停留於某處的動作，那麼就是一般的動作〔放下〕。正因爲如此，〔放置〕、〔放下〕和〔捨棄〕義位常常以相同的詞位形式來表示。而且，我們在〔投擲〕語義場中已經注意到，如果〔投擲〕義不強調動作的目的處所，實際上又等於〔捨棄〕義，〔投擲〕義和〔捨棄〕義又使用了相同的詞位。爲了不使行文冗贅，我們把〔放置〕、〔放下〕和〔捨棄〕義位歸併在一起討論，命名爲〔放捨〕語義場，支謙譯經中包括「置」、「安」、「釋」、「放」、「捨」、「捐」、「棄」7 個義位。

一、支謙譯經用例情況

1.1　置

《說文·網部》：「置，赦也。」支謙譯經中未見用例。《玉篇·網部》：「置，安置。」支謙譯經中「置」的用例有 65 例，用做具體義的〔安置〕義位 56 例，用於義叢「埋置」、「移置」、「安置」等，如：

> 或埋置地中不知其處。（No.54, T01, p0848c）

> 我今欲舉一釋國移置異天地間。（No.198, T04, p0188c）

爾時波斯匿王聞是語已，勅諸兵眾，相去百步，**安置**一人，令

聲相承。（No.200, T04, p0214c）

如果動作的目的處所不出現或者雖然出現但不是動作的受事者應該放置的

地方，那麼就可以理解爲〔棄置〕，上述 56 個用例中只有 2 例：

合缽持去置大海中，復不得食。（No.200, T04, p0252a）

時我世尊，得此惘然不識是何言當何説，便置缽出其舍。（No.474,

T14, p0522b）

1.2　安

用做〔安置〕義的「安」是這個時期比較新的義位，《漢語大詞典》的始見

例是晉代干寶的《搜神記》，《漢語大字典》的始見例是北魏賈思勰的《齊民要

術》。據目前的調查，這一義位的始見例可追溯到東漢佛經。支謙譯經中「安」

有 424 例，用做〔安置〕義的有 16 例，其中用於義叢「安置」的 11 例〔註15〕，

全部見於《撰集百緣經》。如：

時有一人，值行見塔，有少破落，和堊補治，及買金薄，**安**鑽

〔註16〕其上，發願出去。（No.200, T04, p0234c）

我於昔日在王宮時，募索健夫，執持器杖，**安置**左右，故懷危

懼；我於今者，出家入道，在此塚間，無復怖畏，快不可言。（No.200,

T04, p0249a）

1.3　釋

《說文・釆部》：「釋，解也。從釆，釆，取其分別。」「釋」與「解」同義。

支謙譯經共有「釋」的用例 404 例，除去用做「僧尼姓氏」和幾個專有名詞的

用例以外，尚有 21 例，其中用做〔解開〕、〔解除〕義的占大多數（18 例），用

做〔放下〕義的只有 1 例：

賃識惶懷，投弓，**釋**箭，解劍。（No.185, T03, p0475c）

用做〔捨棄〕抽象義的 2 例，如：

〔註15〕支謙譯經中有 1 例「安」、「置」組合中的「安」用做疑問代詞：「王曰：『此衣已
　　　　屬須賴，吾將安置？』」（No.328, T12, p0055b）

〔註16〕宋本《大藏經》作「帖」。

便行亂學明度者意，令釋本崇末，便不得變謀明慧。（No.225, T08, p0490c）

釋賢友信凶愚。（No.225, T08, p0498c）

1.4 放

《說文·放部》：「放，逐也。」「放」的本義是〔流放〕的意思。支謙譯經中「放」的用例共有 120 例，用做〔流放〕義的只有「自放山藪」1 例，主要用做〔釋放〕、〔放蕩〕義。用做〔放下〕、〔捨棄〕義的總共 10 例，動作的目的處所都未出現，其中用做〔放下〕義的 2 例：

是時鹿王擔負溺人至死不**放**，劣乃得出至於彼岸。（No.153, T03, p0067b）

爾時鹿王即白王言：「大王何緣**放捨**刀杖，身體流汗狀似恐怖？」（No.153, T03, p0068a）

其餘 8 例用做〔捨棄〕義，常用於義叢「放捨」中，而且跟「取」對舉，用義叢「取放」中，受事者可以是身命、妻子諸寶（此 2 例「放」用做具體義）、法、共有之法（用做抽象義），如：

悉棄捐家，**放捨**所有妻子諸寶起菩薩意。（No.632, T15, p0468a）

共有之法何得獨爲一婆羅門而欲**放捨**。（No.153, T03, p0064a）

在不淨者於法有取有**放**，斯求法者無取放之求也。（No.474, T14, p0527a）

1.5 捨

《說文·手部》：「捨，釋也。」支謙譯經中「捨」的用例有 319 例，絕大多數用做〔捨棄〕義，而且又以捨棄抽象事物爲常，用於捨棄具體事物的 13 例，如：

王便**捨**比丘，拔劍逐豬。（No.198, T04, p0176a）

汝父既喪，我今便無，唯汝一子，汝今云何，**捨**我出家，我今存在，終不聽汝出家入道。（No.200, T04, p0225a）

所坐石按之即陷入四寸，**捨**便還復。（No.198, T04, p0185a）

這些用例中如果施事者放棄某物是爲了給予他人，那麼就引申爲〔施捨〕義，上述 13 個用例中有 8 例。如：

即以衣缽捨與眾僧。（No.200, T04, p0226b）

我今欲捨此身作赤魚形，治諸民病。（No.200, T04, p0217b）

我今悉爲一切眾生棄捨二目無所貪惜，我先捨婦持用施人，願此功德鍾及眾生永斷貪欲。（No.153, T03, p0061b）

用做〔放下〕義的「捨」有 2 例（其中 1 例用於義叢「放捨」，例句已見「放」條）：

時王見已即便下馬，心驚毛豎而作是言：「汝手云何斷落如是？」即捨刀杖獨往鹿所。（No.153, T03, p0068a）

1.6 棄、捐

《說文·荓部》：「棄，捐也。」《說文·手部》：「捐，棄也。」「捐」、「棄」互訓，義爲「丟棄」。兩者都沒有「放置」的意思。支謙譯經中「棄」的用例有 190 個，其中大部份用做抽象義，用於丟棄某一具體事物的較少，如：

有一婢欲出門棄臭豆羹滓。（No.68, T01, p0870a）

於是師徒脫身裘褐，及取水瓶杖屐諸事火具，悉棄水中，俱共詣佛。（No.185, T03, p0482c）

支謙譯經「捐」共有 30 個用例，與「棄」的用例情況相同，受事者絕大多數是抽象事物，用手丟棄具體的一件東西的用例只有 2 例：

何謂如花？——好時插頭，萎時捐之，見富貴附，貧賤則棄，是花友也。（No.790, T17, p0731b）

佛作是變化時，拘留國王捐珠踊躍歡喜。（No.556, T14, p0909b）

值得注意的是：當捐棄的東西以某種目的給某人時，〔捐棄〕義就引申爲〔捐獻〕義。上述第二例中，「捐珠」是爲了「獻佛」，「捐」用做〔捐獻〕義。

1.7 小　結

支謙譯經中〔放捨〕語義場 7 個義位都有〔使受事者離開施事者並使之停留某處〕的共同義素，表達了〔放置〕義、〔放下〕義和〔捨棄〕義，本文在

區分這些語義時，運用動作的目的處所是否出現、施事者主觀上要不要受事者兩個指標來考察。其中，「安」、「置」義位表達的是〔放置〕義，動作的目的處所一般出現且被強調；「釋」、「放」、「捨」用於表達〔放下〕義時，強調的是放下這一動作本身，至於動作的目的處所和施事者要不要受事者都不被關心；「釋」、「放」、「捨」也可用於表達〔捨棄〕義，與「棄」、「捐」義位同義，動作本身和目的處所都不被關心，強調的是施事者的主觀意志上放棄了對受事者的所有權。用義位結構式表示如下：

義位	〔動〕	〔施〕	〔工〕	〔受〕	〔關注焦點〕	相關義位
安、置	使離開＋停留某處	人	手	事物	放置處所	設立
釋	使離開＋停留某處	人	手	事物	動作本身	解開
放	使離開＋停留某處	人	手	事物		放逐、釋放
捨	使離開＋停留某處	人	手	事物	放棄對受事者的所有權	施捨
棄	使離開＋停留某處	人	手	事物		
捐	使離開＋停留某處	人	手	事物		捐獻

二、歷時用例情況考察

2.1《史記》用例

《史記》中本語義場「放」義位未出現，「捨」義位罕見，表達〔放置〕義的義位主要是「置」、「釋」，表達〔捨棄〕義的主要是「棄」、「捐」。具體用例情況如下：

2.1.1「釋」的用例凡 70 例，其中用做〔放下〕義 3 例，〔捨棄〕義 8 例。各舉 1 例：

> 名聞海內，威震天下，農夫莫不輟耕釋耒，褕衣甘食，傾耳以
> 待命者。（《史記》卷 92 第 2618 頁）

> 今子釋本而事口舌，困，不亦宜乎！（《史記》卷 69，2241 頁）

2.1.2「置」凡 302 例，其中用做〔放置〕義的有 80 例，

> 項王則受璧，置之坐上。亞父受玉斗，置之地，拔劍撞而破之。
> （《史記》卷 7，第 0314-0315 頁）

　　且陛下從代來，每朝，郎官上書疏，未嘗不止輦受其言，言不

可用置之，言可受採之，未嘗不稱善。(《史記》卷 101，第 2741〜

2742 頁)

　　上述 2 例中「置之坐上」的「置」用做〔放置〕義，但是「置之地」的「置」

在施事者的主觀意志中動作的處所不被強調，理解爲〔捨棄〕義未嘗不可，「言

不可用置之」因爲與下文的「言可受採之」相對出現，一般應理解爲〔捨棄〕

義了。

　　2.1.3《史記》中表達〔捨棄〕義的義位主要是「棄」、「捐」(「棄」190 例，

用做〔捨棄〕義；「捐」的用例有 31 例，大部份用做〔捨棄〕義，其它還有〔除

去〕、〔捐獻〕義)，「捨」僅見 2 例，這與支謙譯經中「捨」的大量運用很不相

同：

　　陽虎私怒，因季桓子，與盟，乃捨之。(《史記》卷 33，第 1543

頁)

　　用之則行，捨之則藏，唯我與爾有是夫！(《史記》卷 67，第

2187 頁)

2.2 唐五代用例

　　魏晉南北朝時期「放」逐漸成爲表達〔放下〕義的主要義位，汪維輝(2000，

第 234〜237 頁)有詳細考察；另外，在唐代及此後產生的表〔捨棄〕義的義位

與〔投擲〕語義場新出現的義位都用相同的詞位來表達，並逐漸替換了原先的

義位，這些都已在〔投擲〕語義場中討論，在此一併不贅。這裡著重討論表〔放

置〕義、〔放下〕義的義位在後代的發展情況。

　　《祖堂集》「放」凡 110 例，其中屬於〔放捨〕語義場的義位共 25 例，用

做〔放下〕義的 15 例都單用，其中 13 例與趨向動詞「下」連用，受事者可以

是刀、衣缽、柱杖、經卷、掃箒、拂子、火箭、手中物等。如：

　　師下繩床立。問：「一物不將來，爲什摩卻言放下著？」(《祖堂

集卷六·投子和尚》)

　　對云：「若約某甲見處，和尚亦須放下手中物。」(《祖堂集卷十

六·南泉和尚》)

時有一沙彌揭簾欲入，見師與太傅，便**放**簾抽身退步。（《祖堂集卷十·玄沙和尚》）

用做〔放置〕義的 6 例，動作的處所一般都出現，如：

龜毛拂，兔角杖，拈將來，隨處**放**。（《祖堂集卷五·三平和尚》）

師與仰山遊山，一處坐，老鴉銜紅柿子來，**放**師面前。（《祖堂集卷十六·潙山和尚》）

師便索三個鈔羅盛水著，討蟻子便拋**放**水裏。（《祖堂集卷三·慧忠國師》）

用做〔捨棄〕義的 4 例（用於義叢「放捨」2 例，後接助詞「卻」的 2 例），如：

善與不善，世間一切諸法，並皆**放**卻，莫記憶，莫緣念，放捨身心，令其自在。（《祖堂集卷十四·百丈和尚》）

《祖堂集》中「置」的用例凡 69 例，用做〔放置〕具體義的只有幾例，除用於義叢「置饌」外，單用的情況下都出現在書面色彩較濃的語境中，如：

分免之旦，忽有異僧，杖錫到門曰：「今日所產兒胎，可**置**臨河之第。」（《祖堂集卷十七·雪岳陳田寺元寂禪師》）

神光聞是語已，則取利刀自斷左臂，**置**於師前。（《祖堂集卷二·第二十八祖菩提達摩和尚》）

師聞不糝之言，喜而歎曰：「窮諸玄辯，如一毫**置**之太虛；竭世樞機，似一滴投於巨壑。」（《祖堂集卷五·德山和尚》）

「置」的受事者可以是言、問、狀詞等抽象事物，這樣〔放置〕義就抽象化了，這種用例較多。如：

諸人道：「**置**此一言合校多少？」（《祖堂集卷十二·禾山和尚》）

只如曹山亦**置**此問於石霜，石霜乃對云：「不折尺。」（《祖堂集卷十二·禾山和尚》）

弟子不會色空，卻**置**狀詞，投公斷理，只如儒教，尚有不出戶而知一切事，不窺窗而知天下明。（《祖堂集卷十五·歸宗和尚》）

用做〔捨棄〕義的也有一些用例，都出現於答話中，表示對前面所談論的話題撇開不管，如：

問云：「夜中樹決定信有。其樹影，爲有爲無？」仰山云：「有無且置。汝今見樹不？」（《祖堂集卷十八・仰山和尚》）

師云：「不唱目前。」進曰：「不唱目前則且置，宗乘中事如何言論？」（《祖堂集卷九・湧泉和尚》）

綜上所述，《祖堂集》中本語義場中表〔放下〕、〔放置〕義的主要義位是「放」，「置」一般只限於一些固定義叢以及書面色彩較濃的語境中。

2.3 明清用例

2.3.1 明代本語義場的一個變化是義位「擺」成爲表達〔放置〕義的主要義位。

清代翟灝《通俗編・雜字》：「擺，《釋名》：『兩旁引箑曰披。披，擺也。各於一旁引擺之，備欹傾也。』今以排列儀仗曰擺，因此。張衡《西京賦》『置互擺牲』，馬融《廣成頌》『擺牲班禽』注：『擺謂破礫而懸之。』今謂陳設牲饌曰擺，因此。」但是在明代以前的文獻中，「擺」以用做〔擺動〕義爲常。檢索《大正藏》前 32 冊、《樂府詩集》和《祖堂集》，「擺」的用例分別爲 12 例、3 例、3 例，都用做〔擺動〕義 [註17]。《朱子語類》中的「擺」同樣大多用做〔擺動〕義，但有幾例用做〔排列（陣容）〕義，如：

如坐定一個地頭，而他支腳，也須分佈擺陣。（《朱子語類卷一百二十一・朱子十八・訓門人九》）

大凡有兵須有陳，不成有許多兵馬相戰，只衷作一團，又只排作一行。必須左右前後，步伍行陣，各有條理，方得。今且以數人相撲言之，亦須擺佈得所而後相角。（《朱子語類卷一百三十六・歷代三》）

〔註17〕例如：「嚬呻振擺，斷齒作聲」（後秦北印度三藏弗若多羅譯《十誦律》，No.1435，T23, p0265c）；「奮迅毛衣擺雙耳」（《樂府詩集》卷第九十八・白居易《西涼伎》）；「石室便擺手」（《祖堂集卷五・石室和尚》）

《元典章・刑部》未見「擺」的用例。《金瓶梅》中「擺」成爲表達〔放置〕義的主要義位。由〔陳設（牲饌）〕義或〔排列（陣容）〕義泛化爲一般的〔放置〕義是很自然的。「擺」除了用於並列式義叢「擺設」外，大都單用，後接趨向動詞「上」、「下」，事態助詞「了」、「著」或介賓短語，受事者可以是酒、茶、飯、齋、果菜、筵席、棋子盤兒、榴樹盆景等，如：

> 不一時吃罷早飯，擺上酒來飲酒。（《金瓶梅》第十四回）

> 吳月娘、李嬌兒、孟玉樓陪著吳大妗子，擺下茶等著哩。（《金瓶梅》第十四回）

> 西門慶那日在前邊大廳上擺設筵席，請堂客飲酒。（《金瓶梅》第三十一回）

> 潘姥姥在炕上坐，小桌兒擺著果菜兒，金蓮、李瓶兒陪著吃酒。（《金瓶梅》第三十三回）

「擺」與同樣用做〔放置〕義的「放」相比，施事者對受事者處置的主觀意識更強一些，「放置」以後的結果往往要合乎「章法」（這與「擺」原先用做「擺牲」、「擺陣」的用法有關），因此受事者一般都是要求有一定章法的事物，如酒宴一類，用法有些類似於原有的義位「置」。與「置」、「放」用例做一比較：

> 與之置饌，勸令出家。於是落髮離俗。（《祖堂集卷四・石頭和尚》）

> 只見武大買了些肉菜果餅歸來，放在廚下。（《金瓶梅》第一回）

> 婦人接過酒來呷了，卻拿注子再斟酒放在武松面前。（《金瓶梅》第一回）

2.3.2《金瓶梅》中用做〔放置〕義的「擱」已經出現，到了《紅樓夢》時代使用較爲普遍，但在使用頻率上還比不上「放」﹝註18﹞，而在現代漢語口語中「擱」的使用則比「放」常見。如：

> 那日也是合當有事，這小郎正起來，在書房床地平上插著棒兒

﹝註18﹞ 由於〔放置〕義的義位後面常接處所，我們以「放在」、「擱在」的用例數來說明它們的使用頻率：《紅樓夢》中「放在」凡85例，「擱在」凡34例。

香，正在窗戶臺上攔著鏡兒梳頭，拿紅繩紮頭髮。(《金瓶梅》第三
十一回)

鴛鴦才將那小包兒攔在桌上，同惜春坐下。(《紅樓夢》第八十
八回)

2.4 小　結

〔放捨〕語義場在支謙譯經及其以前時期由 3 組義位組成，唐宋時代逐漸用義位「放」來表達〔放置〕、〔放下〕義，明代「擺」與原有的義位「放」一起成爲表達〔放置〕義的主要義位。自魏晉以來，「放」用於表達〔放下〕義一直未變。唐代以後表示〔捨棄〕義和〔投擲〕義的義位用一個詞位來表達，詳細考察情況參見上節〔投擲〕語義場。

語義	史記	支謙譯經	唐五代	明代	清代
〔放置〕	置	置、安	放、置	擺、放	擺、放、攔
〔放下〕	釋	釋、放	放		
〔捨棄〕	棄、捐	棄、捨、捐	拋、擲	扔、丟、拋	

第五節　〔擊打〕語義場

〔擊打〕語義場各義位的共同義素是〔撞擊〕，支謙譯經中本語義場包括上位義位「擊」、「打」和下位義位「考」、「鞭」、「笞」、「榜」、「掠」、「扣」、「叩」、「搗」等，支謙譯經反映了該語義場上位義位由原有的「擊」向東漢中後期出現的「打」轉移的情況。

一、支謙譯經用例情況

1.1 擊

《說文》:「擊，攴也。」段玉裁注:「攴下曰小擊也，攴訓小擊，擊則兼大小言之。」支謙譯經中「擊」的用例有 18 個，受事者限於鼓（8 個）、賊、人、兵眾等少數事物，除了像「擊鼓」這樣的習慣性組合外，「擊」已開始從泛指的〔擊打〕義縮小爲〔攻打〕義。

時王舍城中，諸梵志等擊大金鼓，招集國人十八億眾會乎論場，

敷四高座。（No.200, T04, p0255b）

　　譬如鼓有竹木革桴，有人擊之，其聲乃出，欲知佛身亦爾。
（No.225, T08, p0507b）

　　擊人得擊，行怨得怨，罵人得罵，施怒得怒，世人無聞，不知
正法，生此壽少，何宜爲惡。（No.210, T04, p0564c-0565a）

　　臣等今日當以五兵戟牟劍稍奮擊此賊，足如暴風吹破雨雲。
（No.153, T03, p0055b）

　　時彼二王各集兵眾，便欲戰擊。（No.200, T04, p0207a）

1.2 打〔註19〕

　　「打」是東漢中後期出現的一個新詞，最早見於字書是三國魏張揖的《廣
雅‧釋詁三》：「打，擊也。」支謙譯經中「擊」的用例有 15 個，用於義叢「椎
打」、「打坌」、「扣打」、「考打」、「打染縫治」、「打棒」、「鞭打」、「打鼓」，就支
謙譯經「擊」和「打」的義域情況來看，「擊」在〔擊打〕語義場中的中心地位
已經動搖，「打」開始成爲這一語義場中的中心義位。如：

　　或被椎打令如塵末，饑吞鐵丸渴飲洋銅。（No.153, T03,
p0062b）

　　汝今若能於精勤中，少加用心，扣打此杖，所出音聲甚可愛樂。
（No.200, T04, p0204a）

　　春秋二時，常來集會，聽佛説法，其中或有浣衣薰缽打染縫治，
如是各各，皆有所營。（No.200, T04, p0218a）

　　姊妹眷屬，即詣其所，與彼大婦，極共鬪諍，遂相打棒，問其
虛實。No.200, T04, p0226c）

　　譬如鼓，不用一事成，有皮有蘁（按：鼓框），有人持桴打鼓，鼓
便有聲。（No.559, T14, p0912a）

〔註19〕關於「打」的有關溯源與演變的情況參考了汪維輝《東漢—隋常用詞演變研究》
　　　一書「擊/打」一節。

1.3 拍

《釋名·釋姿容》:「拍,搏也,以手搏其上也。」「拍」與「擊」動作的方式不同,「拍」是用手掌擊打,「擊」一般指握成拳頭擊打。支謙譯經中見 3 例,其中 2 例見於「拍髀」:

> 利斧刀劍截其手足,寒冷惡風吹襲其身,二山相拍身處其中。
> （No.153, T03, p0065a）

> 即生憂憒悲哀,拍髀熱自,耗身無益。（No.198, T04, p0174c）

1.4 考、鞭、笞、榜、掠、歐（毆）、捶、杖、撾

這一組義位可以在〔擊打〕這一語義場下面組成一個〔拷打〕的子語義場。

1.4.1《說文》:「考,敏（叩）也。」這一義位的「考」也寫做「拷」。《玉篇》:「拷,打也。」支謙譯經中「考（拷）」的用例凡 7 例（包含「拷」1 例,用於義叢「拷掠」）,全用做這一義位,可用於義叢「考打」、「考掠」、「考治」〔註20〕。如:

> 賊作念言:「今者考我,徹於心骨,痛不可言。」（No.200, T04, p0216c）

> 欲知彼時向彼國王讒其長者考掠榜笞者,今呻號比丘是。
> （No.200, T04, p0253b）

> 比丘挽索羈其手得,繫著床腳;比丘出外,捉杖考打。（No.200, T04, p0216c）

> 或為王法,收繫著獄,**拷掠榜笞**,五毒並至,戮之都市,宗門灰滅,死入地獄。（No.581, T14, p0965a）

1.4.2《說文》:「鞭,驅也。」本義是「打馬」,泛指鞭打。支謙譯經中凡 6 例,均用於義叢「鞭打」（5 例）「鞭撻」（1 例）。如:

> 我當赦汝居家罪戾,若不肯輸吾終不捨,要當繫縛幽執**鞭撻**,赴日下期當輸金錢。（No.153, T03, p0056a）

〔註20〕《漢語大詞典》「考治」條失收〔拷打〕這一義項,可補上。

時闍婆羅爲諸外道數數呵責，或被鞭打，捨之而去，詣於河岸溝坑之中，自用歡喜。（No.200, T04, p0227a-b）（按：此例「被鞭打」的結構有兩解，一解是「被十V」，「鞭打」爲並列式義叢，另一解是「被鞭十打」，「鞭」爲名詞，做表被動義的介詞「被」的賓語〔註21〕）

我在人間，或見呵責及以鞭打，極受苦惱，今在此中，脫不見罵及以鞭打，獨用歡樂。（No.200, T04, p0227b）（按：此例「及以」是一個表並列關係的雙音節連詞。）

今此寶珠，必是彼人見爲偷取。今若繫縛，榜笞鞭打，必不肯首，王當設計策謀彼人爲當虛實。No.200, T04, p0243c）

1.4.3《說文》：「笞，擊也。」王筠《說文句讀》：「棰者笞之器，以棰擊之謂之笞也。」「笞」就是用杖、鞭子或板子打。支謙譯經中有5例，組成雙音節義叢「榜／搒笞」4例，「掠笞」1例。

王即然可。尋至其家，執彼長者，繫縛搒笞，楚毒無量，舉身傷破，膿血橫流，痛不可言。（No.200, T04, p0253b）

死入地獄，掠笞燒煮，身更蠆毒，苦痛無極。（No.735, T17, p0537b）

1.4.4「榜」原是矯正弓弩的器具，矯正弓弩必須敲打，因此引申出〔打〕、〔鞭打〕、〔杖擊〕義。《說文・木部》：「榜，所以輔弓弩。」朱駿聲《說文通訓定聲》：「榜，凡榜弓必約而考擊之，故有爲榜笞。」「榜」也可以寫做「搒」。支謙譯經中「榜」有5例，用做動詞的3例，均組成雙音節義叢「榜笞」；「搒」2例，組成雙音節義叢「搒笞」、「搒掠」。

1.4.5「掠」也有〔笞擊〕義。《廣韻・藥韻》：「掠，笞也，治也。」支謙譯經「掠」的用例凡10例，用做這一語義的有6例，用於義叢「考掠」、「搒掠」、「掠治」、「掠笞」。

1.4.6 支謙譯經尚有一例「歐」，通「毆」，用於義叢「歐杖」。《說文・殳部》：

〔註21〕 「被」字被字句式在戰國末年產生，「被」字後往往不出現施事者，到了漢末「被」字後出現了施事者，意味著「被」字被字句式趨於成熟。（馮春田，2000，第 583～584頁）支謙譯經中的這例「被鞭打」從時間上看分析爲這種句式是可以的。

「毆，捶擊物也。」但是從文獻用例來看，「毆」的受事者是並不是物，而是人：

> 毆杖良善，妄讒無罪，其殃十倍，災迅無赦。（No.210, T04, p0565b）

1.4.7「捶」是用棍棒或拳頭打的意思，《說文·手部》：「捶，以杖擊也。」支謙譯經中出現 6 例，其中有 5 例與「杖」組合，另 1 例用於義叢「摳捶」：

> 王者與王者鬪，道人與道人鬪，田家與田家鬪，工師與工師鬪，皆坐錢財故，口相罵杖相捶刀相斫。（No.54, T01, p0848c）

> 忍有四事。何等爲四？一曰若罵詈者默而不報；二曰若摳捶者受而不挍；三曰若瞋恚者慈心向之；四曰若輕毀者不念其惡。（No.532, T14, p0814a）

1.4.8「杖」原是〔手杖〕的意思，《說文·木部》：「杖，持也。」段玉裁注：「凡可持及人持之皆曰杖。」由〔手杖〕義引申出〔拷打〕義。支謙譯經中「杖」的用例有 42 例，用做〔拷打〕義的 9 例，如：

> 一切皆懼死，莫不畏杖痛，恕己可爲譬，勿殺勿行杖。（No.210, T04, p0565b）

1.4.9「摳」也是「打」的意思，《玉篇·手部》：「摳，打鼓也。」支謙譯經中「摳」有 3 例，均已泛化爲〔擊打〕義，用於義叢「摳罵」、「摳捶」。

1.5 扣、叩

「扣」、「叩」的本字是「敂」。《說文·攴部》：「敂，擊也。」段玉裁注：「自扣、叩行而敂廢矣。」《玉篇》：「扣，擊也。」又：「叩，叩擊也。」支謙譯經中「扣」的用例凡 3 例（見於義叢「扣打」2 例），「叩」的用例凡 6 例（包含見於義叢「叩頭」中的 5 例，按擊打的工具爲手的嚴格定義，當不計在內）。「扣」、「叩」除了一些習慣性的組合略有不同外（如「叩頭」用「叩」而不用「扣」），兩者沒有什麼區別。如：

> 扣打此杖，所出音聲甚可愛樂。（No.200, T04, p0204a）

> 化王還索，以指彈扣，聲震三千大千世界，皆悉震動。（No.200, T04, p0248b）

> 出言以善，如叩鐘磬，身無論議，度世則易。（No.210, T04, p0565b）

1.6 搗

《說文》：「搗，手椎也。」「搗」是捶、舂的意思。特指碾成細末。支謙譯經中有 3 例，「搗」的受事者都是「栴檀（香）」，如：

> 即持所買牛頭栴檀搗末六兩。（No.200, T04, p0213c）

> 是時普慈及諸女皆共散花，並持栴檀搗香及名雜香諸珍寶散法來諸閭士上。（No.225, T08, p0506b）

1.7 小　結

「打」的普遍使用是支謙譯經語料價值比較高的一個突出表現。汪維輝（2000，第 197、200 頁）認爲：在晚漢三國時期，「打」的用例主要出現在翻譯佛經中，中土文獻還極少見到。查檢三國時期的中土文獻《全三國文》、《魏詩》，我們確實未發現「打」的用例。同時代的翻譯佛經《六度集經》中也未見「打」的用例，這反映了《六度集經》存古求雅的傾向，它反映的語言現象比較保守。總的調查結果與汪先生的結論吻合。

〔拷打〕子語義場成員眾多，一般用於懲罰人（特指犯人），其中，「鞭」、「笞」、「榜」、「掠」、「捶」、「杖」 5 個義位隨著刑具的改變，在現代漢語中已不再使用（「鞭」只能做名詞用，「捶」產生了新的義位），「考（拷）」、「毆」以雙音節義叢的形式「拷打」、「鬥毆」、「毆打」等繼續在現代漢語中使用。「搗」在歷代文獻中比較罕見。

這個語義場各義位的結構式爲〔註22〕：

義位	〔動〕	〔施〕	〔工具〕1	〔工具〕2	〔方式〕	〔受事〕	〔結果〕
擊、打	撞擊	人	手	手和工具		物體	
拍	撞擊	人	手掌	手或片狀工具		物體	
拷、掠、鞭笞、榜	撞擊	人	手	手和工具（特指刑具）		人（特指犯人）	使受懲罰

〔註22〕蔣紹愚先生（2015，第 419～420）對上古漢語和現代漢語手的打擊義動詞的語義特徵有精到的描述，可參看。

捶杖	撞擊	人		手和棍棒		人	使受懲罰
毆	撞擊	人	手	手和工具		人	
撾	撞擊	人		手和棍棒		鼓或人	
扣、叩	撞擊	人	手指		用力較輕	固體物	使出聲
搗	撞擊	人		手和工具		固體物	使成細末

二、歷時用例情況考察

2.1 《史記》用例

支謙譯經中本語義場的義位除了「打」以外，《史記》中都有用例。《史記》中「擊」的用法十分多樣，我們在下文中將做詳細討論。《史記》中還有 3 個義位「搋」、「撲」、「舂」是支謙譯經中沒有的，我們也將做考察。

2.1.1《史記》「擊」的用例眾多，用法靈活。全書共有 828 例，用做〔擊打〕義的有 54 例，「擊」用法十分多樣，它的工具可以是徒手，也可以是別的東西，如劍、戈、刀斗、酒灌、枓等，受事者可以是人，可以是樂器，如：磬、筑、瓴、鼓，可以是動物，如：蛇、熊彘、牛，也可以是石、銅器、柱、書等別的東西。如：

> 程不識正部曲行伍營陳，擊刀斗，士吏治軍簿至明，軍不得休息，然亦未嘗遇害。（《史記》卷 109，第 2870 頁）

> 知伯醉，以酒灌擊毋恤。毋恤群臣請死之。（《史記》卷 43，第 1792～1793 頁）

> 孝武見其書，擊地，怒曰：「生子當置之齊魯禮義之鄉，乃置之燕趙，果有爭心，不讓之端見矣。」（《史記》卷 60，第 2118 頁）

更值得注意的是施事者除了人，還可以是別的各種事物，這些用例並不是都能用後起的「打」代替的，因為一般說來，「打」的施事者應當是人或自身能控制行為的事物。《史記》中有暴風雨、棋、車轂、礧石等充當施事者的用例：

> 始皇上泰山，為暴風雨所擊，不得封禪。（《史記》卷 28，第 1371 頁）

於是上使驗小方，鬥棋，棋自相觸擊。（《史記》卷 28，第 1390
頁）

臨菑之塗，車轂擊，人肩摩，連衽成帷，舉袂成幕，揮汗成雨，
家殷人足，志高氣揚。（《史記》卷 69，2257 頁）

按照〔擊打〕語義場施事者必須是人的嚴格定義，「擊」的上述用例不應納
入本語義場的分析之中。後來「打」取代「擊」在本語義場中的位置以後，「擊」
的這些用法往往用義位「撞」來表達。其中，暴風雨、雷電之類在人們觀念裏
被當做自身能控制行爲的事物，也可以替換成「打」。

《史記》中別的 783 例用做〔攻打〕義，以單用爲多，但也有不少與別的
義位組成義叢，「擊」在後的如「攻擊」、「逐擊」、「誅擊」、「殺擊」、「圍擊」、「迎
擊」、「反擊」、「還擊」、「歸擊」、「襲擊」、「會擊」、「行擊」、「進擊」、「出擊」、
「往擊」、「轉擊」、「奮擊」、「從擊」等；「擊」在前的如「擊虜」、「擊斬」、「擊
殺」、「擊滅」、「擊破」、「擊敗」等。

2.1.2《史記》轉引司馬相如《子虛賦》有一例「摐」，義爲〔撞擊〕，受事
者爲鼓。《廣雅·釋言》：「摐，撞也。」

摐金鼓，吹鳴籟。（司馬相如《子虛賦》，轉引自《史記》卷 117，
第 3013 頁）

《史記》中有一例「敲」，但用做名詞〔木杖〕義。據唐司馬貞《史記索隱》：
「臣瓚云：『短曰敲，長曰朴。』」

履至尊而制六合，執敲朴以鞭笞天下，威振四海。（《史記》卷
48，第 1963 頁）

《史記》中「扑（朴）」是支謙譯經〔拷打〕子語義場沒有的。「扑（朴）」
是用檟木條製成的刑具笞打。劉宋《史記集解》引鄭玄曰：「扑，檟楚也。」如：

象以典刑，流宥五刑，鞭作官刑，扑作教刑，金作贖刑。（《史
記》卷 1，第 24 頁）

「扑（朴）」可泛化爲用別的工具擊打。如：

稍益近之，高漸離乃以鉛置筑中，復進得近，舉筑朴秦皇帝，
不中。（《史記》卷 86，2537 頁）

《史記》中有一些「舂」的用例，《說文・臼部》：「舂，搗粟也。」義爲用杵臼搗去穀物外殼。這是一直沿用至今的義位，只是由於碾米機的運用和工業化糧食加工的日益普遍，這一義位離人們的生活越來越遠了。

　　一尺布，尚可縫；一斗粟，尚可舂。兄弟二人不能兼容。（《史記》卷118，3080頁）

2.2 唐五代用例

2.2.1 這一時期本語義場一個最大的變化是「敲」逐漸廣泛使用。

「敲」是先秦就有的義位，《左傳・定公二年》就有「奪之杖以敲之」的用例。《說文・攴部》：「敲，橫擿也。」「敲」是橫擊的意思。但是，作爲「擊打使出聲」的「敲」的使用大概是在中唐以後。我們在中唐時代詩人中發現「敲」一些用例：

　　輕將玉杖敲花片，旋把金鞭約柳絲。（《樂府詩集》卷九十・張祜《公子行》）

　　旱塊敲牛蹄趵趵。（《樂府詩集》卷九十三・元稹《田家行》）

《祖堂集》「敲」的用例比較多見，受事者可以是鼎、鼎蓋、泥板、床、門，如：

　　非久之間，有人敲門，喚侍者云：「和尚要吃湯。」師以泥鏝敲泥板，侍郎以泥挑挑泥，送與師。（《祖堂集卷十五・歸宗和尚》）

　　師敲鼎蓋三下，卻問：「子還聞摩？」師敲繩床，謂眾云：「大眾共他語話。」（《祖堂集卷十五・歸宗和尚》）

《祖堂集》中也有「叩（門）」的用例：

　　後因雪峰和尚初入嶺，久欽高峻，遂往祗候，手扣其門，師才出門。（《祖堂集卷十九・觀和尚》）

在「敲」使用以前，「擊」、「打」是義域很廣的義位，不管擊打的結果是否發出聲音，都未加區別（原先已經使用的「叩／扣」雖然有〔發出聲音〕這一義素，但是對動作的限制是〔用力較輕〕，無法與「擊」、「打」相提並論），而唐代比較常用的「敲」的用力大小與否不受限制，與原有的義位「擊」、「打」

比較，區別性義素是〔發出聲音〕，這樣「敲」的出現有可能佔據原先屬於「擊」、「打」義位的〔發出聲音〕的那部份義域；而且，根據用例的情況看，「敲」的推廣應該與詩人的偏好有關（如「推敲」的典故），正因爲這樣，「敲」迅速成爲本語義場的主要義位。

《入唐求法巡禮行記》未見「敲」用例。該書「擊」的用例只有兩例：游擊將軍／白波擊激，都不是用手擊打的意思。與此相對照，「打」的用例有 49 例，其中擊打樂器都用「打」，如：「打鼓」、「打槌」、「打磬」、「打鐘」、「作聲打板」、「打鑢鈸」等。《祖堂集》中「打」的用例十分普遍，「擊」只見一例（一條繩子自擊）。

2.2.2 這一時期「打」的意義開始泛化。「打」可用於名詞性義位前面，表示對名詞性義位即受事者的一種處置義。根據「打」後面受事者的不同，「打」可以理解爲〔進食〕、〔捕捉〕、〔製造〕、〔取拿〕等各種意義。如：

當官自慵懶，不勤判文案。尋常打酒醉，每日出逐伴。（《王梵志詩校注卷五·當官自慵懶》）

茶吃只是胃疼，多吃令人患肚，一日打卻十杯，腸脹又同衙鼓。（《敦煌變文校注·茶酒論》）（按：以上兩例「打」爲〔進食〕義。）

觀打魚歌（《全唐詩》第 220 卷·杜甫《觀打魚歌》）（按：此例「打」爲〔捕捉〕義。）

六師強打精神，奏其王曰：……（《敦煌變文校注·降魔變文》）（按：此例「打」爲〔振作〕義。）

問：「如何是沙門行？」師云：「過海不打舡。」（《祖堂集卷九·大光和尚》）（按：此例「打」爲〔製造〕義。）

順德云：「不爲水而打水。」（《祖堂集》卷十·玄沙和尚）（按：此例「打」爲〔取拿〕義。）

以上「打」表達的各種語義都可以用表示具體動作的義位來替換，但是在某些語義上由於「打」的普遍使用，原有義位被淘汰了，如表〔取（水）〕義原用義位「汲」，後代就一般用「打」了。（參看〔取拿〕語義場 2.2.2）

「打」也可以用在動詞性義位的前面，組成義叢後仍表達這個義位所表示

的動作,「打」的語義虛化了,如:

> 引軍打劫,直到石頭店。(《敦煌變文校注·韓擒虎話本》)

> 今日共師兄到此,又只管打睡。(《祖堂集卷七·巖頭和尚》)

宋代歐陽修曾把「打」這種語義泛化的特點當做「世俗語言之訛」現象,何九盈、蔣紹愚先生(1980,第12~13頁)對此做了很好的評述,可參看。

2.2.3《祖堂集》中「摑」凡20例,是本語義場一個比較常見的義位〔註23〕。《玉篇·手部》:「摑,掌耳也。」受文獻內容的影響,六朝文獻中罕見用例。檢索《大正藏》前32冊,「摑」凡23例〔註24〕,其中〔擊打〕義的有2例,都見於元魏天竺三藏菩提留支的譯經,如:

> 須陀洹遠離與諸女人和合,不爲現在樂種未來苦因,遠離打摑
>
> 鳴抱眄視。(元魏菩提留支譯《入楞伽經》,No.671, T16, p0537b)

受內容影響,「摑」在傳統典籍中用例不多見(《全唐詩》中僅見盧仝《示添丁》詩「父憐母惜摑不得,卻生癡笑令人嗟」),而多見於口語文獻,如記錄禪宗祖師事跡及問答語句的五代南唐《祖堂集》「摑」字出現20次,其中帶數詞的有5例(有1例「摑」有跟「打」搭配使用,2例跟「與」搭配使用)。南宋的《五燈會元》中「摑」23例,其中有數詞修飾的有16例(跟「打」搭配的6例,跟「與」搭配的6例)。有時「打」的後面還引入動作對象。如:

> 師抬起手,打兩摑。(《祖堂集》卷十二)

> 他無語,便被師與三摑。(《祖堂集》卷七)

> 性燥把老漢打一摑。(《五燈會元》卷十五)

> 師即打丈一摑。(《五燈會元》卷四)

> 麻谷與師一摑。(《五燈會元》卷二)

〔註23〕古代文獻中表示打耳光這個動作有時用「批」。如:(宋萬)遇仇牧於門,批而殺之。(《左傳·莊公十二年》)。

〔註24〕其餘21例「摑」義同「抓」(用做義位「用指甲在物體上劃過」),可見這一義位是「摑」的一個重要義位,如:手自抓摑,舉聲號哭,馳走東西。(姚秦竺佛念譯《出曜經》No.212,T04, p0663a)「二典」都未列這一義位,當補。

上述句子中，「打／與＋數詞＋摑」跟現代漢語中使用的「打／給＋數詞＋耳光」有了相同的結構。元明時期，「打＋數詞＋摑」這個動賓短語有了平行結構：「打＋數詞＋（量詞）＋耳刮子」，其中量詞可以不出現，「耳刮子」也寫做「耳聒子」「耳括子」「耳瓜子」。如：

> 段三娘把王慶一掌打個耳刮子道：「莫要歪纏，恁般要緊！」（《水滸傳》第一百零四回）

> 這是那個説？快叫來！打他幾個耳聒子，戒他下次不許説謊。（《醒世恒言》卷十七）

> 急縱身跳個滿懷，劈臉打了一個耳括子，回頭就跑。（《西遊記》第五十二回）

需要說明的是，寫成「耳刮子」等的是常例，只有少量例子寫爲「刮子」「聒子」，這說明「摑」的子尾化與加「耳」限定是同步進行的。如：

> 老和尚分開眾人，揪過來，一連四五個聒子。（《醒世恒言》卷十五）

從語法上看，「打＋數詞＋摑」這個動賓短語中「摑」被指稱化了。沈家煊先生（2012）指出，漢語動詞都具有名詞性，名詞性的強弱靠單雙音節來區分，單音節的動詞叫「動強名詞」，雙音節動詞叫「動弱名詞」。被指稱化的「摑」容易雙音節化而成爲「動弱名詞」。「摑」的雙音化方式是子尾化。「耳刮子」也音轉爲「耳光子」。按照《中原音韻校本》（中華書局 2013 年出版），「光」的音韻地位爲「見唐平宕合一江陽平陰」，擬音爲 kuaŋ，「刮」「光」只是韻尾的不同。「耳光」「耳光子」在元明文獻中用例很少，查中國基本古籍庫，元明兩代「耳光子」2 例，「耳光」2 例，用例見下：

> 那婆婆卻待掙扎，白秀英再趕入去，老大耳光子只顧打。（《水滸傳》第五十一回）

> 平氏大怒，把他罵了一頓，連打幾個耳光子，連主人家也數落了幾句。（《喻世明言》卷一）

> 與我先打他幾個耳光，待我再細細的問他。（明毛晉《六十種曲‧水滸記下》）

放了一隻手，看著和尚臉上只一拍，打個大**耳光**。（明《清平山
堂話本·花燈轎蓮女成佛記》）

在同一部文獻中，「耳刮子」的用例遠多於「耳光子」，如《水滸傳》中「耳
刮子」有 6 例，「耳光子」僅 1 例。這也說明了「耳光」來源於「耳光子」的子
尾脫落，而不是從「耳摑」直接音轉而來。

2.3 清代用例

這一時期本語義場的一個變化是用做〔打（人）〕義的義位「揍」的使用，
「揍」的受事者限於人。《紅樓夢》、《兒女英雄傳》中未見「揍」的用例。「二
典」均引《官場現形記》第四十九回的用例：「要是有人說話，標下亦不答應他，
一定揍他。」到了現代漢語中「揍」已是一個常見義位。

2.4 小　結

從現有的文獻考察，〔擊打〕語義場中核心義位「擊」、「打」的更替首先反
映在漢譯佛經中，支謙譯經作為較早而且有相當篇幅的文獻，充分反映了更替
過程中的情況。但是這個過程是比較長的，「擊」徹底退出主導地位大約在唐代。
中唐以後，出現了〔敲擊〕的「敲」，並迅速得以廣泛使用，成為〔擊打〕語義
場中重要義位。可以說，到晚唐五代時期〔擊打〕語義場的主要義位已與現代
漢語一致了。

語　義	史　記	支謙譯經	唐五代及以後	清　代
〔一般的擊打〕	擊	擊、打	打	
〔打鼓〕	擊、搥	擊、打	打	
〔打犯人〕		拷、掠、鞭、笞、榜、撲		
〔打人〕	擊、毆	打、毆		打、揍
〔打耳光〕	掌耳？		摑、打……摑（耳光）	
〔撞擊使出聲〕	擊	打	敲、打	
〔輕擊使出聲〕		扣、叩		
〔撞擊使成細末〕		搗		
〔撞擊使去谷殼〕		舂		

第六節 〔引挽〕語義場

〔引挽〕語義場各義位的共同義素是〔用力〕＋〔使移動〕，支謙譯經中本語義場包括「引」、「挽」、「掣」、「牽」、「拽」、「拔」、「擢」、「抽」8個義位。

一、支謙譯經用例情況

1.1 引

《說文・弓部》：「引，開弓也。」用力拉使弓弦朝自己所在的方向移動。支謙譯經中「引」的用例共有24例，大量用做〔前進出發〕、〔帶領〕、〔避開〕等義。〔開弓〕義出現2例，其中1例用於義叢「引挽」中：

> 諸釋亦復摩飾兵，當與舍衛國王及兵共鬭。尚未相見，諸釋便引弓，以利刃箭射斷車。（No.198, T04, p0188c）

> 化王於時遙知彼意，勅典藏臣：「取我先祖大弓弩來。」授與彼王，王不能勝。化王還取，以指張弓〔註25〕，復還持與，語令引挽，殊不動弦。化王還索，以指彈扣，聲震三千大千世界。（No.200, T04, p0248b）

由〔開弓〕泛化為〔引挽〕，支謙譯經中只見用於抽象義的1例（殃咎引牽當值相得），補充同時代文獻《六度集經》中的一例：

> 時他國有犯罪者，國政扤其手足截其鼻耳敗肛流之。罪人呼天相屬，道士聞之愴然。悲楚曰：「彼何人哉？厥困尤甚，夫弘慈恕己危命濟群生之厄者，斯大士之業矣。」投身於水蕩波截流，引舟著岸，負之還居，勤心養護，瘡愈命全。（No.152, T03, p0006c）

「引」的有些用例可以視為〔執持〕義，〔引挽〕義的中心義素是〔抓住＋使移動〕，當〔使移動〕這一義素不被強調時，「引」實際上就成了〔執持〕義，相當於現代漢語中包含動作趨向義的義叢「拿起」。支謙譯經中有一例用於「引鏡」：

> （梵志）叉手言：「我今見諦，如引鏡自照。從今已後，身歸佛

〔註25〕「張」能與「弓」組合，但它的本義是把箭繃在弓上，《說文・弓部》：「張，施弓弦也。」與「掃」不同。

歸比丘僧，受我爲清信士，奉行五戒，盡形壽淨潔不犯戒。」（No.198,
T04, p0174c）

同時代的《六度集經》中還有用於義叢「引劍」、「引刀」中的用例。「引
劍」與「引刀」、「引鏡」相比，語義上由有些不同：由於「劍」一般插於鞘
內，取出時必須有「拔出」這一動作，因此此例的「引」中「使移動」的義
素還較明顯，〔引挽〕義的意味較強；而「刀」、「鏡」不一定裝在什麼包裝物
中，「使移動」的義素不明顯，〔執持〕義的意味較強些。

應該強調的是：把「引」作爲一個詞位來考察時，它的中心義位還是〔引
挽〕義的，這裡討論的〔執持〕義的義位只是邊緣義位。

1.2 挽

「挽」的本字是「輓」，《說文》：「輓，引車也。」段玉裁注：「俗作挽。」
支謙譯經中共有 8 例。除了 1 例用做抽象義（莫爲欺可牽挽）外，其餘 7 例中
用做「輓車」2 例，受事者還可以是人、象、索、弓、彊（硬弓）等。如：

卿譬如老牛不能**輓車**，亦復不能耕犁無益於主。（No.556, T14,
p0908c）

時婆羅門見是事已，心驚毛豎即於火上而**挽出**之，無常之命即
便斷滅。（No.153, T03, p0066b）

難陀前牽鼻象，**掣**之至庭；調達力壯，**挽**而撲之。（No.185, T03,
p0474b）

的附鐵鼓，俱**挽**強而射之。太子每發，中的徹鼓，二人不如。
（No.185, T03, p0474b）

賊聞是語，尋即申手內著向中，比丘**挽**索羂其手得，繫著床腳。
（No.200, T04, p0216c）

1.3 掣

上面例句中「掣之至庭」中的「掣」也是〔引挽〕的意思，見於《爾雅·
釋訓》：「甹夆，掣曳也。」邢昺疏：「掣曳者，從旁牽挽之言。」支謙譯經僅此
一例，現補充同時代文獻的一個用例：

中常侍張讓子奉爲太醫令，與人飲酒，輒掣引衣裳，發露形體，
以爲戲樂。（《全三國文》卷八・曹丕《酒誨》）

1.4 牽

《說文・牛部》：「牽，引前也。」「牽」除了「引」這個動作以外，還有讓
受事者向著施事者一方前進的意思。支謙譯經中「牽」的用例共有 21 例，除去
用做抽象義的 12 例（如：牽於愛欲、爲怒所牽）外，用於具體義的有 9 例，其
中 5 例用做〔引挽〕義，受事者有人、象、馬、車，如：

譬如有人所尊陷墜，以手牽拽，豈是過耶？（No.153, T03,
p0067c）

車匿步牽馬還，宮都中外，莫不惆悵。（No.185, T03, p0476a）

使四天王步牽我車，遍四天下，不亦快乎。（No.200, T04, p0229a）

當「牽」的受事者是要逮捕的人時，「牽」又引申出〔抓捕〕義，支謙譯經
有 4 例，如：

見辟支佛在一樹下端坐思惟，即前牽捉，繫縛將來。（No.200, T04,
p0256a-b）

伺人得之，牽將上聞，到以實對，即收謀者。（No.790, T17,
p0729b）

1.5 拽

「拽」在《說文》中作「抴」，《說文・手部》：「抴，捈也。」又：「捈，臥
引也。」段玉裁注：「臥引，謂橫而引之也。」《廣韻・薛韻》：「抴，亦作拽，
拕也。」《字彙・手部》：「拽，曳也。」結合各家的解釋，「拽」、「曳」、「拕（拖）」
當是同義義位，都爲〔沿著物體表面拉〕義，「拽」當時的用例尚不多見，支謙
譯經中見 1 例：

譬如有人所尊陷墜，以手牽拽，豈是過耶？（No.153, T03,
p0067c）

1.6 拔、擢、抽

1.6.1《說文・手部》：「拔，擢也。」又：「擢，引也。」《方言》卷三：「擢，

拔也，自關而西，或曰拔，或曰擢。」「拔」、「擢」同義互訓，表〔抽拔〕義。

支謙譯經中「拔」的用例凡 47 例，其中用於具體義的 19 例，受事者可以是「劍」、「刀」、「舌頭」、「草」、「樹」等。如：

> 譬如惡雹傷害五穀，亦如猛火焚燒乾草，又如暴風吹**拔**大樹，
> 又如師子殺害諸禽獸，怨賊殺害亦復如是。（No.153, T03, p0055b）

> 獄中鬼神**拔出**其舌，以牛犁之。（No.581, T14, p0965b）

「拔」的受事者也可以是「苦難」之類的事物，如：

> 汝意久在不淨之中，可自**拔擢**免斯眾苦。（No.6, T01, p0179a）

> 爾時世尊常以大悲晝夜六時觀察眾生，誰受苦厄，尋往化度，
> 使修善法永**拔**諸苦。（No.200, T04, p0209c）

這樣，就施事者對受事者所起的作用而言，是施事者使受事者從苦難中拔出，「拔」便引申為〔解救〕義，受佛教文獻內容的影響，這類用例較多，可用於義叢「濟拔」、「拔濟」、「救拔」等。

1.6.2 支謙譯經中「擢」的用例僅 1 例，見於義叢「拔擢」，例句參看上文。「拔」、「擢」在〔抽拔〕義上兩者同義，但「擢」不如「拔」常用，而且也沒有〔解救〕的引申義。

1.6.3 《說文·手部》：「抽，引也。」《廣雅·釋詁三》：「抽，拔也。」支謙譯經中未見用例，在《全三國文》中「抽」的用例較多，如：「袖鋒抽刃」、「抽簪散髮」。「拔」、「擢」、「抽」都是指〔把夾在中間的東西向外拉〕，但「拔」、「擢」的義域要比「抽」寬，受事者除了一般的夾在中間的東西外，還特指那些夾在物體中間而且比較牢固的東西，如樹木、頭髮等。

1.7 小　結

根據上述用例分析可以看出，〔引挽〕語義場 7 個義位中「引」、「挽」義域最廣，相當於現代漢語中的「拉」，義為〔用力是朝自己所在的方向或跟著自己移動〕。「掣」的用力方向是從旁邊拉；「牽」的受事者以動物為常，而且用力方式通常以手、臂作用於繩子；「拽」的用力方式是受事者沿著地面或別的物體表面移動。「拔」、「擢」、「抽」都是指〔把夾在中間的東西向外拉〕，但「拔」、「擢」的義域要比「抽」寬，「拔」、「擢」除了「抽」所表達的語義

外，還特指連根搜出。這個語義場各義位的結構式爲：

義位	〔動〕	〔施〕	〔工〕1	〔工〕2	〔方式〕	〔受〕
引	用力＋使移動	人	手、臂	（繩）	施在受前	弓，泛指事物
挽	用力＋使移動	人	手、臂	（繩）	施在受前	車，泛指事物
掣	用力＋使移動	人	手、臂	（繩）	施在受旁	事物
牽	用力＋使移動	人	手、臂	繩	施在受前	人、車、動物
拽	用力＋使移動	人	手、臂	（繩）	施在受前沿著地面	事物
拔、擢	用力＋使移動	人	手、臂		施在受外	夾在中間且比較固定的東西
抽	用力＋使移動	人	手、臂		施在受外	夾在中間的東西

二、歷時用例情況考察

「牽」、「拔」、「抽」是自先秦以來直至現代漢語一直使用的義位，「擢」與「拔」同義，但一直不是常用的義位，「掣」雖然在現代漢語中已不能獨立使用，但它的意義沒有變化，這些義位在此不做考察。

2.1 《史記》用例

2.1.1 支謙譯經中的 4 個義位先秦都已使用。《史記》中「牽」的受事者都是牲口，可以是牛、羊、馬、牲、狗／犬。《史記》「挽」寫做「輓」。用做〔引挽〕義的「輓」只 2 例，且都出現於雙音節義叢「輓輅」（拉車）中：

夫敬脫**輓輅**，衣其羊裘，見齊人虞將軍曰：「臣願見上言便事。」（《史記》卷 99，第 2715 頁）

2.1.2 用做〔引挽〕義的「引」有近 20 例，其中，「引弓」4 例，「引強」1 例，「引車」4 例，其它受事者還有綬、人等：

燕王不聽，自將偏軍隨之。將渠**引**燕王綬止之曰：「王必無自往，往無成功。」（《史記》卷 30，第 1437 頁）

至家，公子**引**侯生坐上坐，遍贊賓客，賓客皆驚。（《史記》卷 77，第 2378 頁）

於是越乃**引**一人斬之，誥壇祭，乃令徒屬。徒屬皆大驚，畏越，

莫敢仰視。(《史記》卷 90，第 2592 頁)

《史記》有些用例中「引」的施事者已不限於人，表達的是一般的〔引挽〕義，如：

> 此三神山者，其傅在勃海中，去人不遠；患且至，則船風引而去。蓋嘗有至者，諸僊人及不死之藥皆在焉。臨之，風輒引去，終莫能至云。(《史記》卷 28，第 1369～1370 頁)

需要補充的是：《史記》中用做「引弓」的「引」可以用「控」來表達，「引弓」、「控弦」並存。《說文·手部》：「控，引也。匈奴名引弓控弦。」

> 當是時，冒頓爲單于，兵強，控弦三十萬，數苦北邊。(《史記》卷 99，第 2719 頁)

2.1.3《史記》中還有支謙譯經中未見的 4 個義位，這些都是從先秦就已使用的。一個是「扣」，特指用於牽馬，《說文·手部》：「扣，牽馬也。」如：

> 大戊午扣馬曰：「耕事方急，一日不作，百日不食。」(《史記》卷 43，第 1802 頁)

第二個是「曳」。《說文·申部》：「曳，臾曳也。」段玉裁注：「臾曳，雙聲，猶牽引也。引之則長，故衣長曰曳地。」「曳」與「拽」一樣，都爲〔沿著物體表面拉〕義，相比較而言，「拽」注重動作「拉」本身，而「曳」則側重於〔拖地〕這一動作方式，故「曳」常用於義叢「曳地」中，這是「拽」所沒有的。《史記》中「曳」的用例凡 4 例，如：

> 上常衣綈衣，所幸慎夫人，令衣不得曳地，幃帳不得文繡，以示敦樸，爲天下先。(《史記》卷 10，第 433 頁)

> 頭懸車軨，四馬曳行。寡人念其如此，腸如涫湯。(《史記》卷 128，第 3234 頁)

第三個是「拖」。「拖」在《說文》中作「拕」，《說文·手部》：「拕，曳也。俗作拖。」「拖」大約是漢代新出現的義位〔註26〕，「二典」的始見例均爲漢代。

〔註26〕據郭曉妮（2010）考察，「拖」在先秦時代十分罕見，且异体迭出。「拖」在《論語·鄉黨》有一個用例：「疾，君視之，東首，加朝服，拖紳。」後「拖紳」成爲固定組合。

《史記》「拖」見 2 例，均見於司馬相如的作品中，如：

> 俛杳眇而無見，仰攀橑而捫天，奔星更於閨闥，宛虹拖於楯軒。
>
> （司馬相如《子虛賦》，見《史記》卷 117，第 3026 頁）

第四個是「挐（拏）」。《說文・手部》：「挐，牽引也。」「挐」。又往往寫做「拏」（參看〔執持〕語義場）。「挐（拏）」用做〔引挽〕義歷代都不常見，且經常用於義叢「紛挐」、「牽挐」中。《史記》中凡 2 例，都見於義叢「紛挐」，如：

> 時已昏，漢匈奴相紛挐，殺傷大當。（《史記》卷 111，第 2935 頁）（按：唐張守節《史記正義》引《三倉解詁》云：「紛挐，相牽也。」）

2.2 「引」、「挽」用例比較

「引」、「挽」都是〔引挽〕語義場中表一般意義的義位。值得注意的是，在支謙譯經中比較佔優勢的「挽」在它前後和同時代的其它文獻中使用並不普遍。《史記》「挽」（寫做「輓」）只有 2 例。查檢《漢書》、《論衡》、《全三國文》、《六度集經》、《三國志》、《世說新語》，《漢書》、《世說新語》未見，其它 4 部文獻只見下列 6 例：

> 重任之車，強力之牛，乃能挽之。（《論衡・效力》）

> 又逢梵志來從乞馬，以馬惠之，自於轅中輓車進道。（No.152, T03, p0009a）

> 昔管仲親射桓公，後幽囚從魯檻車載，使少年挽而送齊。（《三國志》卷 19，第 569 頁）

> 斯須還船，縛置桑樹，自挽弓射殺之。《三國志》卷 55，第 1295 頁）

> 條周葉而不挽兮，樹無干而不緣。（《全三國文》卷十四・曹植《蟬賦》）

> 昔管仲親射桓公，後幽囚從魯檻車載，使少年挽而送齊。（《全三國文》卷十六・曹植《上書請免發取諸國士息》）

在這些文獻中「引」是表達〔引挽〕義的主要義位。

詩歌中「挽」的用例較多些，我們考察了《樂府詩集》「挽」的全部用例，其中六朝時代「挽」的用例有 6 例，受事者爲弓的 3 例，車 1 例，衣服 1 例，船 1 例。現舉後兩例：

> 門有萬里客，問君何鄉人，褰裳起從之，果得心所親。**挽**裳對我泣，太息前自陳。（《樂府詩集》卷四十·曹植《門有萬里客行》）

> 統如打五鼓，雞鳴天欲曙。鄧侯**挽**不來，謝令推不去。（《樂府詩集》卷八十五·雜歌謠辭三·《吳人歌》〔註27〕）

從上述用例的考察中，我們認爲，從兩漢到六朝這段時間內，在表〔引挽〕語義場一般意義的義位上，「挽」比「引」後起，《史記》中「挽」只用於〔拉（車）〕這一下位義位，到了支謙譯經中「挽」已經上升爲上位義位。但是與別的文獻相比，我們又發現，「挽」在史書、文人作品中使用都尚不普遍，而在口語色彩比較濃厚的詩歌中已經普遍使用。如上例《吳人歌》中「挽不來」、「推不去」對舉，應該說反映了口語中「挽」的使用情況。

2.3 唐宋時期用例

2.3.1 這一時期本語義場有三大變化。第一個變化是「拽（曳）」的普遍使用。

《入唐求法巡禮行記》中未見「挽」、「牽」，「引」見 1 例，表達〔引挽〕義主要用義位「曳」凡 10 例，其中受事者爲「船或舫」的 9 例，「木」的 1 例。如：

> 若待潮生，恐時久日晚，不能拯濟船上之〔物〕，仍以繩繫船，**曳**出海邊。人數甚少，不得搖動。判官已下取纜引之。（《入唐求法巡禮行記》卷一）（按：「曳」、「引」對舉，「曳」爲〔引挽〕義。）

> 仍停水牛，更編三船以爲一番，每番分水手七人令**曳**舫而去。暫行人疲，更亦長續繫牛**曳**去。左右失謀，疲上益疲。多人難**曳**，繫牛疾征。（《入唐求法巡禮行記》卷一）

〔註27〕 《吳人歌》題下原序：《晉書》曰：「⋯⋯及去郡，百姓數千人留牽攸船，不得進⋯⋯」《晉書·鄧攸傳》中記載的《吳人歌》有異文，「鄧侯挽不來」作「鄧侯拖不留」，反映了〔引挽〕語義場中「牽」、「挽」、「拖」的使用情況。

以五百貫買木，**曳**置寺庭，且勾當令整削之。（《入唐求法巡禮行記》卷一）

《祖堂集》中「拽」凡9例，其中用做〔引挽〕義的8例（另1例用於義叢「搖拽」，用做〔搖動〕義），未見「曳」。如：

師便把西堂鼻孔**拽**著。西堂作忍痛聲云：「太殺**拽**人鼻孔，值得脫去！」（《祖堂集卷十四·石鞏和尚》）

大師把政上座耳**拽**，上座作忍痛聲，大師云：「猶在這裡，何曾飛過？」（《祖堂集卷十五·五洩和尚》）

僧東話西話，師喚沙彌：「**拽**出這個死屍著。」（《祖堂集卷十六·石霜性空和尚》）

「拽（曳）」的這些用例中，可分為一般〔引挽〕義和〔沿著物體表面拉〕兩類，根據上面所舉的用例來看，受事者為木頭和死屍的用例中的「拽（曳）」為〔沿著物體表面拉〕義，受事者為船或舫的用例中則兩解均可，因為船的移動是沿著水面的，可作為〔沿著物體表面拉〕義理解，但是由於水面比地面的摩擦係數小，移動起來比較順暢，〔沿著物體表面〕這一義素不被關注，理解為一般〔引挽〕義也無不可。至於在受事者為鼻子、耳朵的情況下，「拽（曳）」則為一般〔引挽〕義無疑了。

這一時期「引」、「挽」還比較常用。但用於文言或引用典籍的場合，說明在口語中已開始逐漸衰退。如：

師愈疑，遂咨決於元禮首座，禮乃以手**引**師之耳，繞圍爐數匝，且行且語曰：「你自會得好。」（《五燈會元》卷十九·龍門清遠禪師）

從前推**挽**不出而今出，從前有院不住而今住，從前嫌佛不做而今做，從前嫌法不說而今說。（《五燈會元》卷十八·雪峰慧空禪師）

如**挽**一物樣，待他要去時，硬**挽**將轉來，方得。（《朱子語類卷一百二十·訓門人八》

2.3.2 另一個變化是義位「拖」開始活躍起來。「拖」的本字為「扡」。《說文·手部》：「扡，曳也。從手，它聲。」除了用典的「拖玉」（見於杜甫詩）、「拖紫」（見於白居易詩）外，可用於義叢「拖曳」（見於敦煌變文），在「拖」

前面可以有修飾成分，後面可接趨向動詞，聯繫上文分析的「拽（曳）」，在表達〔沿著物體表面拉〕義上，當時「拽（曳）」、「拖」的用法都比較活躍。如：

> 陳王聞語，大怒非常，處分左右，令交把入。橫拖到（倒）拽，直至殿前。（《敦煌變文校注·韓擒虎話本》）

> 候脈了，其人云：更不是別疾病，是坐後風。其大官甚怒，便令從人拖出，數人一時打決。（《敦煌變文校注·維摩詰經講經文（三）》）

> 以刀芟爲兩段，師便以杖挑拖背後，更不顧視。（《祖堂集卷十·玄沙和尚》）

2.3.3 第三個變化是用做〔引挽〕義的「拉」、「扯」的出現。「拉」原用做〔折斷〕義，《說文·手部》：「拉，摧也。」用做〔引挽〕義的「拉」始見於唐代，但一直到元代，用例很少。敦煌變文、《祖堂集》、《朱子語類》未見，《樂府詩集》、《五燈會元》分別見一例：

> 紅肌拂拂酒光獰，當街背拉金吾行。（《樂府詩集》卷九十·顧況《公子行》）

> 阿（覺阿上人）奮然拉法弟金厭航海而來，袖香拜靈隱佛海禪師。（《五燈會元》卷二十·覺阿上人）

「扯」古籍中或作「撦」，「撦」是〔撕開〕的意思，始見於字書是《玉篇》，《玉篇·手部》：「撦，開也。」《正字通·手部》：「扯，俗撦字。」清趙翼《陔餘叢考》卷四十三「扯」條：「俗云以手牽物曰扯，然經書無此字。」在唐宋時代列入我們調查範圍的文獻中，用做〔引挽〕義的「扯」只在《朱子語類》中見 2 例[註28]，用於義叢「撦扯」，見於同一段文字：

> 凡看文字，諸家說有異同處，最可觀。謂如甲說如此，且撦扯

〔註28〕敦煌變文、《祖堂集》中各有一個「撦」的用例：「脅大尊者，愛憎網撦。量等虛空，道唯蕭灑。」（《祖堂集卷一·第十祖脅尊者》）「燕子不分（忿），以理從索，遂被撮頭拖曳，捉衣撦擘，遶亂尊拳，交橫禿剔。」（《敦煌變文校注·燕子賦（一）》）但這兩例「撦」均爲〔裂開〕義。

住甲，窮盡其詞；乙說如此，且攛扯住乙，窮盡其詞。兩家之說既盡，又參考而窮究之，必有一眞是者出矣。（《朱子語類卷第十一‧學五‧讀書法下》）

2.4 元代用例

「扯」到了元代，文獻用例大大增加，成爲〔引挽〕語義場的主要義位。《元典章‧刑部》有 21 個用例，全部用做〔引挽〕義，可用於義叢「攛扯」、「扯攛」、「拖扯」、「拕扯」、「揪扯」，或者後接表趨向的義位「出」、「下」和表結果的義位「住」、「碎」等。如：

將女子醜哥撲倒，用左腳踏住脖項，用左手將醜哥舌頭**扯出**，用鞋錐烙訖三下。（《元典章‧刑部卷三‧諸惡》）

修武縣達魯花赤伯不花，將部民妻阿王**扯攛**戲謔，決六十七下，罷見役，降二等，雜戢內敍用。（《元典章‧刑部卷十六‧非違》）

將兄穆八衣襟**扯住**索要／**攛扯**牴觸／將楊進頭髻**揪扯**／就身**扯下**元帶鐵雕刀／周蓬益**扯拖**不放／樊興**扯碎**衣服／將捏古伯**拖扯下**馬攛脫鬚髯，毆打帶傷／作伊夫與王買驢相**扯**跌倒

在《元典章‧刑部》中「拽車」見 3 例，如：

有馬撞著**拽車**牛隻，其牛驚走，攔當不住，其車左腳子，於回回也速當脅碾過。（《元典章‧刑部卷四‧諸殺一‧過失殺》）

「拖」在元代文獻中的數量急劇增加，《元典章》有 15 例，跟現代漢語的「拖」用法相同。如：

用右手**拖**至火爐邊。（元典章‧刑部‧諸惡）

衛輝路姬驢兒將劉四男婦女阿任頭髮**拖下**。（元典章‧刑部‧諸奸）

郭曉妮（2010）指出：「與前代相比，元代『曳』的出現比例又有下降的趨勢，一直到清代，『曳』在本概念場中再也沒有進一步發展，而是逐漸衰落。」據我們考察，元代「拽（曳）」也有不少用例，且見於口語文獻，如《老乞大》中的用例，詳見 2.5.2 節。

就《元典章》的用例來看，「引」已不作爲〔引挽〕義使用。「拉」未見用例，「挽」只見一例，用於義叢「捽挽」：

今張馴兒就奸所捉獲，其劉三到將張馴兒頭髮**捽挽**不放。（《元典章・刑部卷四・諸殺一・因奸殺人》）

郭曉妮（2010）在考察「拖曳類」概念場詞彙系統時，使用的語料較爲全面，根據使用頻率指出：「由於受新成員「扯」的排擠，元代「引」在文獻中的使用頻率繼續下降，但仍是本概念場詞彙系統的主導詞。」這一結論可以補正我們的考察語料的不足造成的疏漏。

2.5 明清用例

2.5.1 據郭曉妮（2010）研究，「拉」的本字爲「柆」，由「折木聲」的本義引申出「摧折」義，再由「摧折」義引申出「牽、引、拖、摧毀」等義項，就目前所檢索到的文獻用例來看，「拉」表「牽引」義當不早於唐代。李絳、劉禹錫等《花下醉中聯句》：「誰能拉花住，爭換得春回。」但一直到元代，「拉」在〔引挽〕語義場中並不常見。到了明代，「拉」才與「扯」一起成爲本語義場的主要義位。「引」在元代文獻中的使用頻率繼續下降，但仍是主導詞。清代最明顯的變化是「拉」取代「引」成爲新的主導成員。

從《金瓶梅》中「拉」、「扯」的用例來看，「拉」、「扯」的動作對象都可以爲人，能連文構成義叢「拉扯」，如：

武大**扯**住鄆哥道：「還我主兒來！」（《金瓶梅》第五回）

應伯爵使保兒去**拉扯**，西門慶只說：「我家裏有事。」（《金瓶梅》第十五回）

不由分說，把西門慶**拉**進院裏來。（《金瓶梅》第十八回）

但是，「拉」的動作對象還可以是「鹽擔子」，「扯」的動作對象可以是衣褲，從語義上來分析，「扯」的動作包含著用力方式〔猛地〕、〔不規則地〕義素，這些義素是「拉」所沒有的。比較：

姐姐，賣蘿蔔的**拉**鹽擔子，壞鹹嘈心。（《金瓶梅》第三十回）

走到前邊，旋叫了畫童兒小廝，**扯**去秋菊底衣。（《金瓶梅》第四十一回）

2.5.2 到了清代，「拉」更爲常用，義域也有所擴大。我們通過成書於清代中葉的《老乞大新釋》和成書於元代的《老乞大》、元末明初的《老乞大諺解》相同內容的比較，來考察變化的情況。我們發現一個有趣的詞彙替換現象，都是用做〔引挽〕義的義位，《老乞大》用「拽」，《老乞大諺解》用「扯」，而《老乞大新釋》換成了「拉」，這眞實反映了各個時期表〔引挽〕義的常用義位：

> 你將這一張黃樺弓上弦者。我試拽，氣力有呵我買，新上了的弓，慢慢的拽。是好弓呵，怕甚麼拽？這弓把裏軟，難拽，沒回性有。(《老乞大》)

> 你將這一張黃樺弓上弦著，我試扯，氣力有時我買。新上了的弓，慢慢的扯。是好弓時，怕甚麼扯。這弓弝裏軟，難扯，沒回性。(《老乞大諺解》)

> 你把這一張黃樺皮弓上了弦，我拉拉，試試看有幾個氣力，若好，我就買了去。新上了的弓，慢慢的拉。既是好弓，怎麼怕拉呢。這弓弓把軟，不好拉，不隨手，又一半欹，再沒有回性。(《老乞大新釋》)

不但「扯」換成「拉」，而且《老乞大新釋》中把《老乞大諺解》別的〔引挽〕義的義位（如下例中的「將」）也換成「拉」：

> 那般著，我打水去，你將馬來，我恰繞這槽兒裏頭，拔上兩灑子水也，著馬吃。(《老乞大諺解》)

> 那麼著，我打水去，你拉馬來，這槽裏我繞剛打兩灑子水，可勾馬吃麼。(《老乞大新釋》)

2.6 小　結

郭曉妮（2010）曾詳細考察「拖曳類」概念場詞彙系統，指出，上古漢語的典型成員有「引」、「牽」、「曳」、「挽」、「拖」、「挈」6個，「引」一開始就是主導詞。「挽」到了魏晉、「曳」到了宋代均曾超過百分之二十，但很快又急劇下降。唐代出現另一重要成員「拉」，並在後代與「引」的競爭中逐漸佔優勢，到了清代成爲本概念場的主導成員，宋代文獻中出現另一典型成員「扯」，元代

出現比例也曾大幅度上升，但明代後逐漸下降，始終不佔優勢。

　　按照郭曉妮的結論，〔引挽〕語義場的中心義位「引」一直到清代才被「拉」取代，其間「挽」、「拽」、「扯」在不同時期成為主要義位。這些義位有一個共同的特點，即都是由本語義場的下位義位上升為上位義位的。

語　　義	史記	支謙譯經	唐宋時代	元代	明清
〔一般的拉〕	引	挽、引	拽、引、挽	扯、拽、引	拉、扯
〔沿物體表面拉〕	曳		曳、拖	拖	

第七節　〔繫縛〕語義場

　　這個語義場內要考察的是「繫」、「縛」、「束」、「結」4個義位，其中，「繫」、「縛」、「束」構成一個表示〔捆綁〕義的同義語義場，各義位的共同義素是〔纏繞＋使緊〕，「結」的語義為〔打結〕，它的中心義素是〔交叉結成〕，把「結」放在這個語義場中是因為這些動作的受事者或工具都是繩子一類的東西，能與前三者構成一個聯想關係的大語義場。

一、支謙譯經用例情況

1.1 繫

　　《說文・系部》：「系，繫也。」段玉裁注：「系者，垂統於上而承於下也。」朱駿聲《說文通訓定聲》：「猶聯綴也，經傳多以係為之。」在支謙譯經中「系」均用了假借字「繫」。支謙譯經中「繫」的用例有60例，用做〔捆綁〕義的23例，其中受事者為物體（棍頭、手、寶珠、戶鉤、船、衣、樹等）的有11例。如：

　　　　時彼王子，入其塔中，禮拜供養，持一摩尼寶珠繫著棍頭。

　　（No.200, T04, p0238a）

　　　　於彼河岸，脫衣繫樹。（No.200, T04, p0246c）

　　「繫」除了用做一般的〔捆綁〕義外，它還表達現代漢語中用「拴」表達的意義，這種情況下，它的受事者有兩個，一個是施事者主觀上要處置的對象，這與別的〔捆綁〕義相同，另一個是讓上述受事者停止活動的事物。換句話說，「繫」這一動作往往是把工具繩子的一頭捆綁在受事者上，另一頭固定在一個地方。如：

眾人共載而渡水，得岸便繫船，棄身體去如棄船去。（No.556, T14,
p0908c）

另有 12 例「繫」的受事者是人，可與「縛」組合成義叢「繫縛」。如：

便勅侍者，急取斷弦截來繫是人，侍者便去。（No.198, T04,
p0176a）

王勅收捕，繫縛送市，順行唱令，送至殺處。（No.200, T04,
p0212a）

當「繫」的受事者是人，因而引申出〔囚禁〕義。如：

或爲王法，收繫著獄，酷毒掠治，戮之都市，死入地獄，臥之
鐵床。（No.581, T14, p0965a）

正因爲「繫」的工具兩頭連接著兩個事物這一特點，又可引申出〔羈絆〕、
〔掛念〕義。

1.2 縛

《說文》：「縛，束也。」支謙譯經中「縛」的用例有 95 例，用做〔捆綁〕
義的 20 例，動作的受事者都是人。如：

說是語已，王即自縛共婆羅門相隨至城。（No.153, T03, p0056c）

七女直前視諸死人，中有斷頭者，……有繩縛者。（No.556, T14,
p0908b）

有一愚人，常好作賊，邪淫欺詃，伺官捉得，繫縛詣王。（No.200,
T04, p0229b）

《六度集經》中有受事者爲物的用例，補充如下：

以其一端縛大樹枝，猴王自繫腰登樹投身，攀彼樹枝。（No.152,
T03, p0032b）

支謙譯經中「縛」還有〔約束〕、〔羈絆〕義。

1.3 束

《說文》：「束，縛也。」「束」的意思是把繩子一類的線狀物捆綁成束狀物
或者是在束狀物如腰、手等部位捆綁。支謙譯經中「束」的用例有 9 例，用做

〔捆綁〕義的 2 例，其中受事者爲人、事物的各 1 例：

　　　汝若於我必生憐愍，我自**束**縛隨汝後行詣彼怨家。（No.153, T03,

　　p0056c）

　　　是身如**束**薪筋纏如立，是身非眞但巧風合。（No.474, T14,

　　p0521b）（按：「束薪」這一雙音節組合從組合關係來看，已經不是動賓關係，

　　而應該分析爲定中關係，義爲捆綁成束狀物的薪柴。）

其它還有〔收緊〕（如「束身」）、〔約束〕義。

1.4 結

《說文》：「結，締也。」「結」的本義是打結。支謙譯經中「結」的用例凡
66 例，用做〔打結〕義的有 3 例，受事者爲「草」、「髮」、「帶」：

　　　結草障身水果禦饑。（No.153, T03, p0063b）

　　　非蔟**結**髮，名爲梵志。（No.210, T04, p0572c）

　　　結帶當願，一切眾生，束帶修善，志無解已。（No.281, T10,

　　p0448a）

《六度集經》中有一例能反映出打結成疙瘩的情況：

　　　梵誌喜獲其志行不覺疲，連牽兩兒欲得望使。兒王者之孫，榮

　　樂自由，去其二親爲繩所縛，**結**處皆傷，哀號呼母。（No.152, T03,

　　p0010b）

詞位「結」還有〔結〕（名詞性）、〔結成〕、〔交叉〕、〔聚積〕、〔結尾〕義。

1.5 小　結

1.5.1　三國時期別的文獻反映的本語義場情況與支謙譯經相同。本語義場
中，「繫」、「縛」是同義義位，只是在受事者的搭配、隱含義素上有些不同，「繫」
的受事者可以是物體，也可以是人，而「縛」一般用於人。「束」與「繫」、「縛」
共同義位是〔圍著中心（活動）〕〔註29〕＋〔使緊〕。「束」與「結」相比，「束」
強調的動作結果是束狀物，而「結」強調的動作結果是疙瘩。

〔註29〕支謙譯經中「圍著中心（活動）」的義位用「纏」、「繞」來表示，與「束」、「繫」、
　　　「縛」相比，少了「使緊」這一義素，本文不把它們放在〔繫縛〕語義場語中討論。

　　值得注意的是，與佛教內容相適應，支謙譯經「繫」的 60 個用例中有 11 例、「縛」的 95 個用例中有 46 例用做抽象義，用來束縛的不是繩子，而是凡俗的各種誘惑，如：

　　　　諸勤苦生死牢獄悉破壞，諸無智者爲癡所繫著悉得放解。

　　（No.225, T08, p0508a）

　　　　愚癡所縛，眠不覺曉。（No.200, T04, p0251c）

　　由動詞「繫」、「縛」、「結」轉類成名詞，這樣就用來表達佛教意義上的各種誘惑煩惱。支謙譯經中這樣的「繫」有 3 例，「縛」27 例，「結」39 例。

　　　　汝是福德清淨之人，遠離家居牢獄繫縛，何緣問我如是之事。

　　（No.153, T03, p0055c -0056a）

　　　　獨行遠逝，覆藏無形，損意近道，魔繫乃解。（No.210, T04, p0563a）

　　　　我已開正道，爲大現異明，已聞當自行，行乃解邪縛。（No.210, T04, p0569a）

　　　　我久已離慳悋之結，往昔發心便當涅槃，但爲眾生故久住生死。

　　（No.153, T03, p0065c）

　　1.5.2 本語義場這些義位用結構式來表示爲：

義位	〔動〕	〔施〕	〔工〕1	〔工〕2	〔果〕	〔受〕	隱含義素
繫	纏繞使緊	人	手	繩子		人或事物	羈絆
縛	纏繞使緊	人	手	繩子		人（事物罕見）	約束、羈絆
束	纏繞使緊	人	手	繩子	束狀物	事物或人	約束、收緊
結	交叉結成	人	手		疙瘩	繩子	交叉、聚積

二、歷時用例情況考察

2.1 《史記》用例

　　2.1.1 本語義場「束」、「縛」、「繫」、「結」4 個義位都是先秦時代就出現了的，從先秦到三國時代這些義位在語義場內的分佈沒有什麼變化，不同的是，

受文獻性質的影響,《史記》與支謙譯經相比,不具有那些帶佛教含義的引申義位。現把《史記》中各義位的用例情況簡述如下:

《史記》「縛」的用例 20 例,受事者全都是人,全部用做〔捆綁〕義。如:

> 高帝豫具武士,見信至,即執縛之,載後車。(《史記》卷 56,第 2057 頁)

《史記》「繫」的用例 104 例,〔捆綁〕義的 2 例。

> 解其寶劍,繫之徐君冢樹而去。(《史記》卷 31,第 1459 頁)

> 澹乎若深淵之靜,泛乎若不繫之舟。(《史記》卷 84,第 2499 頁)

其它大部份用做〔拘囚〕義(90 例),用於義叢「補繫」、「囚繫」、「械繫」、「劾繫」等。

《史記》「束」的用例 36 例,〔捆綁〕義的 11 例,如:

> 父子老弱繫脰束手為群虜者相及於路。(《史記》卷 78,第 2391 頁)

> 今君乃亡趙走燕,燕畏趙,其勢必不敢留君,而束君歸趙矣。(《史記》卷 81,第 2439 頁)

其它大多用做〔約束〕義,如:

> 矯稱蜂出,誓盟不信,雖置質剖符猶不能約束也。(《史記》卷 15,第 686 頁)

《史記》中「結」有幾例不強調動作的結果「結成疙瘩」,其實就是〔繫縛〕義了:

> 王生者,善為黃老言,處士也。嘗召居廷中,三公九卿盡會立,王生老人,曰「吾韈解」,顧謂張廷尉:「為我結韈!」釋之跪而結之。(《史記》卷 102,第 2756 頁)

> 子路曰:「君子死,冠不免。」結纓而死。(《史記》卷 37,第 1601 頁)

2.1.2 《史記》中有一個支謙譯經中未見使用的義位「綰」。《說文》中收有

「縮」字，但爲顏色名〔註30〕，《廣韻・澤韻》：「縮，繫也。」「二典」所舉「縮」的始見用例均在漢代，「縮」大約是漢代新產生的一個義位，且後代一直使用。《史記》「縮」見 3 例〔註31〕：

> 文帝朝，太后以冒絮提文帝，曰：「絳侯縮皇帝璽，將兵於北軍，不以此時反，今居一小縣，顧欲反邪！」（《史記》卷 57，第 2072 頁）（按：顏師古給《漢書》相同文字作注云：「縮謂引結其組。」）

> 然四塞，棧道千里，無所不通，唯褒斜縮轂其口，以所多易所鮮。（《史記》卷 129，第 3261～3262 頁）

> 北鄰烏桓、夫餘，東縮穢貉、朝鮮、眞番之利。（《史記》卷 129，第 3265 頁）

2.1.3《史記》中還有一個值得注意的義位「總」，《說文・系部》：「總，聚束也。」段玉裁注：「謂聚而縛之也，恖有散義，繫以束之。」《釋名・釋首飾》：「總，束髮也。總而束之也。」從詞位的角度來看，「總」在先秦時已經引申出〔聚集〕、〔統帥〕等義，而它本來的〔捆綁〕義的義位已不算是詞位「總」的中心義位。

《史記》中「總」的用例大多爲先秦文獻引文，除去這些引文中的用例，「總」用做〔捆綁〕義的僅見 1 例：

> 建格澤之長竿兮，總光耀之採旄。（司馬相如《大人賦》，見《史記》卷 117，第 3056 頁）（按：裴駰《史記集解》引《漢書音義》云：「總，繫也。」）

2.2 元代用例

本語義場內部各義位一直到元代以前都沒有變化。元代最突出的變化是義位「拴」、「綁」的出現。

《元典章・刑部》中用做〔捆綁〕義的義位有「繫」（1 例）、「縛」（19 例）、

〔註30〕《說文・系部》：「縮，惡也，絳也。」段玉裁改爲「惡絳也。」注曰：「謂絳色之惡者也。」

〔註31〕不包含用做人名的「縮」如「盧縮」、「趙縮」、「王縮」的用例數，「縮」常用於人名，一定程度上也表明了「縮」的常用。

「拴／綏」（「拴」4 例，「綏」2 例）、「綁」（6 例）。先看「繫」、「縛」用例，如：

> 將犯人繫腰、合缽去了，散收，依上申覆。《元典章・刑部卷一・刑制・刑名》》

> 用麻繩一條，將女子丑哥兩手縛住，弔於蠶撾下，爲是氣斷，才時解下撒放。《元典章・刑部卷三・諸惡・不義》

> 贛州路貼書劉慶益與寫發人史秀，於八月二十三日將賊人鍾大肚、王三閏仔弔縛跪問。《元典章・刑部卷十六・違例》

「拴／綏」的受事者中 4 例爲牲口，其它 2 例分別爲脖子和人，可用於義叢「拴縛」。「拴」承擔的是「繫」的一部份義域（參看上文 1.1「繫」條）。如：

> 朱牛兒拴馬，踢死張十。（《元典章・刑部卷四・諸殺一・過失殺》）

> 用背麻繩子，拴了趙羊頭項上，推稱自縊身死，背來到家。（《元典章・刑部卷四・諸殺一・戲殺》）

「綁」的受事者都是人，如：

> 任閏兒於奸所捕獲姦夫權令史，不行送官，卻將本人綁縛行打，因傷身死，罪犯。（《元典章・刑部卷四・諸殺一・因奸殺人》）

2.3 明清用例

2.3.1 明代本語義場新出現了義位「紮」。「紮」的受事者都局限於物體，不能用於人。但是從義值上來看，它既有〔捆綁〕義，如：

> 一道朱書辟非黃綾符，上書著「太乙司命，桃延合康」八字，就紮在黃線索上，都用方盤盛著。（《金瓶梅》第三十九回）

> 西門慶在家，看著賁四叫了花兒匠來紮縛煙火，……（《金瓶梅》第四十一回）

> 我那咱在家做女兒時，隔壁周臺官家有一座花園，花園中紮著一座秋韆。（《金瓶梅》第二十五回）

又有〔捆綁成束狀物〕的意思,如:

他小叔楊宗保,頭上紮著髻兒,穿著青紗衣,撒騎在馬上,送他嫂子成親。(《金瓶梅》第七回)

用七七四十九根紅線,紮在一處。(《金瓶梅》第十二回)

這小郎正起來,在書房床地平上插著棒兒香,正在窗戶臺上擱著鏡兒梳頭,拿紅繩紮頭髮。(《金瓶梅》第三十一回)

2.3.2「捆」其實是先秦就使用的義位,在《說文》中寫做「稇」,《說文·禾部》:「稇,絭束也。」段玉裁注:「絭束,謂以繩束之。」先秦時代「捆」、「稇」的用例如:

齊有北郭騷者,結罘罔,捆蒲葦,織菅屨,以養其母。(《呂氏春秋·士節》)

諸侯之使,垂橐而入,稇載而歸。(《國語·齊語》)

但是「捆」的用例一直罕見,《金瓶梅》中的用例也不多,但卻開了「捆」進入現代漢語常用詞的先聲:

西門慶越怒切齒,喝令:「與我捆起,著實打!」(《金瓶梅》第十二回)

到了《紅樓夢》,「捆」的用例已很常見,受事者大都是人,物體的較少。如:

眾小廝聽他說出這些沒天日的話來,唬的魂飛魄散,也不顧別的了,便把他捆起來,用土和馬糞滿滿的填了他一嘴。(《紅樓夢》第七回)

薛姨媽同寶釵因問:「到底是什麼東西,這樣捆著綁著的?」(《紅樓夢》第六十七回)

「捆成束狀物」也用「捆」,在《紅樓夢》中我們發現了作為束狀物量詞的「捆」,如:葛布三捆/一捆柴火。「捆」與原有的量詞「束」有了分工,「捆」表達的束狀物體積較大,「束」則較小,比較下例:

只有償婦送上而束香來。張老上了香,磕了頭。(《兒女英雄傳》

第十三回）

　　與「捆」同義的是「綁」。「綁」自元代出現以後，直到《兒女英雄傳》中才常見起來。我們考察了《兒女英雄傳》中「綁」的用例，發現它的受事者仍限於人，與元代情況相同。比較「捆」、「綁」兩個同義義位的不同點，主要是「捆」的義域比「綁」要大些，「捆」除了用於人以外，還可以用於物體。

　　2.3.3「結」義位一直比較穩定，在《金瓶梅》中還是用「結」，到了《紅樓夢》除用「結」外，以用動賓關係的義叢「打結」（這裡的「結」已是名詞性的語素，這是漢語分析化趨勢的一個例子）表達爲常（共 5 例）。如：

　　　　我親不用媒和證，暗把同心帶結成。（《金瓶梅》第二十一回）

　　　　頭上眉額編著一圈小辮，總歸至頂心，結一根鵝卵粗細的總辮，

　　　　拖在腦後。（《紅樓夢》第六十三回）

　　　　只見襲人坐在近窗床上，手中拿著一根灰色縧子，正在那裏打

　　　　結子呢。（《紅樓夢》第六十四回）

　　2.3.4《金瓶梅》中「繫」的義域已經縮小，受事者只限於香袋、腰帶、裙子、褲子服飾一類物品〔註32〕，如：

　　　　老婆聽見有人來，連忙繫上裙子往外走，看見金蓮，把臉通紅

　　　　了。（《金瓶梅》第二十二回）

　　這些用例中的「繫」其實與「束帶」的「束」表達的是同一意思，都是在束狀物上捆，「繫」和「束」在這一意義上成了同義義位。比較下例：

　　　　這紅玉也不梳洗，向鏡中胡亂挽了一挽頭髮，洗了洗手，腰內

　　　　束了一條汗巾子，便來打掃房屋。（《紅樓夢》第二十五回）

　　《金瓶梅》中「縛」、「束」只作爲複合詞語素出現，如「紮縛」、「纏手縛腳」、「妝束」、「拘束」，這說明它們在口語中已不再通行了。

〔註32〕《金瓶梅》中還有幾例「繫」，它的受事者是馬，如：莫不是五百年前歡喜冤家，
　　　　是何處綠楊曾繫馬？莫不是夢兒中雲雨巫峽？（第四十一回）但是出現於曲子中，
　　　　存古意味明顯，考察時我們把它們排除了。

2.4 小　結

本語義場「繫」、「縛」、「束」、「結」穩定性都很強，它們直到元代、明代才陸續開始被別的義位代替。這些義位的興替情況用圖表表示是：

語　義	元代以前	元代	明清
〔一般的捆〕	繫、縛	縛、拴、綁	拴、紮、捆、綁
〔捆人〕	縛	縛、綁	綁
〔拴繫〕	繫	拴	
〔捆成束狀物〕	束		紮、捆
〔打成疙瘩〕	結		結、紮、打結

第五章　與「足」有關的語義場

　　本章討論的內容是與「足」有關的語義場。「腳」和「足」是一對新舊義位，支謙譯經出現了一例「腳」用做〔足〕義的用例〔註1〕。「腳」是「人或動物的腿的下端，接觸地面支持身體的部份」（《現代漢語詞典》詞條「腳」釋義），「腳」的主要功能是行走，同時，根據用力方式、方向的不同，可以有踩、跳、跺、踢〔註2〕等各種動作。本章討論的與「足」有關的語義場包括〔踐踏〕語義場、〔行走〕語義場和〔踊躍〕語義場。

第一節　〔踐踏〕語義場〔註3〕

　　〔踐踏〕語義場各義位的共同義素是〔腳底接觸地面或物體〕（即〔踐踏〕），支謙譯經中本語義場包括義位「蹈」、「躡」（「踏」）、「履」、「踐」、「躡」、「蹴」6個義位。

〔註1〕　「時此化王，得彼書已，躡著腳底。」（No.200, T04, p0248a）此例是「腳」用做〔足〕義的最早用例之一，詳見汪維輝《東漢—隋常用詞演變研究》第40～57頁，「足／腳」條。

〔註2〕　「踢」始見於字書是《正字通》，在《說文》中作「踶」。

〔註3〕　參看黃金貴《古代文化詞義集類辨考》第557～563頁，第107條「踐・蹈・躡・躡・蹴」；第757～761頁，第149條「屨・履・舄」。

一、支謙譯經用例情況

1.1 蹈

《說文・足部》：「蹈，踐也。」《禮記・樂記》：「嗟歎之不足，故不知手之舞之、足之蹈之也。」陸德明《經典釋文》：「蹈，動足履地也。」「蹈」指用力踩踏。支謙譯經中「蹈」的用例凡 12 例，除 1 例用於義叢「蹈藉」外，其餘均單用，如：

> 龍神地祇平治途路高下如砥，足不蹈地輪相印現。（No.76, T01, p0884a）

> 乃解髮佈地，令佛蹈而過。（No.185, T03, p0473a）

> 王即絞城中餘釋，復問：「所生得釋悉死未？」臣白言：「悉已象蹈殺之。」（No.198, T04, p0189a）

> 將諸群臣，各各執蓋，蓋佛眾僧，入王舍城，足蹈門閫，地大震動。（No.200, T04, p0212b）

> 咄嗟老至，色變作耄，少時如意，老見蹈藉。（No.210, T04, p0559a）

1.2 蹋（踏）

《說文・足部》：「蹋，踐也。」段玉裁注：「俗作踏。」從沓之字多有重合、委積義，「蹋」當從沓聲得義。本指原地輕快地踩踏，大多用於樂舞的場合，如伴舞者用足踏地打節拍為「蹋地」，立於鼓上踏步起舞謂之「蹋鼓」等。《戰國策・齊策一》記載有「蹋鞠」的名物，據黃金貴先生考證，「蹋鞠」之運動方式是人跳登球上並在球上做輕快踩踏的動作，與漢代出現的「蹴鞠」運動不同〔註4〕，「二典」均釋「蹋鞠」之「蹋」為「踢」，誤。「蹋」後引申為一般的踩踏。支謙譯經中「蹋」的用例凡 2 例，「踏」的用例凡 5 例（其中4 例見於《字經抄》），都用做一般的〔踩踏〕義。如：

> 時彼國王，名盤頭末帝，收取捨利，造四寶塔，將諸群臣后妃婇女，齎持香花，入彼塔中，而共供養，踐蹋塔地，有破落處。

〔註4〕參看黃金貴《古代文化詞義集類辨考》第 1427～1435 頁，第 260 條「蹋鞠、蹴鞠」。

（No.200, T04, p0235a-b）

時此化王，得彼書已，蹋著腳底。（No.200, T04, p0248a）

王復前行，見一女人跪搆牛乳，為牛所踏。（No.790, T17, p0734c）

1.3　踐

《說文・足部》：「踐，履也。」段玉裁注：「履之箸地曰履。」黃金貴先生由戔聲之字有有陳列義，認為踐之踩踏，重在陳列行跡，即一步一跡踩踏而前。支謙譯經中「踐」凡 12 例，用於義叢「履踐」（3 例）、「踐踏」（1 例），受事者除「踐踏塔地」1 例為具體名詞（此例中「踐」不單用）外，其餘 11 例均為抽象名詞如「佛跡」、「道跡」等，這說明「踐」已在口語中消失。

下床當願，一切眾生，履踐佛跡，心不動搖。（No.281, T10, p0448a）

佛說是已，有三億人，得踐道跡，皆受五戒，歡喜奉行（No.790, T17, p0736a）

1.4　履

《說文・履部》：「履，足所依也。」徐灝《說文解字注箋》：「履，踐也，行也。此古義也。」朱駿聲《說文通訓定聲》：「此字本訓踐，轉注為所以履之具也。」支謙譯經中「踐」凡 17 例，其中 16 例用做動詞義〔履踐〕（另 1 例用做名詞義〔鞋〕，見於「衣冠履靺」），用於義叢「履行」、「履踐」（各 3 例），受事者為具體名詞的 2 例，見於「履虛」、「履水行虛」，抽象名詞的 14 例，有「德」、「仁」、「義」、「大道」、「八眞道」、「上跡」、「佛跡」、「佛子行」、「明者之跡」等。「履」與「踐」相比，相同點是受事者都可以是抽象名詞，不同點是受事者是具體名詞時，「踐」一般指地面，「履」還可以指水、虛空一類非固體的事物。如：

爾時世尊，愍其使者，即便上車，以神通力令彼車乘履虛而行。（No.200, T04, p0231c）

履水行虛，身不陷墜，坐臥空中，如鳥飛翔。（No.185, T03, p0478a）

見帝王子，當願眾生，履佛子行，化生法中。（No.281, T10, p0448c）

1.5 蹴

《說文·足部》：「蹴，躡也。」唐代玄應《一切經音義》卷十一：「蹴，躡也。以足逆躡曰蹴。」「蹴」當指曲足迎物而躡躡，即「逆躡」，頓踢相結合地踩踏。漢代以後出現了一種足球運動「蹴鞠」，其中「蹴」指的就是這一動作。支謙譯經中「蹴」只有 1 例，用於義叢「蹴踏」中：

龍象蹴踏非驢所堪。（No.474, T14, p0528a）

1.6 躡

《說文·足部》：「躡，蹈也。」黃金貴先生由聶聲有近附義認爲「躡」指緊隨一物有目的地踩踏。支謙譯經中「躡」凡 2 例，用於同一段文字中：

時彼鹿王語諸鹿言：「爲汝等故申其四足，置河兩岸，汝等諸鹿，躡我脊過，可達彼岸。」爾時諸鹿，聞是語已，馳奔共渡，躡鹿王脊，遂至破盡，痛不可言。（No.200, T04, p0221a）

1.7 小　結

支謙譯經中本語義場的 6 個義位都表示〔踐踏〕義。其中，「蹈」、「躡」是兩個主要義位，「蹴」、「躡」用例很少，「履」、「踐」的受事者大多爲抽象事物，估計在當時口語中已經不用了。由於各義位的區別性義素只在動作方式上有微別，文中已隨文說明，義位結構式從略。

二、歷時用例情況考察

2.1《史記》用例

先秦時期本語義場的主要義位是「履」、「踐」，《史記》中的主要義位是承古而來的「踐」、「躡」、「蹈」，義位「蹋」在這時期出現，但用例還較少。

2.1.1「踐」的用例凡 27 例，其中受事者既可以是具體名詞的 8 例，也可以是抽象名詞 19 例（大多見於「踐位」、「踐阼」），如：

姜原出野，見巨人跡，心忻然說，欲踐之，踐之而身動如孕者。

（《史記》卷4，第111頁）

王翳取其頭，餘騎相**蹂踐**爭項王，相殺者數十人。(《史記》卷
7，第 336 頁)

諸侯歸之，然後禹**踐**天子位。(《史記》卷 1，第 44 頁)

2.1.2「躡」的用例凡 11 例，「躡」指緊隨一物有目的地踩踏。下面例句中
「陳平躡漢王」用的就是此義，陳平用腳踩漢王的目的是提醒漢王。「躡」受事
者除了人以外，還可以是履、屣、蹻(均爲鞋子義，「躡」相當於現代漢語中〔穿
(鞋)〕)、山(如下面例子中梁父山，「躡」相當於〔登(山)〕)等，「二典」根
據不同的受事者處理爲不同的義項，這些義項都是從「躡」的〔踩踏〕義引申
而來：

漢王大怒而罵，陳平**躡**漢王。漢王亦悟，乃厚遇齊使，使張子
房卒立信爲齊王。(《史記》卷 56，第 2056 頁)

春申君客三千餘人，其上客皆**躡**珠履以見趙使，趙使大慚。(《史
記》卷 78，第 2395 頁)(按：「躡」的動作對象是「珠履」，「躡」可理解爲
〔穿(鞋)〕義。)

然猶**躡**梁父，登泰山，建顯號，施尊名。(《史記》卷 117，第
3065 頁)

2.1.3「蹈」的用例凡 10 例，「蹈」指用力踩踏。張守節《史記正義》釋「蹈
厲」(例句見下)之「蹈」爲「蹈，頓足蹈地」。「蹈」也可引申爲〔跳投〕義，
如下面例句中的「蹈東海」之「蹈」：

發揚**蹈**厲之已蚤，何也？(《史記》卷 24，第 1227 頁)

彼即肆然而爲帝，過而爲政於天下，則連有**蹈**東海而死耳，吾
不忍爲之民也。(《史記》卷 83，第 2461 頁)

2.1.4「躢」的用例凡 3 例，其中 2 例用於「躢鞠」，另一例係轉引司馬相如
《大人賦》(例見下。按：《漢書》作「踏」)，司馬貞《史記索隱》引《三倉》
云：「躢，著地。」

糾蓼叫奡**躢**以艐路兮，蔑蒙踊躍騰而狂趡。(司馬相如《大人
賦》，見《史記》卷 117，第 3057 頁)

2.1.5 先秦時代「履」一般用做〔踐踏〕義，從漢代開始，「履」取代「屨」成為鞋子的總稱，用做〔踐踏〕義時受事者多為抽象名詞或者用於義叢「履踐」、「履行」中，如：

　　及至秦王，續六世之餘烈，振長策而御宇內，吞二周而亡諸侯，履至尊而制六合，執棰拊以鞭笞天下，威振四海。(《史記》卷 6，第 280 頁)

　　后稷母為姜嫄，出見大人跡而履踐之，知於身，則生后稷。(《史記》卷 13，第 505 頁)

2.2 六朝用例

《齊民要術》中本語義場的主要義位為「踏」、「踐」、「躡」，各舉 2 例：

　　坑底必令平正，以足踏之，令其保澤。(《齊民要術卷二・種瓜》)

　　於木槽中下水，腳踏十遍，淨淘，水清乃止。(《齊民要術卷五・種紅藍花、梔子》)

　　稻既生，猶欲令人踐壟背。(《齊民要術卷二・旱稻》)

　　覆土厚二寸，以足踐之，令種土相親。(《齊民要術卷二・大小麥》)

　　又以土一斗，薄散糞上，復以足微躡之。(《齊民要術卷二・種瓜》)

　　內豆於甕中，使一人在甕中以腳躡豆，令堅實。(《齊民要術卷八・作豉法》)

《齊民要術》「履」只用於義叢「履踐」中，「蹴」凡 2 例，「蹈」未見，後代用例中這 3 個義位只見於義叢或用典的場合。

《賢愚經》中的用例情況與《齊民要術》相同。

2.3 唐至明代用例

唐代開始本語義場主要義位集中於「踏」，六朝時常用的義位「踐」、「躡」已罕見用例。這種情況一直延續到清代。其中，元代出現了一個新的義位「踏」，

但後代用例較少。

> 布衾多年冷似鐵，驕兒惡臥踏裏裂。(《全唐詩》第 219 卷·杜甫《茅屋為秋風所破歌》)

> 其僧卻歸玄沙舉此語，玄沙云：「山中和尚，腳跟不踏實地。」(《祖堂集卷七·雪峰和尚》)

> 令弓兵並立，輪番用力蹋踏，及使麻繩綁縛，用使荊杖將各人非法凌虐。(《元典章·刑部卷十六·違枉》)

> 那婦人獨自冷冷清清立在簾兒下，望見武松，正在雪裏，踏著那亂瓊碎玉歸來。(《金瓶梅》第一回)

2.4 清代用例

清代本語義場的一個變化是「踩」的加入並在口語中迅速取代「踏」。「踩」的用例始見於清代，也可以寫做「跴」。《紅樓夢》中「踩」的用例有 11 個，如：

> 探春忙道：「姨娘這話說誰，我竟不解。誰踩姨娘的頭？說出來我替姨娘出氣。」(《紅樓夢》第五十五回)

> 那身子竟有千百斤重的，兩隻腳卻像踩著棉花一般，早已軟了。(《紅樓夢》第九十六回)

> 雪雁也顧不得燒手，從火裏抓起來擲在地下亂跴，卻已燒得所餘無幾了。(《紅樓夢》第九十七回)

「踏」多用於義叢「踏雪」、「踏看」、「踏察」或作為語素義存在於雙音節義位「糟（遭）踏」、「踏踐」中，單用的情況比較罕見，除了書面意味較濃的詩詞用例外，只有以下兩個用例，這說明當時口語中「踏」已被「踩」取代，這種情況一直延續到現代漢語中：

> 三位法官行香取水畢，然後擂起法鼓，法師們俱戴上七星冠，披上九宮八卦的法衣，踏著登雲履，手執牙笏，便拜表請聖。(《紅樓夢》第一零二回)（按：此例中「踏」的受事者是「登雲履」，用做〔穿（鞋）〕義，上文 2.1.2 分析的「躡珠履」中的「躡」用法與此相同，這是「踩」所沒

的語義。）

> 賈環聽了，趁著酒興也說鳳姐不好，怎樣苛刻我們，怎麼樣踏
> 我們的頭。（《紅樓夢》第一一七回）

2.5 小　結

本語義場中各義位歷代多有替換，「履」、「踐」是先秦時代本語義場的主要義位，漢代開始，「履」一般用做名詞〔鞋子〕義，退出了本語義場；「踐」則一直沿用到六朝。漢代開始出現的「蹋（踏）」到支謙譯經時代成爲主要義位，到唐代更成爲本語義場中幾乎是唯一的中心義位。清代開始出現的「踩」在口語中迅速替代了「踏」，這種情況已與現代漢語的用例情況相同。

語義	先秦	史記	支謙譯經	六朝	唐至明代	清代
〔踩踏〕	履、踐	踐、躡、蹈	蹈、踏	踏、踐、躡	踏	踩、踏

第二節　〔行走〕語義場 [註5]

〔行走〕語義場各義位的共同義素是〔兩腳交互向前移動〕，支謙譯經中本語義場包括義位「步」、「行」、「走」、「趨」、「馳」、「奔」6 個義位。

一、支謙譯經用例情況

1.1 步

《說文・止部》：「步，行也。」「步」字甲骨文字形象兩隻腳一前一後表示走路。在本語義場中，「步」的速度最慢。《釋名・釋姿容》：「徐行曰步。」支謙譯經中「步」凡 70 例，其中用做〔步行〕義的 47 例。「步」較少單用，通常用於義叢中，如並列式的「行步」、「步行」、「步涉」、「步進」、「步入」和偏正式的「雅步」、「羸步」、「只步」、「獨步」等，突出靠腳走路，在速度上較慢。如：

> 見佛世尊，三十二相，八十種好，光明暉曜，如百千日，安詳
> 雅步，威儀可觀。（No.200, T04, p0203b）

> 天帝復化作老人，頭白背僂，拄杖羸步。（No.185, T03, p0474c）

[註5] 參看洪成玉、張桂珍《古漢語同義詞辨析》第 174～179 頁，「趨、走、奔」條。

爾時佛取神足定意適定，便在空中**步行**。（No.198, T04, p0187a）

到小道口，下車**步進**／下車**步**入至賴吒和羅所／車匿**步**牽馬還／**步**涉高山／目連受教**步**須彌頂／正使病癒能自起會不能**行步**／諸天共宗獨言只**步**眾聖中雄／相好光明獨**步**三界

1.2 行

《說文・行部》：「行，人之步趨也。」其實，「行」字甲骨文的字形象一條十字形大路，路是供人行走用的，便引申為行走。當「行」與「步」、「趨」等對舉時，它的行走速度介於兩者之間。支謙譯經中「行」2478 處，其中〔步行〕義的約 300 處，用於義叢「徐行」、「疾行」、「走行」、「遊行」、「履行」等。「行」是本語義場的中心義位，只要腳有所移動，無論其速度如何，一概可稱為「行」。「行」還可以指借助各種交通工具代步，如：乘大白象，行於市肆／乘船而行。「行」前後的句法成分較為複雜，現考察如下：

「行」的前面可以有表動作方式的各種修飾成分，如：

有一沙門，涉路而行。（No.200, T04, p0223b）

「行」的後面如果接處所，可以由到達類動詞「詣」引導出「行」這一動做到達的處所，也可以接由介詞「於」引導的介賓短語或者直接帶方位短語，表「行」這一動作存在的處所，各舉 1 例：

大臣受命，即嚴車五百乘，騎二千步人二千，行詣鶹山。（No.6, T01, p0176a）

行於曲路，當願眾生，棄邪曲意，行不恔恔。（No.281, T10, p0448b）

瓶沙王出田獵，遙見太子，行山澤中。（No.185, T03, p0476b）

「行」後面還可以帶數量短語表距離，如：

到四月八日夜明星出時，化從右脅生墮地，即行七步，舉右手住而言：「天上天下，唯我為尊，三界皆苦，何可樂者？」（No.185, T03, p0473c）

即起上馬，將車匿前行數十里。（No.185, T03, p0475c）

1.3 走

《說文・走部》：「走，趨也。」《釋名・釋姿容》：「徐行曰步，疾行曰趨，疾趨曰走。」「走」的速度要快於「趨」。「走」後面可以接處所，這樣就從〔奔跑〕義引申為〔跑往〕義。支謙譯經中「走」的用例凡 54 例，按照「走」後面是否帶處所可分為兩類。不帶處所的用例有 41 例，如：

見一餓鬼，身體極臭，劇於人糞，四向馳走，求索屎尿，用為甘饍。（No.200, T04, p0223c）

王言：將軍欲何願？我願今沒是池中頃，以其時令諸釋得出城走。（No.198, T04, p0189a）

帶處所的用例一般都在「走」的後面帶到達類動詞如「入」、「詣」、「到」、「至」：

比丘解放，走詣佛所。（No.200, T04, p0216c）

野獸得脫便走入深山。（No.68, T01, p0870c）

（母）便走至夫所，夫時適在中庭梳頭。（No.68, T01, p0870a）

爾時國內有故長者，乃昔富貴合數千人，應機悉走到須賴前，各自陳言：「……」（No.328, T12, p0053c）

「走」後直接帶處所的只有 1 例，見下。此例中處所「王邊」是一個方位短語，其實相當於省略了介詞的介賓短語：

今當怨死，我可擁護令脫是厄，便化作大豬身，徐走王邊。侍者即白王：「大豬近在王邊。」王便捨比丘，拔劍逐豬。（No.198, T04, p0176a）

如果〔疾趨〕的目的不是為了前往某處，而是使施事者離開他自身所在的某處，這樣就引申為〔逃跑〕義，如上面所舉「野獸得脫便走入深山」一例，作為獵物的「野獸」，它的動作「走」若就它離開獵人來說，「走」就是〔逃跑〕，若就它「入深山」的動作而言，「走」仍是〔奔跑〕義。

1.4 趨（趣、趍）

《說文・走部》：「趨，走也。」《說文》中「趨」、「走」互訓，王力先生《同

源字典》中把兩字歸為同源字。「趣」、「趨」同音，多通用。《說文・走部》：「趣，疾也。」《廣韻・虞韻》：「趨，走也。趍，俗。」朱駿聲《說文通訓定聲》認為「趍」的「多」旁由「趨」的「芻」（繁體字作「芻」）旁訛變而來。「趍」是「趨」的俗體字。

「趨」作為〔奔跑〕義，速度次於「走」，但目的性比「走」明確，表示「有目的地快走」。支謙譯經中「趨」字未見；「趍」3 例，都用做〔奔跑〕義；「趣」84 例，用做〔奔跑〕義的 10 例。這些用例中的「趣」一般都帶目的處所（如果不出現，根據上下文可以補出），如：

> 王年二十三十至四十時，氣力射戲上象騎馬行步趍走，當爾時自視寧有雙無。（No.68, T01, p0871b）

> 於其夜中，藥發熱渴，馳走求水，水器皆空，復趣泉池，皆亦枯竭，至趣河中，河亦枯竭，如是處處，求水不得。（No.200, T04, p0246c）

> 四向馳走，求索飲食，了不能得，設見甘饍，馳赴趣向，變成膿血。（No.200, T04, p0224b）

「趨」還用做在尊者或長者面前表示敬意的行姿，因為行走過慢或過快都認為是失敬的行姿，而「趨」正介於步和走之間，這種用法支謙譯經中僅見 1 例：

> 是時蓮花色比丘尼，化作金輪王服，七寶導前，從眾力士兵，飛來趣佛。（No.198, T04, p0185c）

而在中土文獻中這是「趨」的常見用法，補充 1 例：

> 進號大都督、假黃鉞，入朝不趨，奏事不名，劍履上殿。（《全三國文》卷十一・高貴鄉公《以司馬師為相國進號大都督詔》）

值得注意的是，在佛典中「趣」作為術語來使用〔註6〕，既用做動詞，謂眾生因善惡行為不同死後趣向不同地方轉生，又用做名詞，變讀為去聲，指眾生

〔註6〕　「趣」作為佛教術語「二典」標注的讀音並不相同。不管「趣」用做動詞還是名詞，《漢語大字典》一律標為平聲，《漢語大詞典》則一律標為去聲。根據「趨（趣）」的引申序列和漢語變讀的規律，本文把動詞義標為平聲，名詞義標為去聲。

輪迴的去處。支謙譯經中的「趣」大多數爲這一用法，各舉 1 例：

> 不貢高綺語，知生所從來死有所趣，是則爲好。（No.556, T14, p0908a）

> 由彼時供養佛故，無量世中不墮惡趣，天上人中常受快樂。
> （No.200, T04, p0209b）

中土文獻中「趣」用做〔旨趣〕義的名詞性義位，清徐灝《說文解字注箋·走部》：「趣者，趨向之義，故引申爲歸趣、旨趣之稱。」根據「二典」所舉用例情況，中土文獻中這一義位出現在六朝時期，晚於用做名詞的佛教術語「趣」，從時間順序和變讀情況來看，中土文獻中名詞性義位「趣」的來源很可能經由佛教術語「趣」由動詞性義位用做名詞性義位的中間環節引申而來。

1.5 奔（犇）

「奔」是會意字，上部是一個甩開兩臂的人，下面是三個足趾，極言行走之迅速。支謙譯經中「奔」的用例凡 10 例（寫做「奔」7 例，「犇」3 例），可用與「馳」組成並列關係義叢「馳奔」（5 例），也可以用做名詞性義位「車」的修飾語構成偏正關係義叢「奔車」（4 例），如：

> 使者還馳，白罽賓寧王：「大王約勅，聽留半住。」尋將一萬八千諸小王等，馳奔速來。（No.200, T04, p0248b）

> 爾時諸鹿，聞是語已，馳奔共渡，躐鹿王脊，遂至破盡，痛不可言。（No.200, T04, p0221a）

> 王乃驚曰：「果如宇戒，我所任者，如狼在羊中，知民當散，如犇車逸馬，道人既告，何以教之？」（No.790, T17, p0734b）

支謙譯經中的「奔」都用做車、馬、鹿、牛的奔跑，缺少施事者爲人的用例，現補充同時代用例。「奔」含有事急而奔跑的意思，如：

> 溥天率土，莫不承風欣慶，執贄奔走，奉賀闕下。（《全三國文》卷十五·曹植《慶文帝受禪上禮章》）

與「走」的引申相同，如果奔跑的目的是施事者爲了離開某處，就應理解爲〔逃跑〕，如：

會黃巾盛於海嶽，山寇暴於并、冀，乘勝轉攻，席捲而南。鄉
邑望煙而奔，城郭睹塵而潰，百姓死亡，暴骨如莽。(《全三國文》
卷八・曹丕《自敘》)

「奔」常引申爲國君、大夫等因政治原因而逃奔他國，如：

會王師已臨其郊，琮舉州請罪，琦遂奔於江南。(《全三國文》
卷八・曹丕《奸讒》)

1.6 馳

《說文・馬部》：「馳，大驅也。」「馳」詞位的本義是〔驅趕車馬疾行〕，
引申爲一般的疾行。支謙譯經中「馳」的用例凡 35 例，用於義叢「馳走」(11
例)、「馳奔」(5 例)、「馳詣」(2 例)、「馳騁」(2 例)、「馳逐」(1 例)，從用
例情況來看，「馳」往往有兩解，究竟是人驅趕車馬前來還是自己奔跑還得靠
上下文來判斷，下面三例中，第一例施事者爲波斯匿王，他帶著群臣打獵當
是乘坐車馬的，此例「馳」爲〔驅趕車馬〕義；後兩例施事者爲餓鬼、極貧
之輩，不會擁有車馬，當是他們自己奔跑著前往的。例：

波斯匿王將諸群臣，遊獵射戲，馳逐群鹿，渴乏欲死。(No.200,
T04, p0214c)

目連白佛：「我向樹下，見一餓鬼，身體燋然，四向馳走。」
(No.200, T04, p0223b)

又有極貧無數之輩，亦皆馳至從乞求寶。(No.328, T12, p0053c)

1.7 小　結

根據速度來說，本語義場中各義位「步」、「行」、「趨」、「走」、「奔」速度
依次加快。其中，「行」是本語義場的中心義位，使用最廣；「步」突出用腳一
步一步地行走；「趨」、「走」、「奔」3 個義位中，「趨」的動作方向性最強，後
面必須帶處所或趨求的對象，作爲行走的動作，它常用做表示敬意的行姿；
「走」、「奔」後面一般可帶處所，表明動作所往的地點，「奔」特指因爲政治原
因而前往某國；當「走」、「奔」的目的不是爲了前往某處，而是使施事者離開
他自身所在的某處，便引申爲〔逃跑〕義。義位「馳」的〔奔跑〕義由〔人驅
趕車馬疾行〕引申而來，通常用於義叢中。本語義場的各義位的義位結構式爲：

義位	〔動〕	〔施〕	〔工〕	〔速度〕	〔方式〕	〔到達處所〕
步	交互向前移動	人	腿、腳	較慢	突出移動腳步	不出現
行	交互向前移動	人	腿、腳	正常		不出現
趨	交互向前移動	人	腿、腳	較快	突出小步緊走	出現
走	交互向前移動	人	腿、腳	快速		常出現
奔	交互向前移動	人	腿、腳	最快		常出現

說明：從大的方面來考慮動作方式，上述 5 個義位又可以分爲兩類：「步」、「行」、「趨」爲一類，行走過程中兩腳從不同時離地，屬於現代漢語中「走」的範疇；「走」、「奔」爲一類，行走過程中兩腳有同時離地的階段（即兩腳騰空的階段），屬於現代漢語中「跑」的範疇。

二、歷時用例情況考察

本語義場的 6 個義位中，「步」、「奔」一直穩定，「趨」作爲一種表示敬意的行姿長期存在於封建社會的禮儀中，「馳」在支謙譯經時代已常用於義叢，它作爲構詞語素至今還保存於複合詞中。而義位「走」、「行」則發生了變化，在表〔步行〕義上「走」替換了「行」，因此，我們把這一替換過程作爲本語義場歷時情況考察的重點，在表〔奔跑〕義上後來新產生的義位「跑」又實現了對「走」的替換，在此也一併考察。

一個義位被另一個義位替換的基礎是兩者同義。「行」、「走」作爲〔行走〕語義場中的義位，它們的共同義素是〔腳交互向前移動〕即〔施事者的位移〕，區別性義素在於行走的速度和方式，因此，「行」被「走」替換的過程，其實就是區別性義素不被強調而混同的過程，在歷時情況考察上我們要找的就是這種混同的原因。

2.1 先秦用例

「走」和「行」各自的組合關係從先秦時代起就有很大區別，下面以《左傳》、《韓非子》中的用例來說明這一情況。

2.1.1「走」的動作趨向性很強，它的後面直接帶處所，構成「走＋處所」的格式，表示跑向某處。如：

> 乙卯，王乘左廣以逐趙旃。趙旃棄車而走林，屈蕩搏之，得其
> 甲裳。（《左傳》宣公十一年）

　　值得注意的是《韓非子》中出現了 2 例「走而之＋處所」的用例，雖然在語義上與上述「走」後直接帶處所的格式大致相當，但仔細分析，又有些不同，因爲在「走而之」中「走」和「之」之間構成了連動關係，與「走＋處所」的格式相比，更強調了施事者從出發地到目的地之間移動的過程。這種格式的出現爲後代「走＋到達類動詞＋處所」的格式做了準備。如：

　　　　鴟夷子皮事田成子。田成子去齊，**走而之**燕，鴟夷子皮負傳而

　　從。（《韓非子・説林上》）

　　「走」後面可以接趨向動詞「出」，與「走＋處所」格式側重於表達跑向目的地相比，它強調的是離開出發地。《左傳》中見 4 例，如：

　　　　公子歂犬、華仲前驅，叔孫將沐，聞君至，喜，捉髮**走出**，前

　　驅射而殺之。（《左傳》僖公二十八年）

　　2.1.2「行」的動作不包含**趨**向性，不直接帶處所詞。若要表示「行」所到達、所存在的處所，必須由到達類動詞如「及」或表存在義的介詞「於」等來引導出處所。如：

　　　　行及弇中，將舍。（《左傳》襄公二十五年）

　　　　桓公微服而行於民間，有鹿門稷者，行年七十而無妻。（《韓非

　　子・外儲説右下》）

2.2 《史記》用例

　　2.2.1 與先秦用法相同，《史記》中「走」能與**趨**向動詞「出」組合，但句子成分開始複雜化，後面能接處所或在前面用介賓短語表示處所，如：

　　　　周文敗，**走出**關，止次曹陽二三月。（《史記》卷 48，第 1954

　　頁）

　　　　頃之，上行出中渭橋，有一人從橋下**走出**，乘輿馬驚。（《史記》

　　卷 102，第 2754 頁）

　　「走」又能與**趨**向動詞「入」組合，如：

　　　　漢王不聽，項王伏弩射中漢王。漢王傷，**走入**成臯。（《史記》

　　卷 7，第 329 頁）

2.2.2「走」除了與趨向動詞「出」、「入」組合外，還可以與「來」、「去」組合，這樣使義叢「走去」、「走來」具有了雙重趨向意義：「走」本身含有的趨向意義是以客觀的處所為參照，而「走去」、「走來」又加上了一層以說話人為參照的趨向意義，這一方面使表義更豐富，另一方面由於「走」與趨向動詞連用，語義重點轉移到施事者的位移上，而行走速度、方式就相對忽略了。如：

> 淳于司馬曰：「我之王家食馬肝，食飽甚，見酒來，即**走去**，驅疾至舍，即泄數十出。」（《史記》卷 105，第 2809～2810 頁）

> 西周君**走來**自歸，頓首受罪，盡獻其邑三十六城，口三萬。（《史記》卷 5，第 218 頁）

2.2.3 與先秦「走」後直接帶處所的格式不同，《史記》中「走」與表示處所的義位搭配時，常常需要到達類動詞如「至」、「之」等引導，這些到達類動詞包含著趨向意義，也強調了施事者的位移。如：

> 泗州守壯敗於薛，**走至**戚，沛公左司馬得泗川守壯，殺之。（《史記》卷 8，第 351 頁）

> 楊熊**走之**滎陽，二世使使者斬以徇。（《史記》卷 8，第 358 頁）

這種格式類似於「行」後帶處所所要求的格式。試與下面 2 例做比較：

> 高帝從破布軍還，病創，徐**行至**長安。（《史記》卷 56，第 2058 頁）

> 卓氏見虜略，獨夫妻推輦，**行詣**遷處。（《史記》卷 129，第 3277 頁）

2.2.4 到了支謙譯經中，「走＋到達類動詞＋處所」的格式成為通例，用例情況見上文，「走」、「行」帶處所所要求的句法結構趨同。在這種情況下，兩者的語義重點都轉移到施事者的位移上，而對行走的速度、方式不再強調。但是這一時期兩者的組合關係仍不完全相同。「走」後面不能接表存在類介詞如「於」引導的處所，「行」僅限於與到達類動詞組合，而不能與趨向動詞「出」、「入」、「來」、「去」等組合。

2.3　六朝至唐五代用例

2.3.1 上文談到，句法結構的趨同為「走」、「行」語義上的趨同創造了條件。從《史記》一直到唐五代，這種趨勢逐漸加強。如上文 1.3 所舉例「比丘解放，走詣佛所」和「便化作大豬身，徐走王邊」中的「走」似乎理解為〔步行〕義也未嘗不可，由於缺乏明確的語境佐證，不易做出判斷。

《漢語大字典》中「走」的〔步行〕義項舉的古代用例有 3 個：漢代張衡《西京賦》：「走索上而相逢。」《禮記・玉藻》：「走而不趨。」《木蘭辭》：「兩兔傍地走，安能辨我是雌雄。」受語境的局限，斷定這些用例中的「走」已用做〔步行〕義似乎證據不足。

2.3.2 從列入本文考察範圍的文獻來看，在敦煌變文以前，我們找不到證明「走」用做〔步行〕義的有力證據。而到了敦煌變文，這樣的例子比較常見。如：

> 此既不稱太子意。最後有一大臣，精神爽明（朗），詞辨分明。曲身而**走出**班行，仰目而直言啟白：……（《敦煌變文校注・雙恩記》）（按：在朝廷上行走不可能奔跑，最多是「趨」。）

> 陵有老母，八十有五，**走**待人扶，食須人喂，負天何辜，也被誅戮！（《敦煌變文校注・蘇武李陵執別詞》）（按：八十五歲的老母只能攙扶著走路，此例是「走」用做〔步行〕義的明證。）

2.3.3 在敦煌變文中「走」仍可用做〔奔跑〕義，如：

> 也似機關傀儡，皆因繩索抽牽，或舞或歌，或行或**走**。（《敦煌變文校注・維摩詰經講經文（三）》）（按：「行」、「走」對舉，「走」為〔奔跑〕義。）

> 到於東門，忽見一人，肓（荒）忙急**走**。殿下見之，非常驚怪。便遣車匿問之：「有何速事？」「我緣家中有一產婦，欲生其子，痛苦非常，所以**奔走**。」（《敦煌變文校注・太子成道經》）（按：「急走」與「奔走」相呼應，「走」用做〔奔跑〕義。）

2.3.4 《朱子語類》中「走」的前面可以加上表存在處所的介賓短語，這是「行」經常出現的句法位置，「走」佔領了「行」的部份義域。這說明了義位「走」原先固有的動作趨向性已不被強調。如：

因舉陳元滂云：「只似在圓地上走，一人過急一步，一人差不及一步，又一人甚緩，差數步也。」（《朱子語類卷二・理氣下・天地下》）

是自家心只在門外走，與人相抵拒在這裡，不曾入得門中，不知屋裏是甚模樣。（《朱子語類卷一百二十・朱子十七・訓門人八》）

2.3.5「行」仍用做〔步行〕義，而且常見「行」、「走」連文或對舉的用例。如：

聾者能聽，啞者能言，躄（跛）者能行，盲者能見。（《敦煌變文校注・佛說阿彌陀經講經文（二）》）

既見諸處，並有火，望舍利弗邊並無火，即自行走。（《敦煌變文校注・祇園因由記》）

若以顏子之賢，恐也不敢議此「磨而不磷，涅而不緇」。而今人才磨便磷，才涅便緇，如何更說權變功利？所謂「未學行，先學走」也。（《朱子語類卷七十三・易九・鼎》）

一日，張教京家子弟習走。其子弟云：「從來先生教某們慢行。今令習走，何也？」張云：「乃公作相久，敗壞天下。相次盜起，先殺汝家人，惟善走者可脫，何得不習！」（《朱子語類卷一百一・程子門人・楊中立》）

2.4 元明用例

2.4.1「跑」字始見於字書是作爲〔足刨地〕義收錄的。《廣韻・肴韻》：「跑，足刨地也。」野獸足刨地與奔跑的動作相似，故引申爲〔奔跑〕義。王力先生（1980，第 566 頁）認爲「跑」的〔奔跑〕義唐代就已產生，並舉例句馬戴詩「紅繮跑駿馬，金鏃掣秋鷹」爲證。據蔣冀騁先生（1997，第 247～248 頁）考察，此例中「跑」仍爲〔足刨地〕義，「跑」的〔奔跑〕義較早用例見於元曲，《元曲選》中這一義位的「跑」有 20 餘例。筆者同意蔣冀騁先生的結論。只是需要說明的是，《元典章・刑部》中未見「跑」的用例，而《元曲選》中明人改動的地方很多，「跑」的用例不排除有明人增加的可能，因此應該說，元代「跑」雖然已得以運用，但尚未普遍。

　　到了明代《金瓶梅》中，「跑」就十分常見了，「跑」後面可以帶動作的目地處所，也可以不帶，只表示離開施事者當前處所，組合關係與原先表〔奔跑〕義的義位「走」沒有區別。如：

　　　　爹在間壁六娘房裏不是，巴巴的跑來這裡問！（《金瓶梅》第三十四回）

　　　　鄆哥見頭勢不好，撇了王婆。撒開跑了。（《金瓶梅》第五回）

　　　　於春兒接了，和眾人扒在地下磕了個頭，說道：「謝爹賞賜！」往外飛跑。（《金瓶梅》第第十五回）

　　2.4.2 表〔步行〕義的「走」的用法在《金瓶梅》中又有了發展，「走」的後面可以帶由表存在的介詞「在」引導的處所，還可以帶表時間、距離的補語成分。這些搭配原先是由「行」來承擔的。如：

　　　　兩人走在僻靜處說話。（《金瓶梅》第七回）

　　　　武松走了一會，酒力發作，遠遠望見亂樹林子。（《金瓶梅》第一回）

　　　　神仙道：「請官人走兩步看。」西門慶眞個走了幾步。（《金瓶梅》第二十九回）

　　另外，「走」的後面可以帶表動作次數的補語，這是「行」的用法所不具備的。如：

　　　　良久，王婆只在茶局裏，比時冷眼張見他在門前，趄過東看一看，又轉西去，又復一復，一連走了七八遍。（《金瓶梅》第二回）

　　　　春梅道：「六娘來家，爹往他房裏還走了兩遭。」（《金瓶梅》第三十五回）

　　可以說，到了《金瓶梅》時代，「行」原先的各種用法「走」都已具備，「走」已代替「行」成爲本語義場的中心義位。

　　2.4.3《金瓶梅》中「行」用做〔步行〕義仍較常見，但其中相當部份用於某些存古的義叢如「行走」、「閒行」、「臨行」和「表動作方式的成分＋而＋行」結構中，這說明「行」的用法已經僵化，逐漸退出了日常口語。如：

街上各處閒行了幾日，討了回書，領一行人取路回山東大路而來。(《金瓶梅》第八回)

左右見一隊妙燈引導，一族男女過來，皆披紅垂綠，以爲出於公侯之家，莫敢仰視，都躲路而行。(《金瓶梅》第二十四回)

兩上並肩而行，須臾轉過碧池，抹過木香亭，從翡翠軒前穿過，來到葡萄架上。(《金瓶梅》第二十七回)

2.4.4「奔」的用法一直沒有什麼變化。《金瓶梅》中的用例如：

這小猴子提了籃兒，一直往紫石街走來，徑奔入王婆子茶房裏去。(《金瓶梅》第四回)

武二又不捨，奔下樓，見那人已跌得半死，……(《金瓶梅》第九回)

以往論著中一般認爲，「走」對「行」的替換是由另一新的義位的加入而引起的。徐國慶（1999，第 6 頁）爲了說明新的詞彙成分出現或舊的詞彙成分衰變而導致詞彙系統的變化時說：「古代漢語中，『走』和『行』本是對立的，由於『跑』取代了『走』的意義，便使『走』有了『行』的意義。」楊榮祥（2002）在考察同義詞聚合發展演變中總結了「排擠」、「推移」、「積澱」三種值得注意的現象，認爲「行」、「走」、「奔」、「跑」在詞彙發展中表現出互相推移的現象。他說：《世說》以後，「走」因受「奔」的排擠，逐漸不表〔奔跑〕、〔疾走〕義，而表〔行走〕義，《祖堂集》中「走」主要表此義。《祖堂集》以後，「跑」逐漸活躍，現代漢語中，「奔」又被「跑」排擠掉了。從我們考察的實際情況來看，「走」不表〔奔跑〕義的原因不是受「奔」排擠造成的。

2.5 小 結

本語義場的主要義位經歷了詞位「走」由原先表〔奔跑〕義到〔步行〕義的推移，從唐代到元代，詞位「走」兼表〔奔跑〕義和〔步行〕義，在表〔步行〕義與原先的義位「行」同義並用，元代開始，表〔奔跑〕義的「跑」進入本語義場，與原有義位「走」展開同義競爭，在表〔奔跑〕義上取代了「走」；「走」則單純用於表〔步行〕義，並最終排擠了義位「行」。

語義	先秦到六朝	唐宋	元代	明清
〔走路〕	行	行、走		走
〔奔跑〕	走、奔、馳	走、跑、奔、馳		跑、奔、馳

第三節　〔踊躍〕語義場

〔踊躍〕語義場各義位的共同義素是〔腿、腳用力＋使身體突然離開所在的地方〕，支謙譯經中本語義場包括「踊」、「躍」、「騰」、「跳」、「躑」5 個義位。

一、支謙譯經用例情況

1.1 踊

《說文·足部》:「踊,跳也。」支謙譯經中「踊」的用例凡 43 例。其中大部份用做感情激動時的一種動作,如悲傷用「踊躃」〔註7〕,喜悅用「喜踊」、「踊躍」、「踊悅」等:

　　阿難入告城中,諸華聞之,莫不驚愕,踊躃悲言:「何其駃乎?」（No.6, T01, p0189a）

　　梵天白佛言:「從久遠以來,適復見佛耳。」諸天喜踊,欲聞佛法。（No.185, T03, p0480b）

　　佛便爲説種種法要,心開意解,得須陀洹果。心懷踊悅,與世無比。（No.200, T04, p0243a）

　　諸菩薩阿羅漢、諸天帝王人民,聞之皆歡喜踊躍,莫不讚歎者。（No.362, T12, p0303a）

用做一般〔踊躍〕義的用例有 17 例,用於「踊身」（5 例）、「東踊西沒」（4 例）、「南踊北沒」（4 例）、「踊出」（4 例）中:

　　是時鹿王踊身投河至彼人所,即命溺人令坐其背。（No.153, T03, p0067a-b）

　　時大目連,欲化彼故,著衣持鉢,以神通力,從地踊出,住老

〔註7〕佛經中表達悲傷的一種常見動作是「躃地」,義爲〔仆地〕,支謙譯經中有 7 例,如「愁憂躃地」、「悶絕躃地」、「愁悴躃地」等。

母前,從其乞食。(No.200, T04, p0214b)

在虛空中,作十八變,**東踊西沒,南踊北沒**,行住坐臥,變化自在,還從空下。(No.200, T04, p0242a)

1.2 躍

《廣雅・釋詁一》:「躍,跳也。」宋元之際戴侗《六書故》指出:「大爲『躍』,小爲『踊』。『躍』離其所,『踊』不離其所。」即「踊」指向上跳,「躍」不僅是向上,而且向前。支謙譯經中「躍」21 例,分別用於義叢「踊躍」(20 例)、「超躍」(1 例)。「踊躍」用例見上文,僅舉「超躍」用例:

心放在淫行,欲愛增枝條,分佈生熾盛,**超躍**貪果猴。(No.210, T04, p0570c)

另舉同時代中土文獻中的用例,「踊躍」用於表達喜悅心情的用法同樣很常見,甚至已發展爲「喜悅」的同義詞(見下舉「我心何踊躍」例),如:

權之得此,欣然**踊躍**,心開目明,不勝其慶。(《全三國文》卷六十三・孫權《上魏王箋》)

綠蘿緣玉樹。光曜粲相暉。下有兩眞人。舉翅翻高飛。我心何**踊躍**。思欲攀雲追。(《樂府詩集》六十三・魏曹植《苦思行》)

「躍」可以在名詞前用做修飾成分,如:

隱鳳棲翼,潛龍**躍**鱗,幽光韜影,體化應神。(《魏詩》卷十・阮籍《詠懷詩十三首》)

1.3 騰

「騰」在《說文》中的釋義爲〔傳遞(文書)〕義,《說文・馬部》:「騰,傳也。」段玉裁注:「騰,引申爲躍也。」《玉篇・馬部》:「騰,上躍也。」支謙譯經見 2 例,其中 1 例用做〔上躍〕義(另一例用於「飢饉穀糴騰貴」中):

值諸群鳥中有鸚鵡子王,遙見佛來飛**騰**虛空,逆道奉迎。(No. 200, T04, p0231a)

1.4 跳、蹶

《說文・足部》:「跳,蹶也。」「蹶」也是〔跳〕的意思,《說文》「跳」、「蹶」

互訓。《說文‧走部》中還有「趒」字：「趒，雀行也。」段玉裁注：「今人概用跳字。」徐灝《說文解字注箋》：「此謂人之躍行如雀也，與《足部》跳音義同。」「二典」均引《楚辭‧宋玉〈九辯〉》用例：「見執轡者非其人兮，故騙跳而遠去。」此例中的「跳」爲〔越過〕義。

支謙譯經中「跳」見 1 例，用於義叢「跳躑」中，施事者是牛。「躑」也是〔跳〕義，當是「擲」字偏旁類化所致（「擲」用做〔跳〕義見下文分析），也只見用於「跳躑」中 1 例：

> 比語言之頃，惡牛卒來，翹尾低角刨地吼喚，跳躑直前。（No.200, T04, p0232a）

《六度集經》中「跳」的用例凡 3 例（其中 1 例有異文），用於義位「跳踉」〔註8〕中 1 例，還可以與趨向動詞「下」連用：

> 道士超踊騎龜，龜驚跳下地，天神祐之，兩俱無損。（No.152, T03, p0007a）

> 兒常望覩吾以菓歸，奔走趣吾，躃地復起，跳踉喜笑曰：「母歸矣，饑兒飽矣。」（No.152, T03, p0010a）

> 眾祐曰：「無奈罪何？」又言：「跳著他方刹土。」（No.152, T03, p0031a）（按：「跳」一作「掉」）

1.5 小　結

《六度集經》「踊」20 例，「躍」6 例（其中用於義叢「踊躍」5 例，「躍逸」1 例），用例情況與支謙譯經相同。受佛經文獻內容的限制，「踊」、「躍」通常連用，兩者的施事者一般都是人，在語義上兩者大致無別，比較而言，「踊」的動作方向是向上，而「躍」則是向上向前，就佛經文獻而言，「踊」比「躍」常用，使用也較自由些。兩者的比較要結合中土文獻來考察，詳見下文「先秦至《史記》用例」有關考察情況。「跳」的用例較少，與「踊」、「躍」相比，動作的方向不限於向上向前，可以是向下。本語義場義位結構式爲：

〔註8〕　「跳踉」即「跳梁」，聯綿詞。《莊子‧逍遙遊》就有「東西跳梁，不避高下」的用例。

義位	〔動〕	〔施〕	〔工〕	〔方向〕	〔到達處所〕
踊	使身體突然離開原地	一般爲人	腿、腳	向上	不限
躍	使身體突然離開原地	不限	腿、腳	向上向前	常出現
跳	使身體突然離開原地	不限	腿、腳	不限	不限

二、歷時用例情況考察

2.1 先秦至《史記》用例

2.1.1 先秦時代「踊」一般特指喪禮中的一種跳的動作，《禮記》、《儀禮》中十分常見。而一般的〔踊躍〕義則由「躍」來表達。到了《史記》中，情況有了變化，「踊」也能表達一般的〔踊躍〕義，但在義域上還是沒有「躍」的寬。「踊」的施事者通常只限於人或泉水〔註9〕，而「躍」的施事者則寬泛得多。《史記》中「踊」6 例，除 2 例用做〔物價上漲〕義外，用做〔踊躍〕義的 4 例，其中單用 1 例，表達喪禮中的一種動作：

> 門開而入，枕公尸而哭，三踊而出。（《史記》卷 32，第 1501 頁）

與「躍」連用的 3 例，表一般的〔踊躍〕義。如：

> 今楚之地方五千里，帶甲百萬，猶足以踊躍中野也，而坐受困，臣竊爲大王弗取也。（《史記》卷40，第 1731 頁）

「躍」11 例，除 1 例用做〔物價上漲〕義外，其餘都用做〔踊躍〕義，施事者有人、星、泉水、白魚等，往往帶上動做到達的處所。「躍」還可用於義叢「躍馬」中，義爲〔策馬馳騁騰躍〕。如：

> 豫讓拔劍三躍而擊之，曰：「吾可以下報智伯矣！」遂伏劍自殺。（《史記》卷86，第 2521 頁）

> 武王渡河，中流，白魚躍入王舟中，武王俯取以祭。（《史記》卷4，第 120 頁）

〔註9〕施事者爲泉水的「踊」又作「涌」。《說文·水部》：「涌，滕也。」段玉裁注：「滕，水超踊也。」《史記》中有 1 例：「涌水躍波」（《司馬相如列傳》）。「踊」的施事者爲別的事物的用例不是沒有，如：「鯨鯢踊而夾轂，水禽翔而爲衛。」（《全三國文》卷十三，曹植《洛神賦》〔並序〕）但用例較少見，而且理解爲擬人用法也未嘗不可。

蔡澤笑謝而去，謂其御者曰：「吾持粱刺齒肥，躍馬疾驅，懷黃

金之印，結紫綬於要，揖讓人主之前，食肉富貴，四十三年足矣。」

（《史記》卷79，第2418頁）

2.1.2 值得注意的是，先秦時代「踊」大多指喪禮中的一種跳的動作，表達悲傷的心情，很少用做表達喜悅心情〔註10〕，比較佛教傳入中土以後「踊」主要用做表達喜悅心情的用例情況，可見佛教文化對中土傳統文化的影響之一斑。

2.1.3《史記》中「跳」凡3例，都用做〔奔跑〕義〔註11〕。《論衡》未見「跳」。

2.2 六朝用例

這一時期「躍」、「跳」是本語義場的主要義位。「踊」一般只用做表達感情激動時的一種動作。

2.2.1《世說新語》「踊」2例，用於義叢「號踊哀絕」、「喜踊」。「躍」5例，其中用於義叢「喜躍」1例，單用4例，施事者為龍、魚、人。「跳」1例，施事者為猿：

桓公入蜀，至三峽中，部伍中有得猿子者。其母緣岸哀號，行

百餘里不去，遂跳上船，至便即絕。破其腹中，腸皆寸寸斷。公聞

之怒，命黜其人。（《世說新語・黜免》）

《世說新語》中有1例「擲」用做〔踊躍〕義。《廣韻・昔韻》：「擲，振也。」「擲」的〔踊躍〕義當由〔投擲〕義引申而來。〔投擲〕義指揮動手臂使物體離開施事者，〔踊躍〕義指彎曲下肢使施事者自身離開地面，兩者〔使離開〕的義素相同，用做〔踊躍〕義的「擲」歷代都不常見。例：

（袁紹）失道，墜枳棘中，紹不能得動。（魏武）復大叫云：「偷

〔註10〕「踊」、「躍」用於表達喜悅心情的用例比較罕見，在先秦主要典籍中見2例：一例見於《詩經・邶風・擊鼓》：「擊鼓其鏜，踊躍用兵。土國城漕，我獨南行。」另一例見於《莊子・應帝王》：「齧缺問於王倪，四問而四不知。齧缺因躍而大喜，行以告蒲衣子。」

〔註11〕如：「漢王跳，獨與滕公共車出成皋玉門，北渡河，馳宿修武。」（《史記》卷8，第374頁）司馬貞《史記索隱》注：「如淳曰：『跳，走也。』」

兒在此！」紹遑迫自擲出，遂以俱免。(《世說新語‧假譎》)

2.2.2《齊民要術》未見「踊」、「躍」，「跳」的用例凡 3 例，用做〔踊躍〕義的 2 例（另有「跳丸」1 例，「跳」用做〔玩耍〕義）：

> 龍頸突目，好跳。鼻如鏡鼻，難牽。(《齊民要術卷六‧養牛馬驢騾》)

> 羊有病，輒相污，欲令別病法：當欄前作瀆，深二尺，廣四尺，往還皆跳過者無病；不能過者，入瀆中行過，便別之。(《齊民要術卷六‧養羊》)

2.3 唐五代用例

唐五代時期「跳」成爲本語義場的主要義位，同時義位「透」成爲本語義場一個比較常見的義位〔註 12〕。

2.3.1 杜甫詩中「踊」2 例，都用於義叢「踊躍」。「躍」9 例，其中 7 例用於義叢「躍馬」（4 例）、「踊躍」（2 例）、「騰躍」（1 例），單用僅 2 例，施事者是黑蛟、紫鱗。「跳」的用例凡 5 例，施事者有魚、白狐、杜鵑，除 1 例用於聯綿詞「跳梁」外，其它 4 例單用。「躍」、「跳」的用例各舉 2 例：

> 濤翻黑蛟躍，日山黃霧映。(《全唐詩》第 223 卷‧杜甫《早發》)

> 紫鱗衝岸躍，蒼隼護巢歸。(《全唐詩》第 224 卷‧杜甫《重題鄭氏東亭》)

> 隔巢黃鳥並，翻藻白魚跳。(《全唐詩》第 228 卷‧杜甫《絕句六首》)

> 古時杜宇稱望帝，魂作杜鵑何微細。跳枝竄葉樹木中，搶佯（一作翔）瞥捩雌隨雄。(《全唐詩》第 234 卷‧杜甫《杜鵑行》)

白居易詩中有「跳」用做名詞修飾語的用例：

> 盡日不下床，跳蛙時入戶。(《全唐詩》第 428 卷‧白居易《效

〔註12〕「透」在六朝時期就見用例，如《漢語大字典》的例句：「植物既載，動類亦繁，飛泳騁透，胡可根源？」（南朝宋謝靈運《山居賦》）但是在列入本文考察範圍的文獻中未見六朝用例。

陶潛體詩十六首》）

2.3.2《祖堂集》中「踊」、「躍」各 3 例，其中「踊身」、「雀躍」各 2 例。

「跳」凡 9 例，其中 1 例用於並列式義叢「趠〔註13〕跳」。如：

> 祖師一跳下來，撫背曰：「善哉，善哉！有手執干戈。」（《祖堂
> 集卷三·一宿覺和尚》）

> 南泉趠跳下來，撫背云：「雖是後生，敢有彫啄之分。」（《祖堂
> 集卷六·洞山和尚》）

2.3.3 詞位「透」有表示〔跳躍〕和〔穿過〕義的兩個義位。《說文新附·
辵部》：「透，跳也；過也。」〔註14〕檢索《樂府詩集》、杜甫詩和白居易詩，用
做〔跳躍〕義的「透」只見 2 例：

> 朝日斂紅煙，垂竿向綠川。人疑天上坐，魚似鏡中懸。避楫時
> 驚透，猜鈎每誤牽。（《樂府詩集》卷十八·唐沈佺期《釣竿》）

> 小兒成老翁，哀猿（一作猱）透卻墜。（《全唐詩》第 218 卷·
> 杜甫《泥功山》）

《祖堂集》中「透」的用例凡 27 例，其中〔跳躍〕義的有 6 例，如：

> 始跨方丈門，師便透下床，攔胸一擒，云：「速道，速道。」（《祖
> 堂集卷七·巖頭和尚》）

> 等閒莫與凡魚伴，直透龍門便出身。（《祖堂集卷十五·伏牛和
> 尚》）

2.4 宋代用例

宋代開始，隨著義位「躍」、「透」退出本語義場，「跳」成爲中心義位。《朱
子語類》中「跳」的用例凡 26 例，值得注意的是，「跳」後帶「過」、「到」或
表示距離的短語的用例有 11 例，在這些用例中「跳」表示空間上的一種位移，

〔註13〕　**趠同踔**，《說文·足部》：「踔，跳也。」《集韻·勿韻》：「踔，跳也。或從走。」由
　　　　於它在歷代文獻中罕見用例，茲從略。

〔註14〕　**趗與「透」音義俱同**。《廣韻·侯韻》：「趗，自投下。」又跳躍。清毛奇齡《越語
　　　　肯綮錄》：「以身踊擲曰趗。」由於它在歷代文獻中罕見用例，茲從略。

「跳」實際上表達了〔跨越〕義。如：

> 譬如前面有一個關，才跳得過這一個關，便是了。(《朱子語類卷二十七·論語九·里仁篇下·子曰參乎章》)

> 譬之如一個坑，跳不過時，只在這邊；一跳過，便在那邊。(《朱子語類卷四十·論語二十二·先進篇下·子路曾皙冉有公西華侍坐章》)

> 若第一級便要跳到第三級，舉步闊了便費力，只管見難，只管見遠。(《朱子語類卷四十九·論語三十一·子張篇·博學而篤志章》)

2.5 現代漢語用例

現代漢語中「蹦」加入了本語義場。「蹦」在《紅樓夢》中出現 1 例，但用做象聲詞〔註15〕。從「二典」的用例看，「蹦」的始見例爲上個世紀 50 年度作品。爲了準確把握義位「蹦」的意義，我們把《現代漢語詞典》中「蹦」詞條抄錄於此：

> 蹦 bèng 跳：歡〜亂跳｜皮球一拍〜得老高｜他蹲下身子，用力一〜，就〜了六七尺遠。〈比喻義〉他嘴裏不時〜出一些新詞兒來。

從表義精確的角度來說，上述例子中拍皮球使皮球突然離開地面的動作和蹲下身子使身子突然離開地面的動作都不宜用「跳」替換。原因是根據人們的語感，與「跳」的腳向地面用力後、利用反作用力使身體向前或向上運動的動作相比，「蹦」的動作側重於腳在騰空時不做交叉運動。正因爲如此，「跳遠」、「跳高」都有腳在騰空時做交叉運動的動作，絕對不能換成「蹦遠」、「蹦高」。《現代漢語詞典》收有「蹦高」詞條，釋義爲「跳躍」，例句是「樂得直〜兒。」顯然，此例中腳在騰空時垂直向上，沒有交叉運動。同時，體育上又專門給不經過助跑、腳在騰空時不做交叉運動的「跳遠」運動稱爲「立定跳遠」，單純從表義角度而言，這種運動命名爲「蹦遠」倒是最貼切的。

〔註15〕「正議論時，聽得君弦蹦的一聲斷了。」(《紅樓夢》第八十七回)

2.6 小　結

　　〔踊躍〕語義場在歷史上的興替情況比較複雜。支謙譯經以前，「踊」、「躍」是主要義位，根據語料性質的不同，兩者又有差異，中土文獻中常用「躍」，佛經中則常用「踊」。支謙譯經中有了「跳」的用例，六朝時與「躍」一起成爲主要義位，宋代以後成爲表達〔踊躍〕義的唯一義位。現代漢語中「蹦」加入了本語義場，與「跳」在動作的方式上有了分工。

語義	史記	支謙譯經	六朝	唐五代	宋元明清	現代
〔踊躍〕	躍、踊	踊、躍、跳	躍、跳	跳、躍、透	跳	跳、蹦

第六章　結　語

第一節　三國時期漢語詞彙概說

一、漢譯佛典的語言價值

　　胡敕瑞（1999）曾對《論衡》與東漢佛典詞語做了全面的比較研究，比較結果是，佛典詞彙比中土文獻詞彙更趨新，中古時期不少詞彙的源頭可以追溯到佛典，佛典具有很高的語言價值。本文以漢譯佛典作爲主要研究材料，在與同時代、前後代不同性質的文獻比較中，證實了譯經材料的語料價值和口語性質。它們使用的義位與中土文獻大體一致，就新出現的義位來看，它們往往比中土文獻早一個節拍，口語價值比較突出。支謙譯經比康僧會的譯經更具口語性，同時，研究情況也表明支謙譯經中的各部譯經的語料性質也不一致。

二、佛教詞語與漢語基本詞彙的雙向運動

　　佛教詞語包括佛教術語和用於佛教中的常見用語。術語是某門學科中的專門用語，它用來準確表達那門學科所特有的概念，一個術語必須具備的最基本的條件是單義性。（張永言，1982，第101〜102頁）佛教傳入中土以後，作爲一種純粹的外來文化，許多概念、術語難以在漢語裏找到相應的詞彙。解決的

辦法主要有兩個：一是通過音譯的方式，把佛教術語從原典文獻中連音帶義借用過來，在漢語的實際使用過程中，一些常見的多音節音譯詞被簡縮爲單音節或雙音節，在音節長度上與漢語固有的格式靠攏，即「漢化」的程度逐漸加深，許多常見的音譯佛教術語（大多是已簡縮了的單音節或雙音節詞）與漢語固有的詞組合成爲「梵漢合璧詞」。（梁曉虹，1994，第 9 頁）這種以音譯的方式形成的新詞只是借用了漢語中固有詞的語音，與語義無關，本文未做討論。二是通過意譯的方式，利用漢語固有詞來表示佛教的概念，產生了漢語詞彙中的一批佛教術語，這些術語一般是在漢語固有詞的基礎上採用比喻的方式產生的，語義上是對漢語固有詞語義的抽象化，並賦予特殊的宗教內容。在本文考察的內容中，如漢語中固有詞「執」、「著」、「持」、「縛」、「結」、「觀」、「趣」等都成爲佛教術語。同時，一些並不用來賦予特殊宗教內容的漢語詞由於在佛經中經常使用，也帶上了宗教色彩，成爲佛教用語。例如佛經中描寫信眾聽了佛說法後的喜悅心情，運用了漢語中原先形容歡欣鼓舞動作的詞「踊躍」；表達佛的〔說道〕義偏好於用「言」，而不用漢語中習用的「曰」，「佛言：……」的結構成爲佛經中表達佛〔說道〕義的最常見的句式。

反過來說，佛教用語也對漢語詞彙產生了巨大影響，這一方面時人前賢對此論述頗多。就本文考察的範圍來看，不少佛教用語成爲漢語中的基本詞彙，一直使用至今，如「束縛」、「執著」、「踊躍」等；其中有些則作爲構詞語素得以保留，如佛教術語「趣」在漢語中引申出〔旨趣〕義，作爲語素一直保留到現代漢語中。佛教用語和漢語詞彙之間的這種雙向運動對漢語發展乃至對漢文化發展起到了重要作用。

三、從漢語史的角度看三國時代漢語詞彙

汪維輝（2000，第 415 頁）根據東漢—隋常用詞的演變情況把東漢三國時期劃爲中古漢語發展的同一個階段〔註1〕，但他同時認爲，由於社會動盪，三國時期語言的變化也很劇烈，許多東漢或更早產生的口語詞，經過這一時期的推波助瀾，得到推廣，並被文人們所接受而進入文言詞彙系統。本文的

〔註1〕 汪維輝先生（2000，第 415 頁）把中古漢語內部份爲東漢三國、晉宋、齊梁陳隋三個階段。

考察結果表明，漢語常用詞首次發生大規模的顯著變化是在魏晉南北朝。在這常用詞首次大規模變化中，三國時期是魏晉南北朝整個時期的開始。有些詞的始見例可追溯至先秦時代，但是開始普遍使用是在三國時代（有時應包含東漢末年）。根據本文 15 個子語義場中各義位的考察，三國時代開始普遍使用的詞有：與「口」有關的義位有「言」（用做〔說道〕義）、「說」、「道」（用做〔敘說〕義）、「喚」，與「目」有關的義位有「看」，與「手」有關的義位有「擲」、「安」（〔安置〕義）、「放」（〔安置〕義）、「打」、「挽」，與「足」有關的義位有「蹋」、「跳」等等。

本文以義位（一般對應於單音節詞）為單位，透過義位與義位組合成義叢（一般對應於雙音節詞）情況，從一個側面考察漢語詞彙雙音化的進程。三國支謙譯經的用例情況表明，並列關係的義叢能使原有多義的單音節詞的語義明確化，也能使原先存在差異的不同義位語義泛化趨同，如〔歌誦〕語義場中義位「諷」、「誦」經常組合在語義上泛化；偏正關係的義叢有助於用分析化的手段使表達下位義的單音節詞演變成為「修飾成分＋表上位義的單音節詞」的雙音節詞形式，如〔觀看〕語義場許多原先由單音節詞表達的下位義位的消失。在新的義位產生的同時，相對舊的義位往往成為新的複音詞的構詞語素，作為語素後的那些原來是語義場中心義位的構詞能力強於新義位。這在下一節中還要詳述。

第二節　語義場演變的有關問題

從語義場的角度進行常用詞研究存在著兩大難點：一是「全」的要求。語義場研究要求做系統的研究，一個基本要求就是義位的收集上盡可能全，但限於文獻和研究者個人精力，很難做到。呂叔湘先生（1985，序言）說到歷史語法的研究中說「這種工作要求細針密縷，多少有點像繡花」，語義場研究也同樣存在這樣的問題。二是「細」的要求。對各個時代語義場中各義位的義值、義域變化的描寫應在掌握足夠語料的基礎上做仔細的比較、分析，並解釋變化的原因，但在實際研究中難度很大。

通過上文 15 個動作語義場演變情況的考察，我們有必要從理論和實踐兩個方面對有關問題做些思考。

一、有關語義場演變研究的若干理論問題

　　從目前學術界的情況來看，語義場演變問題在理論上的研究還是比較薄弱的，結合本文具體的考察情況，我們把有關問題列舉出來，期待能引起研究者的重視：

　　（一）語義場內部各義位之間是相互制約的，它們的變化不是一對一簡單替換的關係。一個義位的改變往往波及別的義位義域的改變，並導致義值的變化。上文考察中我們注意義位義域、義值的變化情況，就表動作的義位來說，我們重點考察它們的施事者、受事者、動作的方式、方向、行爲的目的結果等情況，注意描寫這些義位之間、義位自身前後不同時期義值、義域的變化。

　　（二）作爲共時層面上的一組同義義位來說，它們的所對應的詞新舊程度並不相同。爲了判斷單音節詞新舊程度，有以下 3 條標準可做參考：

　　（1）單用性。本文討論的義位顯現出來的詞絕大多數爲單音節形式。當一個單音節詞剛出現時，義位單一，在以後長時間的使用過程中，義位逐漸孳乳，語義負擔日漸加重，爲了區別義位、準確表義，與別的單音節詞相組合後成爲雙音節短語，短語凝固化後形成複合詞，原有的單音節詞成爲它的語素成分。一個單音節詞是否經常單獨使用是判斷新舊程度的一條最重要的標準。在本文的具體考察中，我們十分注意單用或在義叢中使用的用例情況考察。

　　（2）組合對象。在具體的語言應用中積澱下來的舊詞通常習慣於和比較「舊」的詞或語法形式組合，新詞通常習慣於和同樣比較「新」的詞或語法形式組合。新舊詞組合關係的差別，正是它們時代層次不同的反映。從平面的角度來考察一組詞的新舊程度時，從漢語史的角度來看，歷代新產生的詞彙和新發展出來的語法形式如趨向補語、體標記等都是重要的判斷標準。

　　（3）組合能力。詞跟新詞或新的語法形式組合能力的強弱反映了新舊程度。假設那個時代新的語法形式有好幾個，被考察的那個詞能跟它們組合的數量越多，說明該詞就越趨新，反之，就說明該詞存古色彩比較重。

　　應該說明的是，詞與詞的組合能力與一個詞的構詞能力是兩個層面的概念。前者屬於句法的範疇，後者則是構詞法的範疇。構詞能力的強並不就能說明該義位的新，而只能說明該詞是「老資格」的詞，它在歷史上十分活躍，能夠與別的眾多詞組合成爲短語，凝固以後成爲複合詞。我們在〔觀看〕語義場一節中曾談到義位使用中的歷史層次問題，可參看。

　　王寧先生（1997）指出：「在單音的同義詞中，口語詞的構詞能量往往小於文言詞」。她認爲這一方面是由於口語單音詞還能獨立使用，因而不太適合做複合詞中的成分；另一方面是文言成分在漢語歷史上存在時間久，歷史積蘊程度深。王先生所說的文言成分指的是構詞語素，也就是說不自由語素往往比自由語素的結合面還要寬，因而漢語複合詞大部份是由不自由語素構成的。應該補充說明的是：很多文言成分在不能單用之後，它的語義對於語言使用者來說仍是清晰的，這是文言成分保持高的能產性的一個必要條件。

　　（三）從歷時層面來考察，值得注意的問題有以下 5 個方面：

　　（1）語義場各義位一般來源於新詞或由別的語義場中的義位引申出的新義，也存在一類特殊情況，新的義位從本語義場內部的某一義位發展而來，造成了詞的形式和表達的語義之間的錯位現象。最典型的是〔行走〕語義場中「走」對「行」在表〔步行〕義上的替代。胡敕瑞（1999）稱之爲「拉鏈」、「推鏈」現象，楊榮祥（2002）歸納爲「排擠」、「推移」、「積澱」等現象。

　　（2）新、舊義位的替換在數量上大多是「一對一」的替換關係，也有「多對一」或「一對多」的現象。新舊義位的義域存在分合、交叉。如〔飲食〕語義場「飲」、「食」→「吃」→「吃」、「喝」的替換情況。有些情況下是新舊義位作爲同義義位在共時層面上長期並存。它們在義域上略有差異。如〔取拿〕語義場中的「採」、「摘」。

　　（3）同一個語義場內部各義位分別存在著同步引申的現象，同場同模式是義位演變的一條規則（張志毅、張慶雲，2001，第 326 頁）。這種引申可以是同時發生的，如〔觀看〕語義場中「視」、「看」、「瞻」都引申出〔看望〕義；也可以是不同時期先後發生的，如〔叫呼〕語義場中「呼」、「喚」、「叫」、「喊」的引申義發展情況。

　　（4）語義場內部各同義義位之間既存在「趨同」現象又有「分異」現象。「趨同」的原因既有語言上的又有語用上的。如〔行走〕語義場中義位「行」與「走」的趨同就兼有這兩方面的原因。盛豔玲（2005）考察了「拿類詞」的歷史演變，認爲上位詞呈現「歸一」的發展趨勢。「拿類詞」最終由「拿」承擔了〔用手抓住或搬動〕這一義位，其它的詞如「捉」、「把」和「將」轉而表示別的語義，「執」、「持」則成了歷史遺留詞。通過本文考察也可以看出，在現代

漢語中，除了〔執持〕語義場中的各成員統一爲「拿」以外，在漢語趨向動詞發展的語法背景下，原先可分析爲〔執持〕與〔取來〕兩個語義場的核心義位也歸爲「拿」。「分異」現象是由語言的經濟原則決定的，語言中幾個同等成分的存在是不必要的，經過並用競爭的階段，結果往往只有一個義位被保留，別的義位被淘汰。需要說明的是，這些被淘汰的義位所對應的詞一般不會消亡，這些詞保留了其它義位，與那個被保留的義位之間在語義上有了分化〔註2〕。如詞位「飯」、「餐」、「食」的表〔進食〕義的動詞性義位在〔飲食〕語義場中被淘汰以後，它們的表〔食物〕義的名詞性義位仍然存在，與新產生的動詞性義位「吃」在語義上有了分工。

（5）就語義場各義位本身的變化來說，符合漢語詞彙從古到今從「綜合」到「分析」的趨勢。漢語詞彙從古到今有一種從「綜合」到「分析」的趨勢（蔣紹愚，1989，第232頁），這是與漢語詞彙雙音化的趨勢、偏正式、并列式構詞法的能產以及補充式、派生式構詞法的發展分不開的。如「見」成爲「見到」、「看到」（參看〔觀看〕語義場）；「取」變爲「拿來」、「劫」變爲「打劫」等（參看〔取拿〕語義場）等。

（四）不但一個語義場內部存在變化，而且語義場之間也有變化，這主要取決於語言使用者認知方面的因素，表現爲兩方面：

（1）兩個相關的語義場用同一組詞來表示，在義位的顯現形式上趨同，如唐代以後〔投擲〕語義場和〔捨棄〕語義場的主要義位往往用同一個詞的形式，這種情況的形成是由於使用者認知上的原因，就〔投擲〕義和〔捨棄〕義而言，它們的在客觀上顯現出來的動作是相同的，都是人使受事者離開人的手在空中運動，區別在於人主觀上的願望，〔投擲〕義是讓受事者到達某處，而〔捨棄〕義是出於放棄對受事者所有權的考慮，使受事者離開人的手。

（2）同一個語義用不同語義場內的義位表示，這也是使用者認知上的原因，體現了人們對客觀事物進行範疇化和概念化方面存在的差異。蔣紹愚先生（1999）把事物、動作、性狀概括爲義位稱爲「第一次分類」，把義位組合成詞

〔註2〕 沈家煊先生（1994）曾介紹了 Hopper 提出的語法化的五個原則，包括並存原則、歧變原則、擇一原則、保持原則和降類原則，這對我們考察同義義位之間的變化情況具有借鑒作用。

得以顯現稱爲「第二次分類」，合稱「兩次分類」。上述同一個語義用不同語義
場內的義位表示的情況也可以用這一理論來解釋。以「讀（書）」和「看（書）」
爲例，兩者語義相同，都是指〔閱讀〕，閱讀這一動作如果從獲得知識這一角度
考慮，可以與〔念誦〕義歸爲一類，用「讀」這一詞的形式來表示；如果從必
須由觀看動作的參與考慮，又可以與〔觀看〕義歸爲一類，用「看」這一詞的
形式表示。而詞位「讀」和「看」就它們內部的中心義位而言，分屬於不同的
語義場。

（五）雖然歷史上漢語語義場各義位發生了很大變化，語義場中的新義位
一出現往往很快就會被語言社團所接受而取代舊有義位，從古到今概念沒有改
變名稱（詞）的是少數，大部份都發生過變化，但是被替換了的詞往往成爲新
產生的複合詞的構詞語素保留下來，維持著漢語基本詞彙的穩定性；同時，受
雙音化趨勢的影響，語義場內不少義位也經歷了由單音詞轉化爲複音詞的過
程。漢語複合詞由語素復合而成的特點與漢語單音形式即「字」的性質有關。「字」
是漢語中語音和語法的交匯點，有著穩定的語音表現，一個字就是一個音節，
且有聲調作爲標誌（王洪君，1994），而且，漢字具有頑強的表義性（徐通鏘，
1997），這就使得字的意義不容易喪失，能始終保持較強的結合能力。

二、以語義場爲單位考察常用詞演變的研究方法

如何以語義場爲單位來考察常用詞演變？本文考察的雖然僅限於動作語義
場，但從方法論的角度來說應該也適合於別的語義場的研究。筆者認爲比較重
要的有以下四方面內容：

（一）語義場的確定。確定合適的語義場是做好研究的基礎。語義場劃分
得太細則會變成一組同義詞的辨析考察，劃分得太寬泛即只注意共性義素是否
存在而忽略各義位之間是否具有「相互制約」的特點，則談不上以語義場爲單
位的研究了。比如本文「與『口』有關的語義場一章中，〔言說〕、〔歌誦〕、〔叫
呼〕3 個子語義場的中心義素都是〔發出聲音〕，但是它們之間各義位相互制約
的特點體現得不明顯，我們把它們分爲 3 個子語義場來考察，而在這 3 個子語
義場可以歸併到一個上位的〔發聲〕語義場中。〔歌誦〕語義場中的 7 個義位雖
然從最小的同義關係上可分爲 3 組，即「諷」、「誦」、「讀」，「吟」、「詠」，「歌」、
「唱」，但是我們從動作的受事者、結果的不同找出了它們之間的聯繫，把它們

歸併到一個語義場中。語義場的大小確定可能會因人而異，但總的目標只有一個，就是有利於義位演變的考察。

本文考察的語義場都是基於同義關係組成的，根據義位之間層級關係的不同大體可以分為由同一層級關係的一組義位構成的語義場和由上下位關係的一組義位構成的語義場兩大類。考察過程中我們對前者既注意共時層面上對各義位義值、義域的分析，有必要時從引申序列的角度進行考察（參看〔執持〕語義場對「執」、「持」的考察）。對後者我們注重上位義位對下位義位替換情況的考察（參看〔觀看〕語義場歷時層面上前後兩個不同上位義位「視」、「看」表達下位義的用例考察）。

（二）充分考慮語言使用者認知上的因素，並運用義素分析的方法予以顯現。關於語言使用者認知上的因素的內容參看上一小節第四條，我們重點討論義素分析法。義素分析法自上個世紀 70 年代以來受到很多人多方面的批評，如張志毅、張慶雲先生（2001，第 39 頁）指出：主觀性較強，並不適用於所有的詞（如不適用於綜合詞「偉大」、泛義詞「打」、心理動詞「愛」等）。我們認為，任何方法都有它的適用範圍，就本文所考察的範圍來說，義素分析法無疑是一種很有解釋力的方法。義素在自然語言中是潛在的個體，我們在仔細玩味義位的語義時能夠感覺到。比如說，「（用手）打」和「（用腳）踢」就單純動作而言，兩者都是「撞擊」，只不過由於動作工具的不同，而形成了不同義位，並用不同的詞顯現。值得注意的是，「撞擊」這一動作也可抽象化表達眼睛的動作「觀看」，有一個複合詞「目擊」。運用義素來考察這些語言單位的不同語義，確實有它獨到的便利之處。

（三）從組合關係上考察演變的軌跡。張志毅、張慶雲（2001，第 313～332 頁）在考察義位演變的原因時歸納為客體世界、主體世界、語言世界三個方面，不管是什麼原因引起的變化，在形式上的顯現就是義位的組合關係。因此本文在考察語義場各義位的演變時密切關注它們組合關係的變化情況。如〔言說〕語義場《史記》中「言」、「云」、「曰」三者義域的趨同，〔歌誦〕語義場中「諷」、「誦」因為經常連文而造成語義上的趨同，〔行走〕語義場中「走」逐漸用於表達〔步行〕義，如此等等。

（四）必須以某個時代的斷層為單位進行語義場研究。從漢語史的角度做

縱向考察時，必須切取其中若干個斷層來考察。前後兩個斷層的語義場，區別性特徵的側重面可能不同。就〔行走〕語義場來說，現代漢語中，區別性特徵是移動速度的快慢，而在古代相當一段時間內，動作趨向性是一個重要的區別性義素，而且在句法位置上顯現，而這一區別性義素在唐宋以後消失了。如果一味套用從現代漢語中歸納出來的速度快慢這一區別性特徵，是很難描寫、解釋古代漢語中「走」對「行」的替換過程的。

　　從語義場的角度研究漢語詞彙，能夠很好地描寫與分析詞彙系統性和動態性，構建起詞義系統，是漢語詞彙史研究中一個值得運用的方法。這種方法，對詞典編纂也有重要意義。蔣紹愚先生（2015，第 408 頁）指出：「如果詞典中一個詞的義項只是雜亂地任意羅列，那麼，讀者查檢時就會感到目亂心煩，不得要領。只有釐清了各個詞的詞義系統，按照詞義系統來排列義項，這樣才能井然有序。……只有編纂者用科學的方法釐清了詞義系統，把這個詞義系統作爲綱，綱舉目張，把各個義項有序地排列出來，然後再對各個義項產生的時代做出準確的考察，這樣，一部名副其實的漢語歷史詞典才能編纂出來。」

　　本文研究距今已經 15 年了，僅涉及漢語整個語義場系統的一小部份，對語義場的研究也還是初步的。值得欣喜的是，目前已有越來越多的研究者運用語義場或概念場方法來進行漢語詞彙研究，雖然研究中有些問題還有待進一步深入擴展〔註3〕，但是當今對每一個語義場的個案研究，都是爲漢語的整個詞彙系統和詞義系統的描寫與建構添磚加瓦，假以時日，漢語詞彙學的研究與漢語歷史詞典的編纂必將上一個新的臺階，呈現出新的面貌。

〔註3〕 詳見孫淑娟（2012），該文提出，擴寬研究領域，深入到各類性質的概念場；拓寬研究角度，如關注反義關係、場外成員（相關概念場）間的相互影響、聚合關係的演變、單音詞與複音詞的互動；加強理論建樹，關注概念場發展演變規律及內部機制的揭示。

參考文獻

1. 白雲（2012）：《漢語常用動詞歷時與共時研究》，中國社會科學出版社。

2. 曹秀華（2002）：《三國漢譯佛經的特點及其價值研究述評》，《湖南輕工業高等專科學校學報》第 1 期。

3. 程湘清（1992）：《漢語史斷代專書研究方法論》，作爲「代序」載於《宋元明漢語研究》，山東教育出版社。

4. 崔宰榮（1998）：《漢語「吃喝」語義場的歷史演變》，北京大學碩士學位論文。

5. 鄧攀（2008）：《支謙生平略考》，《南京曉莊學院學報》第 4 期。

6. 董秀芳（2001）：《詞彙化：漢語雙音詞的衍生和發展》，四川大學博士學位論文。

7. 董玉芝（2011）：《漢語「挖掘」義動詞的歷時演變》，《燕山大學學報（哲學社會科學版）》第 3 期。

8. 杜翔（2004）：《「走」對「行」的替換與「跑」的產生》，《中文自學指導》第 6 期。

9. 杜翔（2010）：《「取拿」義的歷史演變》，《漢語史學報》總第十一輯。

10. 方一新（1996）：《東漢語料與詞彙史研究芻議》，《中國語文》第 2 期。

11. 方一新（2010）：《中古近代漢語詞彙學》，商務印書館。

12. 馮春田（2000）：《近代漢語語法研究》，山東教育出版社。

13. 馮勝利（2000）：《漢語韻律句法學》，上海教育出版社。

14. 馮勝利（2001）：《從韻律看漢語「詞」「語」分流之大界》，《中國語文》第 1 期。

15. 管錫華（2000）：《〈史記〉單音詞研究》，巴蜀書社。

16. 郭曉妮（2010）：《古漢語物體位移概念場詞彙系統及其發展演變研究——以「搬移類」、「拖曳類」等概念場爲例》，浙江大學博士學位論文。

17. 胡敕瑞（1999）：《〈論衡〉與東漢佛典詞語比較研究》，北京大學博士學位論文，2002 年由巴蜀書社出版。

18. 江藍生（1988）：《魏晉南北朝小說詞語彙釋》，語文出版社。

19. 江藍生（2000）：《近代漢語探源》，商務印書館。

20. 賈彥德（1992）：《漢語語義學》，北京大學出版社。

21. 何樂士（2000）：《古漢語語法研究論文集》，商務印書館。

22. 洪成玉、張桂珍（1987）：《古漢語同義詞辨析》，浙江教育出版社。

23. 黃金貴（1995）：《古代文化詞義集類辨考》，上海教育出版社。

24. 季琴（2004）：《三國支謙譯經詞彙研究》，浙江大學博士學位論文。

25. 賈燕子（2013）：《也論「吃」對「食」、「飲」歷時替換的不平衡性》，《漢語史學報》總第十三輯。

26. 姜興魯（2011）：《竺法護譯經感覺動詞語義場研究》，浙江大學博士學位論文，2016 年由浙江大學出版社出版。

27. 蔣紹愚（1989）：《古漢語詞彙綱要》，北京大學出版社。

28. 蔣紹愚（1994a）：《蔣紹愚自選集》，河南教育出版社。

29. 蔣紹愚（1994b）：《近代漢語研究概況》，北京大學出版社。

30. 蔣紹愚（1999）：《兩次分類——再談詞彙系統及其變化》，《中國語文》第 5 期。

31. 蔣紹愚（2000）：《漢語詞彙語法史論文集》，商務印書館。

32. 蔣紹愚（2006）：《漢語詞義和詞彙系統的歷史演變初探——以「投」爲例》，《北京大學學報（哲學社會科學版）》第 4 期。

33. 鎌田茂雄（1980）：《簡明中國佛教史》，〔日〕鎌田茂雄著，1980 年初版，鄭彭年譯，上海譯文出版社，1986 年。

34. 梁曉虹（1994）：《佛教詞語的構造與漢語詞彙的發展》，北京語言學院出版社。

35. 李宗江（1999）：《漢語常用詞演變研究》，漢語大詞典出版社。

36. 劉寶霞、張美蘭（2013）：《近代漢語「丟棄」義常用詞的歷時演變與地域分佈》，《古漢語研究》第 2 期。

37. 劉均傑（1986）：《紅樓夢前八十回和後四十回語言差異考察》，《語言研究》第 1 期。

38. 劉叔新（1990）：《漢語描寫詞彙學》，商務印書館。

39. 劉燕文（1981）：《對五組古漢語動詞同義詞的分析》，北京大學研究生畢業論文。

40. 呂澂（1979）：《中國佛學源流略講》，中華書局。

41. 呂澂（1980）：《新編漢文大藏經目錄》，齊魯書社。

42. 呂東蘭（1995）：《漢語「觀看」語義場的歷史演變》，北京大學碩士學位論文；修改後題爲《從〈史記〉、〈金瓶梅〉等看漢語〔觀看〕語義場的歷史演變》發表於《語言學論叢》第二十一輯，商務印書館 1998 年版。

43. 呂叔湘（1985）：《近代漢語讀本·序》，劉堅編著，上海教育出版社。

44. 呂叔湘（1985）：《近代漢語指代詞》，學林出版社。

45. 陸宗達、王寧（1994）：《訓詁與訓詁學》，山西教育出版社。

46. 馬清華（2000）：《文化語義學》，江西人民出版社。

47. 梅家駒等（1987）：《語義場和語義體系》，《外國語》第 3 期。

48. 潘允中（1989）：《漢語詞彙史概要》，上海古籍出版社。

49. 沈懷興（1998）：《漢語偏正式構詞探微》，《中國語文》第 3 期。

50. 沈家煊（1994）：《「語法化」研究綜觀》，《外語教學與研究》第 4 期。

51. 沈家煊（2012）：《「名動詞」的反思：問題和對策》，《世界漢語教學》第 1 期。

52. 盛豔玲（2005）：《漢語「拿類詞」的歷時演變與共時分佈》，南京大學碩士學位論文。

53. 石毓智（2000）：《語法的認知語義基礎》，江西教育出版社。

54. 蘇新春（1992）：《漢語詞義學》，廣東教育出版社。

55. 蘇新春（2013）：《現代漢語分類詞典》，商務印書館。

56. 孫淑娟（2012）：《古漢語概念場研究綜述》，《南昌工程學院學報》第 5 期。

57. 索緒爾（1916）：《普通語言學教程》，〔瑞士〕索緒爾著，1916 年初版，高名凱譯，商務印書館 1982 年。

58. 太田辰夫（1991）：《漢語史通考》，重慶出版社。

59. 譚代龍（2008）：《義淨譯經身體運動概念場詞彙系統及其演變研究》，語文出版社，該書原係 2005 年北京大學博士學位論文，題爲《義淨譯經身體運動概念場詞彙研究》。

60. 湯用彤（1936）：《漢魏兩晉南北朝佛教史》，中華書局 1983 年重版。

61. 汪維輝（2000）：《東漢—隋常用詞演變研究》，南京大學出版社，該書原係 1997 年四川大學博士學位論文，題爲《東漢魏晉南北朝常用詞演變研究》。

62. 汪維輝（2003）：《漢語「說類詞」的歷時演變與共時分佈》，《中國語文》第 4 期。

63. 王楓（2004）：《「言說」類動詞語義場的歷史演變》，北京大學碩士學位論文。

64. 王國珍（2010）：《「吃」「食」「飲」歷時替換的不平衡性及其認知》，《古漢語研究》第 1 期。

65. 王洪君（1994）：《從字和字組看詞和短語》，《中國語文》第 2 期。

66. 王力（1941）：《古語的死亡殘留和轉生》，原載《國文月刊》第 9 期，1941 年 7 月；後收入《龍蟲並雕齋文集》第 1 冊，中華書局，1980 年版。

67. 王力（1947）：《新訓詁學》，原載《開明書店二十週年紀念文集》（1947 年）；後收入《龍蟲並雕齋文集》第 1 冊，中華書局，1980 年版。

68. 王力（1958，1980）：《漢語史稿》，科學出版社，該書修訂本 1980 年由中華書局出版。

69. 王力（1982）：《同源字典》，商務印書館。

70. 王力（1990）：《漢語詞彙史》，《王力文集》第 11 卷，山東教育出版社。

71. 王寧（1997）:《現代漢語雙音合成詞的構詞理據與古今漢語的溝通》,載《慶祝中國社會科學院語言研究所建所 45 週年學書論文集》,商務印書館。

72. 王毅力（2009）:《常用詞「竊」、「盜」、「偷」的歷時演變》,《語言科學》第 6 期。

73. 王雲路、方一新（1992）:《中古漢語語詞例釋》,吉林教育出版社。

74. 王雲路、方一新（2002）:《漢語史研究領域的新拓展——評汪維輝〈東漢—隋常用詞演變研究〉》,《中國語文》第 2 期。

75. 謝智香（2013）:《漢語手部動作常用詞演變研究——以〈世說新語〉語料爲中心》,中國社會科學出版社。

76. 徐國慶（1999）:《現代漢語詞彙系統論》,北京大學出版社。

77. 徐時儀（2000）:《古白話詞彙研究論稿》,上海教育出版社。

78. 徐時儀（2007）:《乳、湩與奶及棄、丟與扔的興替考》,《南京師範大學文學院學報》第 4 期。

79. 徐通鏘（1997）:《語言論——語義型語言的結構原理和研究方法》,東北師範大學出版社。

80. 許理和（1959）:《佛教征服中國》,李四龍譯,江蘇人民出版社,1999 年。

81. 顏洽茂（1997）:《佛經語言闡釋》,杭州大學出版社。

82. 楊明澤（2011）:《常用詞「泣、啼、號、哭」的演變研究》,《保定學院學報》第 1 期。

83. 楊榮賢（2006）:《漢語六組關涉肢體的基本動詞發展史研究》,南京大學博士學位論文。

84. 楊榮賢（2010）:《漢語中「投擲」義與「拋棄」義的異同及其區分》,《安徽師範大學學報（人文社會科學版）》第 4 期。

85. 楊同軍（2006）:《支謙譯經複音詞研究》,四川大學博士學位論文。

86. 尹戴忠（2011）:《上古看視概念場詞彙研究》,湖南人民出版社。

87. 俞理明（1993）:《佛經文獻語言》,巴蜀書社。

88. 遇笑容（2001）:《儒林外史詞彙研究》,北京大學出版社。

89. 袁毓林（1998）:《語言的認知研究和計算分析》,北京大學出版社。

90. 志村良治（1984）:《中國中世語法史研究》,〔日〕志村良治著,1984 年初版,江藍生、白維國譯,中華書局 1991 年。

91. 張聯榮（2000）:《古漢語詞義論》,北京大學出版社。

92. 張敏（1998）:《認知語言學與漢語名詞短語》,中國社會科學出版社。

93. 張永言（1982）:《詞彙史簡論》,華中工學院出版社。

94. 張永言、汪維輝（1995）:《關於漢語詞彙史研究的一點思考》,《中國語文》第 6 期。

95. 張志毅、張慶雲（2001）:《詞彙語義學》,商務印書館,2005 年出修訂本。

96. 趙豔芳（2001）:《認知語言學概論》,上海外語教育出版社。

97. 周一良（1963）：《魏晉南北朝史論集》，中華書局。

98. 朱慶之（1992）：《佛典與中古漢語詞彙研究》，臺北文津出版社。

99. 朱瑩瑩（2007）：《手部動作常用詞的語義場研究》，四川大學碩士學位論文。

100. 祝敏徹（1957）：《論初期處置式》，《語言學論叢》第 1 輯。

101. Hopper, P. & E.Traugott 1993. Grammaticalization. Cambridge University Press.

102. J.Lyons.1978.semantics, London:Cambridge University Press.

引用文獻

佛典文獻 62 部（據《大正藏》）

東漢佛經 29 部（依照呂澂、許理和考訂成果）

安世高譯 16 部

長阿含十報法經（第一卷 No.13），人本欲生經（No.14），一切流攝守因經
（No.31），佛說四諦經（No.32），佛說本相猗致經（No.36），是法非法經
（No.48），漏分佈經（No.57），佛說普法義經（No.98），佛說八正道經（第
二卷 No.112），七處三觀經（No.150），大安般守意經（第十五卷，No.602），
陰持入經（No.603），禪行法想經（No.605），道地經（No.607），佛說法受
塵經（第十七卷，No.792），阿含口解十二因緣經（第二十五卷，No.1508）。

支婁迦讖譯 8 部

道行般若經（第八卷，No.224），佛說兜沙經（第十卷，No.280），阿閦佛
國經（第十一卷，No.313），遺日摩尼寶經（第十二卷，No.350），般舟三
昧經（第十三卷，No.418），文殊師利問菩薩署經（第十四卷，No.458），
阿闍世王經（第十五卷，No.626），內藏百寶經（第十七卷，No.807）。

安玄共嚴佛調譯 1 部

法鏡經（第十二卷，No.322）

竺大力共康孟詳譯 1 部

修行本起經（第三卷，No.184）

曇果共康孟詳譯 1 部

中本起經（第四卷，No.196）

支曜譯 1 部

成具光明定意經（第十五卷，No.630）

失譯 1 部

伅眞陀羅所問如來三昧經（第十五卷，No.624）

三國佛經 30 部

支謙譯 29 部

般泥洹經（第一卷 No.6），釋摩男本四子經（No.54），賴吒和羅經（No.68），梵摩渝經（No.76），齋經（No.87），菩薩本緣經（第三卷 No.153），月明菩薩經（No.169），太子瑞應本起經（No.185），佛說義足經（第四卷 No.198），撰集百緣經（No.200），法句經（No.210），大明度經（第八卷 No.225），佛說菩薩本業經（第十卷 No.281），佛說須賴經（第十二卷 No.328），佛說阿彌陀三耶三佛薩樓佛檀過度人道經（No.362），佛說維摩詰經（第十四卷 No.474），佛說阿難四事經（No.493），私呵昧經（No.532），菩薩生地經（No.533），佛說七女經（No.556），佛說龍施女經（No.557），佛說老女人經（No.559），佛說八師經（No.581），佛說慧印三昧經（第十五卷 No.632），了本生死經（第十六卷 No.708），佛說四願經（第十七卷 No.735），佛說孛經抄（No.790），佛說佛醫經（No.793），佛說無量門微密持經（第十九卷 No.1011）。

康僧會譯 1 部

六度集經（第 3 卷，No.152）

其它佛經 3 部

蕭齊·求那毗地譯 1 部

百喻經（第四冊 No.209）

元魏・慧覺等譯 1 部

　　賢愚經（第四冊 No.202）

隋・闍那崛多譯 1 部

　　佛本行集經（第三冊 No.190）

中土文獻 28 種

　　《詩經注析》程俊英、蔣見元著，中華書局，1991。

　　《春秋左氏傳》楊伯峻譯注，中華書局，1990。

　　《韓非子集解》（戰國末年）韓非著，王先慎集解，中華書局，1998。

　　《史記》（西漢）司馬遷著，中華書局，1982。

　　《漢書》（東漢）班固著，中華書局，1982。

　　《論衡校釋》（東漢）王充著，黃暉校釋，中華書局，1990。

　　《魏詩》選自《先秦漢魏晉南北朝詩》，逯欽立輯校，中華書局，1984。

　　《全三國文》選自《全上古三代秦漢三國六朝文》，（清）嚴可均校輯，商務印書館，1999。

　　《三國志》（晉）陳壽著，（劉宋）裴松之注，中華書局，1982。

　　《世說新語譯注》（劉宋）劉義慶著，張萬起、劉尚慈譯注，中華書局，1998。

　　《齊民要術校釋》（第二版）（北魏）賈思勰著，繆啓愉校釋，中國農業出版社，1998。

　　《顏氏家訓集解》（增補本）（北齊）顏之推著，王利器集解，中華書局，1993。

　　《王梵志詩校注》（唐）王梵志著，項楚校注，上海古籍出版社，1991。

　　杜甫詩、白居易詩，見《全唐詩》中華書局，1992。

　　《唐律疏議箋解》（唐）長孫無忌著，劉俊文箋解，中華書局，1996。

　　《入唐求法巡禮行記校注》（唐）日僧圓仁著，白化文等校注，花山文藝出版社，1992。

　　《敦煌變文校注》黃徵、張湧泉校注，中華書局，1997。

　　《祖堂集》（南唐）靜、筠二禪師著，上海古籍出版社，1994。

　　《樂府詩集》（宋）郭茂倩編，中華書局，1979。

　　《五燈會元》（宋）普濟著，蘇淵雷點校，中華書局，1984。

《朱子語類》（宋）黎靖德編，中華書局，1994。

《元典章・刑部》（影印本）中國書店，1990。

《老乞大諺解》（元末明初）朝鮮人學漢語會話本，據劉堅、蔣紹愚主編《近代漢語語法研究資料彙編・元代明代卷》，商務印書館，1995。

《金瓶梅詞話》（明）蘭陵笑笑生著，人民文學出版社，1992。

《紅樓夢》（清）曹雪芹著，人民文學出版社，1992。

《老乞大新釋》（清）金昌祚、邊憲著，奎章閣藏書。

《兒女英雄傳》（清）文康著，上海古籍出版社，1994。

後　記

　　這篇論文的寫作和最終完成，是我在北大三年求學生涯的一個總結，也是一個見證。在北大這麼優越的學習條件下攻讀自己熱愛的專業，使自己的夙願得以實現，實在是我一生中的最大幸事。

　　我特別感謝恩師蔣紹愚先生，因為我當初是由新聞專業跨專業報考的，專業功底欠缺得很，是蔣先生肯定了我對專業的一腔熱忱，使我有了在漢語史專業領域得以登堂入室的機會，但是我還努力不夠，時時痛感有愧於先生期望，應當努力再努力。在指導本文的寫作中，先生花費了大量心血。記得當初考博分數揭曉後，先生詢問我的研究方向，我說想做詞彙史研究，考釋一些詞語的語源，還不著邊際地談了些想法。先生說選取一定數量的常用詞考察在各個時期的演變情況，很值得去做。現在回過頭來看看我這篇論文，正是在這方面做了點工作。

　　畢業後我進入中國社會科學院語言研究所詞典編輯室工作，全力投入《新華字典》、《現代漢語詞典》的修訂工作，由於工作性質的改變，以前做的研究只能說成為辭書工作的功底，沒有很好地繼續下去。2015 年歲末，我去先生家裏恭賀新歲，先生告知我臺灣花木蘭文化出版社熱心祖國文化研究，正在約稿，先生說我的論文學界有不少同仁關心，也有臺灣學者向先生索要論文內容，先生有意推薦在臺灣出版。這真是天賜良機，我滿口應承下來。花木蘭文化出版社北京辦公處的楊嘉樂先生為書稿出版多次聯絡，簽訂了出版合同，謹向楊先

生和花木蘭文化出版社表示衷心感謝。

論文的選題是受朱慶之先生講授的《佛典語言研究》課程的啓發而確定的，寫作過程中，何九盈、張萬起、張雙棣、殷國光、張聯榮、宋紹年、楊榮祥諸位先生同樣給予了很多關心，提出了具體而寶貴的意見。各位先生的很多意見，不僅只就論文自身而言，而且對做好科研工作同樣具有指導意義，我將銘記在心。

浙江大學方一新、王雲路教授對我的求學道路和論文寫作多有指點，方教授在大著《中古近代漢語詞彙學》一書第 1214～1215 頁專門介紹了我的學位論文，指出：「蔣紹愚所設想的『細緻的比較』在北京大學等高校的碩士生博士生中正在陸續地開展。杜翔博士《支謙譯經動作語義場及其演變研究》就是其中的代表。……該文的貢獻在於，在漢語歷史詞彙學領域引進了語義場和義值、義域、義叢等語義學的概念，借鑒了其研究方法，把零散的詞義及演變研究納入了系統化的軌道。」我近年來沒有在漢語詞彙史研究上下足工夫，愧對了方教授的抬愛和鼓勵。

在平常學習和論文寫作中，師兄傅惠鈞、胡敕瑞、李明，師姐張美蘭、劉子瑜，師妹劉敏芝，師弟謝仁友、張雁給了我很多幫助。同級同學王碩、金景芬、金克中、王姍姍、黃信愛經常互相切磋，一起度過了許多美好時光。同學之間這種友愛如一股暖流常在我心底湧動。

本選題的研究得到了北大宗教學系「懷雲」獎學金的資助。這一獎學金來自佛教信眾的捐贈，專門支持與佛教有關的研究，但願我的研究對弘揚佛教文化能起一點綿薄之力。

記得小時候我的外婆常常要求我多認識幾個字，因爲在外婆的淳樸觀念裏，讀書就是識字，這樣就培養了我翻讀字典的習慣，成爲結緣漢語研究的起點。論文得以出版，應該是對外婆的最好紀念了。

我同樣感謝我可敬的父母和我的哥嫂、弟弟、弟妹，是他們給了我家庭的溫暖，時時勉勵著我不斷前行。同時，我對我的妻子梅雁、女兒杜逸梅也道聲謝謝，想當年完成論文初稿時，女兒才滿周歲，現已在美國高中追逐自己的美術夢想，不禁讓我感慨與欣慰；在今後人生旅途中，願共同努力，爭取更大進步。

2002 年 5 月初稿，2016 年 12 月 31 日改定